木公田 晋 Jin Kikoda

神々の戦い

Battle of The Gods

I

ふたりの吉野太夫
ふたなりの子孫

アーク出版

ふたりの吉野太夫・ふたなりの子孫　目次

第二章　二代・吉野太夫

カバー装丁／石田嘉弘

（第一巻）主な登場人物

第一章　初代・**吉野太夫**

白川眞亜　初代吉野太夫禎子（天正五年五月生れ、慶長八年十二月死亡　享年二十七歳）八歳で誘拐され林家楼に売られ、禿名《かむろ》・ま弥。十六歳で太夫。二十七歳の退楼時に受胎。隠れバテレンで産熟と病で死亡し墓は散骨で慰霊石、出自の秘を願う

明智光秀　のちの南海坊天海（天海大僧正）、眞亜の実父、のちに眞亜の実母眞弥を妻に

荒木行信　光秀の影武者で眞弥の夫、山崎の戦の後、小栗栖《おぐるす》で身代り死亡

林与次兵衛　（初代）傾城・林家の楼主（忘八）、ま弥を特別扱い

いち（市里）　隠れ家で眞亜の母である眞弥に買われ、眞亜と生涯を共に

細川ガラシャ　眞亜の義姉の玉（たま）、夫とともに義妹ま弥の救出の申し出を

豊臣秀次　聚楽第の主で関白、吉野の初穂・水揚げから馴染《なじ》み

徳光天無人　南蛮帰化人、吉野の馴染み、元バンパイヤーでマリアの先祖の一人

最上駒（こま）　秀吉により従妹が三条河原で処刑…禿名は眞亜と同じま弥で、太夫が庇護

第二章　二代・**吉野太夫**

松田徳子　二代吉野太夫徳子（慶長十一年四月生れ、正保元年八月死亡　享年三十九歳）墓は洛北の常照

寺。母の死亡により七歳で希望して入楼、禿名・りん弥。十四歳で太夫。二十六歳で幼馴染の佐野三郎重孝と婚姻退楼、法華宗に深く帰依

宮本武蔵　松田光子母娘を助け、徳子の最初の男

本阿弥光悦　初代との縁で徳子と武蔵を支援、吉野窓の命名者

白川眞理　初代・吉野太夫眞亜と武蔵の娘、光悦弟子の漆職人・日光東照宮の大修理に

佐野三郎重孝　徳子の幼馴染、のちに豪商・灰屋紹益《はいやじょうえき》となり落籍した徳子の夫

松田眞子　徳子と武蔵の娘、のち阿部四郎兵衛の妻

お世津　尊《みかど》の側妻、「お世津御寮人」、吉野が支援

本庄玉　まやの孫、のち大奥に入りお玉の方、桂昌院。子が五代・徳川綱吉

阿部四郎兵衛　もと天草四郎、武蔵と天無人に助けられ武州多摩村の惣名主

阿部眞理亜　初代・二代の血を引くはるか後の子孫。日本人・超能力者で「化け者」とも言われた知性に輝く銀髪の美女。女身・ふたなりの初代・地球連邦大統領「存在」の指示・了承で、先祖の一人、阿部四郎兵衛政之を名乗り、過去に遡る

全五巻　シリーズの説明

この—神々の戦い—は、全五巻シリーズもの。

恒星・太陽を中心に、一般に十数個の惑星が公転・自転している。その惑星で生き物が産まれ、成長し、成熟し、老いて死することが続き、ついに生物を持たない惑星もある。その星系で生命を誕生させ、育み、成長を何億年というスパンで見守っている「在りて在るもの」がいる。

その「在りて在るもの（存在）」は、他の星系の「在りて在るもの」と、人に伺い知ることのできない、神々の摂理により、人の一番近い言葉で言えば、「進化」を競わさせていた。

敗れた星系は、勝ち残った星系の神の意志にもよるが、ブラックホール、暗黒星雲になり、次の誕生まで長い長い時を静かに待つことになる。

第一巻は、第四惑星（火星）で二足の人を育て、第三惑星（地球）で恐竜（ラプトル）を育てようとして、知恵を与えるまでにしたが、人の年齢で百二十億歳余という若さからくる油断で、二惑星の生態系を変え、絶滅させようとした「存在」が主役である。

やっと他の星系から原始種をもらい哺乳類二足の人間を創ったが、その歴史の後にくるものは、遅れて「存在」となった（β星）の大魔神が育てたβ（ミノタ）星人による地球侵略。人間が食料にされる未来があり、この「地球神・存在」はアフリカで誕生・育成し広げ生命力を強化した、その黒い肌の原人を世界に広げることにしたが、うまくいかない。

改めて優秀なＤＮＡ遺伝子を持つ人をつくり、二回にわたり、出アフリカをやらせたが、この原人に将来がないことがわかった。第四惑星でかろうじて生き残った千人を移植（後にクロマニョン人）、第三惑星・コーカスの高原に導き混交させ、世界に拡散。

そこで拡がり大事に育成した優秀なＤＮＡ遺伝子を持つ人は、世界の中で偉大な足跡を残し、ある時から「存在」は、その人の死による記憶を削らずに過去世の記憶を残したりして、慎重に階梯をあげさせた。―そして、時をすすめた。

当時地球上の人口は四十億人弱、その中で注目すべき素材・能力を持った人が十人弱いた。それをためしたが、耐えられたのは日本という国の南の島の女児のみ。しかし、このままでは、この潜在能力は埋没する。六歳のころ、両親とその女児を一旦海で殺し、女児のみ救助。「存在（神）」の印象を入れ東京で祖母の養女・阿部眞理亜にした。

そして、次元を修正。過去を少し変え、惣名主「阿部」の家系をさぐらせ、松田徳子（二代・吉野）に至り二人の吉野太夫の子孫としてかかわらせ、「千人の子づくり・百兆円づくり」を命じ、超能力を徐々に与え「ふたなり」にし、二人の吉野を今世に連れてくることを認めた。第一巻は、ここで示した後半部分（前半は別記）を示した。

第二巻は、β星人との戦いを地球的規模で指揮するため、クリル共和国をつくり、地球連邦初代大統領となり、高い階梯を発現しだしたマリアの了承のもと、マリアは偽死。海難事故で両親とともに死亡していたUK連邦王国・伯爵ジョン・スチワード十八歳になりかわる準備。

準備の中で一つ欠けるものが出て、後に問題となるが、ケンブリッジ大学・大学院博士課程へ進学・博士号をとり、ラプトルと素手で戦いJ・J（ジョンブル・ジョン）として有名になり、大勢の「秘」の妻を得つつ育てていく。

第三巻は、β（ミノタ）星人が、八つの太陽系の支配者で、その偵察船、のちに有人船を捕獲。その侵攻の戦略が多数の「光る石」（ダイヤモンド原石）をつかい、マスコミを活用した内部分裂を誘って行うことが明らかになった。技術力で二十％以上、一千億個体、百億個体の軍で制圧して人を食料にしていくことがわかり、超能力者を増やしながら警鐘をならす。そして、巧妙なテロリスト狩りと資金獲得を配下の超能力者と実施。

第四巻は、それらに備え、「妻」にした超能力者の能力向上を図り、テロリストを神の怒りとして大規模に殺したり資金を奪ったりしていく。

β（ミノタ）星人の攻撃が、六か国の原子爆弾を爆発させることから始まることがわかり、J・J等が廃棄を求めるが、うまくいかない。これにかなりの年数をかけ、ついに「神」の怒りをかい、第一のターゲットとして中国、大発電所の崩壊、大地震、原爆の三つの爆発があり、七億人余が死ぬ。

Ｊ・Ｊが総督に就任。その前にノーベル賞を受賞し、ケンブリッジ大学大学院の教授に就任。ＵＫ連邦王国・王女と婚約。β星人に破れた青肌小人族と同盟を果たす。

第五巻は、地球の内部固めがほぼ終り、宇宙の至高者α星人の好意を生かし、地球連邦大統領になったジョンは、Ｊ・Ｊと親しまれ、地球人を一体化しβ星人と戦いを引き分けに持ち込むよう「天下三分の計」を戦略にする。β星人の中で裏切り者をつくり、人工知能と防御バリヤーを付与したロボット戦士やキメラ軍人、超能力者群を作った。

Ｊ・Ｊの妻と成人の子・孫たち千人余も、参戦して…

プロローグ

京の郭《くるわ》の万里小路《までのこうじ》新屋敷は禁裏《きんり》近くに、豊臣秀吉の公許により開かれたもので、関白《かんぱく》を中心とした公家の社交場《サロン》でもあり、格式高く、他と異なり正五位の位（十万石相当）を持つ太夫《たゆう》がいて、その客の選択は太夫自身、つまり客を振ることも可能であった。

その後、慶長七（一六〇二）年に移転させられた六条三筋町の郭《くるわ》は、五条と六条の間、現在の東本願寺の北門の北側一帯にあり、後に朱雀野の島原遊廓に移らされた。

その二つの郭・廓（公娼遊里）に、吉野太夫《よしのたゆう》という名跡を持った十人の名妓がいた。

島原遊廓の前の郭に在籍した二人の吉野太夫──

初代の白川眞亜…二十七歳で年期退郭《たいろう》し二十七歳で死亡？

二代の松田徳子…二十六歳で婚姻退郭《たいろう》し三十九歳で死亡？

いずれも武家出身の美しい容姿で、当代随一といわれる諸芸に通じた教養高い女性であったが、入郭《にゅうかく》の要因の違い、信仰が隠れキリシタンと法華宗であり、性格を少し異なるものにしていた。二人とも群を抜く才色兼備の名妓として、与えられたこの時代での短い生涯を鮮やかにおくった。

ふたりの吉野太夫は、時期がずれ、この時代の京では相まみえなかったが、同じ秘の「夫」とそれを繋ぐ女性がいて、そこからの初代が記した文書による太夫技芸書の継承がなされ、ともに子をなしていた。入郭の原因となる初代の眞亜の厄災、二代となる徳子の自らの選択による入郭。まず初代から示し、次に二代の吉野太夫・松田徳子に移る。

この物語は、それで終わらない。

これより三次元時空のずっと後、「在りて在るもの」(存在)の意図した幾世代もの優秀な遺伝子をもつ男と女を交配《まぐあい》させ、この時代の二人の吉野太夫の血(遺伝子)と美貌を受け継いだ、ふたなりの日本人女性・知性に輝く美女・阿部眞理亜が出現。超能力を持たされ(「化け者」とも)偉大な政治家となり、「百兆円の資金づくりと千人の子づくり」を課せられた。その実行のためにマリアは「存在」と図り、時空を超えて二人に驚くべき使命を与えることになる。この使命の源は、異惑星の「存在」(異神)に指揮された異星人(後のβ星人・ミノタウロス)の地球侵攻の防衛であり「神々の戦い」は既に始まっていた。

［第一章］

初代・吉野太夫

第一　白川眞亜の厄災

安土での生活

織田信長様の楽市楽座として栄えていた安土の町は、琵琶湖の東側の中央近く、湖と二方に湖水の堀に囲まれた安土城を中心に、お城は、安土山を切り崩した水城であり、見上げて天に届くような山の頂上に七層五階建ての黄金に輝く天守閣――デウスの間――神さまのおられるお城でもあり、山腹に白壁に囲まれたさまざまな邸宅が常緑の樹々の間に遠望。

近江八幡・長命寺山の小さな半島ごしに沖之島が見え、その切り込んだ根っこの西側の小さな湾口から長浜、堅田、坂本、瀬田などへ五人、十人から二十人乗りの櫓《ろ》舟（以下、舟）が出入りしていた。

舟は、織田御舟手衆《おふなてしゅう》やご重役方、町方のものもあった。

明智家には南湖の西岸に安土城に次ぐと言われていた水城の坂本城があり、常時五隻ぐらいが往来し係留されており、沖之島の西南の琵琶のくびれ（堅田口）から南湖に入り瀬田川に抜ける潮（水）流にうまく乗ると、沖之島から湖上に突き出た満月寺浮御堂《うきみどう》をへて一刻余で坂本城に着けた。

お城の南東、お堀の外側には大きく区割りされた武家屋敷群があり、ご重役方の安土屋敷、つまり丹羽、柴田、明智、滝川、羽柴様たちであり、織田上様とご家門の方々は、安土城の中に広大な屋敷がありおした。

その南側には、ご重役の武家屋敷のほかに小さな川をへだてて、あて、白川眞亜（六歳）の住まいは、町方近くの小さな家、つまり中・下級の武士たちの家々が町屋近くに入り混じってありおした。

そこから西へ約十間（百八十メートル）ぐらいのところに、三階建て南蛮風の安土セミナリオ（修道士になるための初級神学校）が、教会を併設してあり、このときは、オルガンチーノ・パアデレ神父（以下　オルガンチーノ）様が責任者。

あての父は明智の殿様に仕える武士で荒木行信（五十歳くらい）、母は白川眞弥（二十七歳）。かなり歳の離れた夫婦で、少し前、物心ついて父とあてらの姓が違うので、

「お母はんは、お父はんの側室してはるのどすか…」

「なに、あほなこといわはるの、どないして」

「せやなぁ、お父はんうちにほとんどいやはらんし、あてらと姓が違っとるさかい」

「そうどすなぁ、わてはお父はんの後ぞいどすけど、れっきとした正妻で、まあはその娘、坂本には立派な荒木の屋敷がありますんよ。ここで、わての旧姓をつかっていてるんは、お父はんのお役目にかかわることどすせ」

「お父はんのお役目…何にしやはるの？」

「せやなぁ。あんたはん、もう少し大きくなったら話してあげまっせ」

少し後、騎馬《きば》してお父はんが帰られ、いつものように私を抱きすくめてくれはった。

セミナリオのみなさんたちへのお土産の京菓子を届けることになり、近くの同じ年の安井かずの家に一箱を分けて届け、喜ばれ……あては、一人で天井の高い、色ガラス（ステンドグラス）のもとでの祈祷の儀式を見学。

あまり早く帰るとまずい。不思議な予感、その先の舟積場から安土のお城を見に行きおした。湾には夕陽にキラキラ光り輝く天守閣が逆さに写り、それを目に焼き付けおした。

一刻（約二時間）ほどして帰ると、父は羽織をとり、酒を飲んでいて母の顔も上気して赤く…やっぱりまぐわい、しやはったなと思いおしたが、元気よく、

「ただいま…パアデレやイルマン（修道士）はん、ごつうよろこばれはったどすえ」

「さよかぁ、眞亜、お帰り、さあ」

お父はんが両手を広げてくれはったので、いつものように飛びついた。

湯上りの匂い。顔を擦《す》り付けられ髭《ひげ》がチクチクしおした。

「痛いがなぁ」

すぐ離してくれはったが、略片袖がめくれ着物の紋がみえた。

「いやあ、お父はん水色桔梗《みずいろききょう》・明智家のご紋どすな、どないしたんどすか」

「ああ、これな。お殿さまからお借りしたんや、すぐお返しせんといかんのや」

「そうどすかぁ」

父がすぐ明智屋敷へ戻るので乗馬するまで見送り、のこりを左隣の権爺《けんじい》さまに渡し喜ばれおした。

ひと月ほど前、殿様が徳川家康様のご接待を命ぜられ、お父はんも来て張り切っていた…不首尾だったようでお母はんと暗い顔で話をしやはっていた。

ここでのあての家は、二十戸ばかりの住宅群に六家の五戸ずつが分かれてあり、明智家は五戸、隣が仲の良い丹羽様ご家来衆の家々。

明智家の家来五戸のうち、二戸が少し前から空屋、湖に近い方から、安井家の大家族六人で、庭をつぶし小屋が建てられていて、かずと妹のみちは、この家で舟手方衆の娘。

次が空家、安井家の一時的な物置。

真ん中が黒部家、当主は不在、隠居《いんきょ》の権左衛門（六十二歳、通称・権爺）と元服前の弥一の家で舟手方衆。右側が空家。

次が今二人住まいのあての白川家、八畳と六畳の間が二室、納戸が二つ。かずの家が狭く、かずが泊まりに来て、母から一緒にお茶、香道、立花、書を教わったりしおした。


母は京の郊外、宇治の酒問屋の二女。どうしてか語りはらんどしたが、婚期遅れて二十歳で当時、京都奉行輩下であった武士（父）の後妻になり、その分、教養、芸事などを仕込まれていた。あの発言のあとで語ってくれはった。

時々、権爺と弥一、安井家の妻女であての母と同じ歳のさや様、元服前の治助、長女かずとあてら二人、明智屋敷の礼祭事のお手伝い。

かずとあては拭き掃除、器磨きなど軽いものだったが屋敷が広く結構働き甲斐があり、家令はんからお菓子など頂くのが楽しみどした。

徳川様のご接待の前だったと思いやんすが、殿様がお留守で奥の廊下や樹木までいつものように襷掛《たすきが》けで清掃していた。あては夢中になって雑巾がけをしていると、目の前で足音がやみ、ハッとして見上げた。父と二人の伴の方が立っていおした。

「お父はん…?」

「お父はん…はあっ、何と!」

伴の方々が、次々に言葉をかけられその方が、ひと言、

「眞亜か、大きくなったのお。ワシは明智光秀じゃ」

「いや、かんにんしておくれやす。あて荒木行信の娘で眞亜と申しますなぁ」

これにより殿さまのお座敷へ母や権爺が飛んで来た。しかしねぎらいの言葉と京反物をいただき、お伴のご重役の斉藤利三殿(このとき四十八歳)の祝事あしあらいのお手伝いをすることになりおした。母と二人泊まり込みで三日間、この屋敷で過ごしおした。

三日目の夜、天の河の天空に、ほうき星や多くの流れ星が見られ、不吉の前兆と教えられ、怖くなりお母はんと一緒の蒲団に寝おした。

あてらの運命を変えた天正十年六月二日は、梅雨入りし、灰色の空にシトシトと雨が続き紫陽花《あじさい》が開いたとき、天下を騒がせた事件は未明に起きたようどした。

その事件――京の本能寺周辺が明智の水色桔梗の旗差しものの一万二千人余の軍勢であふれ、本能寺に討ち入りした後に本隊が、近くの二条城を囲み落とさせ、約千人が分れて大坂《おおざか》・堺に向かわれはった。

本隊は、その日のうちに瀬田の大橋を渡ろうとしたが、守護職の山岡景隆が橋を落としたので坂本城に引き返した――後でそれらを聞きおした。

二日夕刻、安土城お留意役の蒲生賢秀・氏郷さまに第一報が届いたようどした。

――明智光秀謀反。織田信長公・信忠様ご逝去――

松明《たいまつ》のかがり火が諸々に灯《とも》され、安土城が点々とする火の中にボーッと浮かび騎馬武者が何騎か散った。次々に情報がお城にもたらされていくなか、三軒と連絡をとり合い、戸締りを厳重にしていくことにしおした。

早朝、権爺さまの家に明智屋敷の武士から今までの情報がもたらされ、退去の準備をすることになり、小者三人に手伝わせ、荷造り。小者に給金を与え放った。

二軒隣の丹羽様、ご家来の家人から城方とともに今日中に退去が告げられ、別れの挨拶をしていると、明智屋敷で黒煙。権爺が弥一と治助に見に行かせ、半刻もせず戻ると、城方が明智屋敷に討ち入り、戦が始まり火がつけられたとのこと。

このとき騎馬の二騎の武装した武者がセミナリオに向かいおした。

家で衣装など整理しながら、怒声や打ち合う音が聞こえ、つい弱音を、

「お母はん、どうなりますんえ、あて恐いわ」

「眞亜は武家の娘でバテレン。これから何があってもその矜持《きょうじ》を持って行くんどすぇ」

矜持という言葉の意味がわかりまへんやったが、

「わかりおす。そいであてらはどこにいくんどすか」

「非常のとき、お父はんから言われている通りにするんどすえ。しまいはわての実家、京の宇治へ何とかいきましょ」

母はいつの間に作ったのか、帯紐《おびひも》を取り出し、宇治の住所、お母はんのお爺《じい》の氏名を書き、銀六粒と一緒に油紙で包み、帯の下に結んでくれはった。

そして帯に小さな懐剣《かいけん》をはさみ、使い方を確認。


少しして弥一がうちに集まれ――権爺の家に母と移ると、顔見知りのセミナリオの修道士の家令はんがいた。家令はんは、皆を見回しながら、いつもと違う厳しい声で、

「お城の留意役さんから、つかい番が来て、とりあえず立ち退いたほうがいい。明智勢は二日後にはここにくるので、お主らは安心じゃろう。しかし、二十~三十人から五十人規模の野盗、野伏《のふ》せりが三から四組いて数を増やしているとのこと。セミナリオは目立ち、掠奪《りゃくだつ》の対象になりやすく、一時的にでもここの明智の家も立退かれたがいい――舟で明日にでも沖之島に移るので舟頭を出してくれないか」

夜中、隣り丹羽様ほかのご家中の方々が城方と合流すべく動き出し、城方も門を閉ざし、数十人が残ったようでしたが、野盗らしい一群がとりついていた。二～三騎ごとの軍馬が動き、騒然とし、数か所で火が上り黒煙が流れ、町方衆は荷車で避難。

南蛮帰化人・坂本城へ

早朝、お城の西の湾口に、お母はんと二人、重い荷物をあえぎながら担《かつ》ぎ、やっとの思いで着いた。舟は、二十人乗りが一隻、十人乗りが二隻。オルガチーノ・パアデレは二十人の中にいて、権爺が漕《こ》ぎ手。十人と二人が二隻に分かれ弥一と治助が漕ぎ手。

安井家の人たちが乗り込もうとしていたが、あてらの場がなかった。

このとき織田家の真っ黒い快速舟二十人乗り二隻が隣にいた。町方の舟頭がついており、十人と八人の屈強な武士が既に乗舟。その両舟の半分にコモをかけた荷があり、その頭が「待て」と出港を停め、頭は、舟着の板場にひょいと飛び乗った。六尺六寸（二メートル）はある総髪・髭面の青い目の南蛮人。笑みをたたえ、少し訛りのある日本語で、

「拙者は坂本の先の柳が﨑までいく。あの舟頭《せんどう》に頼まれたが途中まで送ってやろうか」

権爺を示し、権爺は大きく頷《うなず》いていたが、母が応えて、

「氏《うじ》、素性もわからぬ方に、娘ともども身を預けるわけにはまいりませんえ」

「おお、そうじゃの。拙者、高山右近殿の盟友、南蛮帰化人の徳光天無人《とくみつてむじん》と申す」

袖から十字架のロザリオを出してみせ、少しやりとり。舟賃なしで坂本の水城まで乗せてもらう

ことになり、権爺にもお母はんが説明。

天無人はんとお母はんとあては一緒の舟で、快調に水を切りゆれも少ない。先行した三隻の舟をすぐ追い越した。

「ワシは先ほど名乗ったが…」

「せやなぁ、これは失礼いたしましたなぁ。わては明智家の武士の妻、白川眞弥と申しおす。これは娘の眞亜どす」

「そうか、明智家の者か、これから大変じゃぞ」

「そんなんいわはっても、なんでどすぅ」

「織田信長は、もう一歩で天下人。それを討つということは、天下盗りの戦いの目標にされ、戦が次々に起こるはずやろ。当面の対象は主殺しといわれる明智殿じゃな」

「しかし、あの方のなされようは」

「わかっておる。天正六年十二月の尼崎での荒木村重の有岡城近くで百二十二人の女房衆の虐殺《ぎゃくさつ》、その後の京・六条河原での一族二十二人の斬首《ざんしゅ》。ワシは両方ともみたが、人がやることではない。中国や朝鮮である族誅《ぞくちゅう》の真似事と思ったぞ。ワシは右近殿を通して村重も少し知っており、重々しくしとるけんど気の定まらない男。信長にも会ったこともあるが、あれは自分を神と言いだしたが…覇王《はおう》じゃ。長生きはしないと思っとった」

「族誅とは、何でございますか」

「ワシは、中国人ではないので漢字は知らんが、権力争いに敗れた者の一族全員を虐殺することじゃ」

「罪を九族に及ぼすのですなぁ――」

話が途切れ、あてが割り込み、天無人と目を合わせ、

「天無人はんは、明智の殿様と初手に戦うのはどなたと考えられてはるんのどすかぁ」

「えっ、そんなこと…。白川眞亜といったの、娘は何歳じゃ」

「あてもう少しで七歳どすえ」

「そうか、六歳か。眞亜は誰じゃと思う」

「柴田勝家殿、高山右近さま」

「おっ、これは面白い。柴田は織田家の宿老筆頭で常識ではそうじゃな。でもな行動が鈍く、妻にしようとしているお市に鼻の下を長くしておるわ、無理」

「へえ、何かむずかしゅおすな。右近はんは」

「何で右近なんじゃ」

「二度ほどお目もじ、あてが好きやからどすぇ」

「へえー、他に好きな人いるのかい？」

天無人はんに気に入られたみたい、それなら、

「ごっついまっせ。お父はん、お殿はん、それにオルガンチーノ・パアデレさま」

「何だ、年寄りばっかりじゃな。ではわしはどうかな」

「天無人はんは…」

「待て、まもなく見えなくなるぞ」

天無人が指差す先を、母はずーっと見ていた。安土城が朝陽に輝いている。あちこちにはめ込まれた黄金が朝陽にキラキラと反射しこの世のものとも思えず、しばらく見入った。舳先《へさき》が変わり潮流に乗ったようで速度が増したが、霧雨に…。

「天無人はん、忘れやはったんどすかぁ?」

「はて、何かのぉーああ、あれか、右近か。彼は真から生真面目な人格者のキリシタンで、戦の主将になるのは無理。しかし面白いぞ、彼がついたほうが勝者になる。

光秀と戦うのは、たぶんトウキチ秀吉。右近が付く方に摂津(大坂)勢がつくと思う」

「そうどすか、何やらむずかしゅうおすなぁ」

話が途切れおしたが、少しして天無人はんが、

「二人を約束通り、坂本城の舟着場に送り、ワシらはそのまま柳が﨑に向かう。朝から何も食っとらんので飯を食う。昼には早いが一緒せぬか」

大きなおにぎりと沢庵などを食べ、蓑笠を寄せ霧を避け、少しのあいだ母にもたれて微睡《まどろ》んだ。

坂本城は安土城と同じように三方を湖に囲まれた水城。琵琶湖の南湖から大きな石垣の切り口の中に入り、暗く高い岩石の洞穴を抜け城内の舟着場で小さな荷降ろしをし、天無人はそのまま舟を

めぐらせ挨拶をして別れた。城内は武装兵でごったがえしていた。

明智の殿様は、瀬田の大橋の修復をここでお待ちで、その間に諸将への書をつくられているとのこと。書院で引見を賜るため、母があてをつれてお目にかかった。安土城下の安土屋敷のこと、それにオルガンチーノ・パアデレさまたちのことを、母が報告。

殿は、ご重役さま方を招集。あてらは次の間に移され少し待った。殿が戻られ、

「眞弥に眞亜、ご苦労。わしはすぐ出立せねばならぬ。ここも戦場になるやも知れぬ。二、三日休み、供の者をつれ伏見大社の裏にかまえた隠れ家に潜《ひそ》め。よいな」

「ええ、あなたの言わはるとおりにしますえ」

あては何かよくわからず、姿形は殿さま、しかし声が違う。


「お父はん、なのどすかぁ?」

「眞亜、よう気付いたのを、さあ参れ」

あては、お父はんに飛びつき、父の左耳の後の黒いほくろを確認。

「いやぁ、お父はんや」

父は頷《うなづ》きながら、しっかり顔、あての目を見て、右手で肩を軽く叩きながら、

「このこと、かまえて他言無用じゃぞ」

「そうどすなぁ」コックリと頷きおしたが、すぐお城から沖之島に向け快速舟が三隻だされたようどした。

父は明智の殿となって姿かたちを整え、黒っぽい面貌《めんぼう》をつけ騎乗し、一万人余の軍勢を率いて湖岸を南に向われはった。残されたあてらは、安土の家の三倍はある屋敷で荷造りを始め、初めに聞いた隠れ家に移す物などを牛車に警護をつけ運ばせる仕度。

ガランとしたお城の大門が閉ざされ、数百人の武者たちが、警戒警備。荷物は二ヵ所に分けれるよう一つの牛車に白い手拭が結び付けられた。初めて会った中村長兵衛（以下、長兵衛）という、骨格のたくましい日焼けした小柄な中年男が指揮。

翌日五日、次の六日は荷物の整理など。城内は戦いの前の静寂《せいじゃく》が支配していたが、さまざまな場への荷運び、荷が出され空車や米を積んだ牛車が入ったり出たりしていた。

あてらは、翌・早朝に牛車二台、野盗への警護の武士六人がつき坂本城を出た。長兵衛が先頭。湖沿いに南に向かい、大津を過ぎて西側の山岳大森林の山道に入り、嶮しい道をあえぎながら進み、あてらも牛車を押し、一刻半（三時間）で東山に出おした。

汗を取り休憩後、大森林の合間をぬい、少しして道はやや広く平坦。村落を妨け勧修寺の西側の山科川を渡り、小栗栖《おぐるす》の北西の約二里、伏見稲荷の裏の一軒家につき、牛車の一台分はその小さな家（以下、自宅）でおろした。長兵衛は、さらにその奥の小さな道をたどり、もう一台の牛車を停め、荷分けして橋のない浅い小川をわたり、竹と大木で囲まれた小さなお寺（以下、お寺）の庫裏に入れた。お寺と自宅はチョロチョロ流れる小川をはさみ近かった。母とあてを除き、もう一回搬入、あてらは中を見て回り、老朽化した外見に比して片付き整理されており使えそうどした。

自宅に戻ると、そこに「いち」という、あてより歳上のボロ衣を着た大柄な娘が片付けをしていた。母は聞いていたらしく、いちとあてに指揮し、とりあえずの簡単な夕食と朝食用のおにぎりをつくりふるまった。

警護の武士のうち四人は、用意された別の家で姿を変えて農民風になって残り、小者四人のうち小柄な二人が残り、あと四人は早朝に牛車を伴って坂本に戻った。


夕方、残り物を三人で食べながら、いちから少し聞き出した。

いちは琵琶湖の西岸（沖之島の西）、大谷川沿いの名もないような村落の貧しい百姓の娘。口減らしのため親から二両で売られ、今はあてらが買い主（主人）みたい。

色浅黒くたくましい健康そのものの娘だが、売られてきたせいか、どこか陰りがあり、しかしよく細々と動いてくれおした。

ボロ布を貼り付けたようなべべで、母が帯と丈などを伸ばしたあてのものを与えて喜ばせたが、いちは文盲で、ひどい訛りの方言。まともな会話が出来なかった。

三人で二軒の家の掃除、小さな道の整備、あとはお母はんからの学び。あては漢字を覚えその意味、季語へのつながりを楽しみ、想像を巡らせおした。

十日になり、羽柴秀吉軍との戦いがここの南西の勝竜寺でありそうなことを告げられ、家の入口は木々で偽装、米や味噌などの備蓄。

十一日、殿さま、下鳥羽に本陣、巨大な巨椋池《おぐらいけ》の西の淀城と勝竜寺城の防御を固められた。このとき右近様が羽柴軍に付かれた。

十二日、秀吉軍約三万七千人、光秀軍約一万六千人くらいが大雨のなか小競合い。なんと権爺が来て、長兵衛と自宅入口付近の小道へ周りと同じ大竹を移植。あと二ヵ所を移植し道は見えなくなり、家から灯明がもれないように草木で塞いだ。

十三日未明、あとでわかったことどすが、両軍が山崎で激突。秀吉軍の先鋒はあの右近さま。光秀殿が破れ勝竜寺城に撤退。

すぐ坂本から付いてきた供の者経由で、あてらに知らされおした。

お母はんが長兵衛と話し込んでおられ、夕方、自宅への道はなくなり、母とあてといちちゃんで藪の繁る獣道《けものみち》の通りを念のため見て歩きおした。

隠れ家

これからのこと——戦いのことは、後で聞いた話。

十三日陽が落ちて、勝竜寺城の秀吉軍包囲はまだ不完全。二十数騎が一群で脱出。

彼らは宇治川の左岸の巨椋池を右手にみて東に向かったが、次々と討ち取られ、深夜になると十三騎に減り、その内の三騎が傷を負っていた。

十三騎とも面貌と武装していたが、蒸し暑く全員が面貌をとった。大亀谷をへて、さらに小栗栖《おぐるす》から伏見にかけた大森林の一部、竹藪の中に入った。

(後は、歴史書などで示されたとおり、明智光秀は、――なんと・なんということか――中村の長兵衛という土民に竹槍で脇腹を刺され落馬。長兵衛はそのまま逃げた。光秀は重傷を負っており家臣に介錯を頼み自害。頭部を近くの土の中に埋めた。享年五十四歳。その場で二人が後を追い殉死。残り十人は東山をこえ坂本城に向かった。後に、汚れた百姓姿の日焼けした小男・長兵衛が顔の崩れた光秀の頭と水色桔梗紋の付いた泥に汚《よご》れた衣裳の一部を届け出た。しかし褒美《ほうび》も貰わず、長兵衛は消えて現れなかった)

その前、お母はんは、お寺にいき何かしており、戻るとすぐにあてを寝かしつけ、何人分かの食べ物をつくり、入口附近に皿の灯明を灯けジーッと座っておられた。

一皿の灯明が消え、もう一つ灯けられたとき、権爺が初老の武士…父に肩を貸しよろけながら戸を開けたので、すぐお母はんが招き入れた。父は、ざんばら髪に汗と土泥が顔にまでかかっていた。

あては手拭二本に水をつけ、父のもとに――

「お父はん、どうしたんどすか」

母と権爺があての声に驚いていたが、父は板の間でぐったり。

あてはすぐ濡れ手拭一本を母に渡し、一本で髪と顔の泥を拭き取っていった。

顔を拭き、左耳の後ろ、ほくろがない。この武士は、父ではない明智の殿様や、「ハッ」として手が止まった。あてに気付き母と権爺が頷《うなず》いていたが、殿様に水を差し上げた。

「黒部に眞弥、眞亜もいたか。見苦しき姿で情けない。やっかいをかけるのぉ」

権爺は退去、お母はんは奥の寺に松明《たいまつ》を持ち殿を案内し、次の日一日帰らなかったので、あてらは、道の偽装をして寺には近寄らないでいた。

その次の日、十五日早朝、いちちゃんと朝食をした後に、お母はんが戻ってきたが、何かしら身体が輝き、生き生きとしておした。

お母はんと二人、お茶をいただき、

「お母はん、お父はんはどうなされたのどすかぁ」

「眞亜、驚かないでね。お父はんは、ここの南のほうの小栗栖というところで、殿さまの身代わりで亡うなりはったんどすえぇ」

「へえ、そうどすかぁ。影武者だったお父はんのお勤めどすかなぁ」

「ええ、前々から覚悟はできてるって、言わはってたんどすよ」

「いややなぁ、そいで…お父はんが亡うなって一日もたたないで、一日中お殿さまとまぐわいしいはったんどすか」

「えっ」母の茶碗が落ち膝を濡らした。母の身体が俯《うつむ》いたまま固まり、あてはそこを離れた。あては父である荒木行信の死を考え、涙がとまらず悲しうなりおした。

結局、お母はんから詫《わ》びられおしたが、あては殿さまの隠し子どした。お母はんのお腹のなかにいたとき、荒木行信に御下賜され―疑念がとけおした。バテレンの弔い方法がわからず、あてら二人で小さな位牌と和紙に十字架を書き手を合わせおした。

近くに百姓姿で潜んだ者から次々に情報がもたらされ、あてら二人は、床の間を背に毅然《きぜん》としてそれを聞きおした。

安土城の炎上、坂本城も明智一族がこもり炎上し、一族はほぼ全滅。新しい支配者も族誅を始めたが、これは始まりにすぎなかった。亀山城の落城。残ったお一人、細川玉《たま》・ガラシア（光秀殿三女）さまも離縁が伝わってきた。

あての母の宇治の実家も明智一族の者として、家や土蔵など取り壊し、一家が所払い《ところばらい》（追放）になり散り散り。お母はんはがっくり、心身の疲れが一度に出たのかお寺で寝込んでしまわれた。殿が母を介助され、いちちゃんとあてが手助けをしおした。

殿とお母はんは出家を口にされるようになり、そこで殿は、今の自分を南海坊天海として名乗り、その心境を和歌で示されおした。

夏ゆきて　人も消えさり　ときはすぎ
吾《あれ》まだ夢に　とき栄思《はえおも》ふ

あて、眞亜が返歌。

人の世の　流るるときは　いかにせん
　明日の桜を　夢に求めて

南海坊はん…あっ。実は四十九日過ぎに殿とお母はんは夫婦になり出家され、南海坊天海、お母はんは棄教《ききょう》され眞抄尼《しんしょうに》と名乗ることにされおした。この返歌を喜んでくれはって、「眞亜に教えられたわ。過ぎ去った時はどうにもならん。明日に咲く桜を、夢に見ていくことだのぉ」

お母はんも、寝床のなかから、小さな声で、「ほんに、そうどすなぁ。わてもくよくよ考えて寝てなんぞしてられまへん—でもなぁ、わてなら後の詩、明日のを、吉野にするけんどなぁ」

南海坊はん、少し考えられ、「眞弥は京大坂から離れた奈良の吉野—政治にかかわらないで生きて行こうとワシに伝えたいのじゃな」

あてはお母はんの思いがわかり「吉野桜を　夢に求めて」に変え、署名。

この後に、あてをしかるべき家に名を変えて秘で入れるので、教養と作法を深めるよう父と母に教えられ、諸芸ごとの基礎はしっかり身に付けおしたが、音の出る琴・鼓などができないでいおした。

光秀・謀反《むほん》の理由

かなり後、南海坊はんに「何故、主である信長様を討たれたんどすか」と。

「そのことか、眞弥もこちらへ。二人は神を信じるか、ワシは信じていなかった。しかし、神は実在するし、直接啓示を受けた。その前に、一般的には次のいくつかが信長を討った原因とされ、流布されておるようじゃな。

一つ、怨恨《えんこん》によるもの——ワシが家康殿接待にしくじり殴られ、蹴《け》飛ばされ恥辱《ちじょく》を受けたなど、怨《うら》みが重なった。全然ないとはいえないし、屈辱もあった。しかしワシは若いとき十年余諸国を十兵衛光秀として放浪しながら、鉄砲や諸芸まで学んだ苦労人だぞ。こんなことで主を殺していたのでは、ワシの命がいくつあっても足りない、馬鹿馬鹿しい。

二つ、丹波の波多野重治殿、攻略で人質交換をし、手違いで人質に出した母が殺され、ワシが怒ったこと——一時的に信長を恨んだこともあったが、これはワシの手配りの誤りによる自らの責任なのだ、全く違うな。

三つ、領地召し上げによるもの——坂本と亀山を召し上げ敵地の石見の国と出雲の国と領地替えで領地を取り上げられる危機感を持ってやった。

しかしこれは木を見て森を見ない、戦のありようを知らない者の議論。秀吉は中国の山陽道、ワシは中国の山陰道の大将で兵員や兵糧は、坂本と亀山から補充。

秀吉も長浜と姫路を返上し、同じことをしていた。つまり戦が終わってからの処置であり、それがそのまま決まることもなく、よくあることで的外れの推測じゃな。

四つ、四国攻めで親しくしていたという長宗我部元親とワシの約定を無視。三男信孝に討伐の命を下され、斉藤利三とともに怒ったということ――馬鹿馬鹿しくて話にならん。信孝はこのときは軍を持たず、どうして四国にいくのじゃ。元親へは事のあと、利三から親書を出させたが、返事はなかった。信長を討ち、事が成って、親しかったという元親がワシに援軍を出さずに、無視されたことでもわかるはずじゃ。

五つ、家康殿と謀《はか》ったこと――家康殿一行は、泉州・堺に五十人くらいで遊行中であり、生命からがら伊賀越えで逃げられた。こんな説が出るのは信じられない。ただ、このことはもう少し深いことがあり次に話すが、家康殿と謀ったことはない。

六つ、バテレンの要請によること――。信長はバテレンの擁護者であり有り得ない。現に右近に主を討った者、つまりワシじゃが、キリスト教会は支持できない。オルガンチーノがポルトガル語の密書で彼に伝えている。オルガンチーノはワシには日本文で「光秀殿にお味方をするよう」という書を見せられていたのじゃが。ありえないことじゃのぉ。

七つ、近衛前久《このえまえひさ》様の屋敷から出陣し、足利義昭殿と皇族、誠仁《さねひと》親王がそそのかしたこと――皇室が信長に対し危機意識を持っていたのは事実で、自らを「神」と言い出していたが、ワシに直接ご命令なされたことはない。ワシはそんなことで武力のない皇族などから踊らせるほど甘くはない。

ただ「天誅である」とワシが言った。――これは事実であり説明しよう。

ワシは坂本城から亀山城に入り京の愛宕《あたご》神社に参篭、里村紹巴《さとむらしょうは》と雨の日に百韻《ひゃくいん》連歌の会を主催。

そのときのワシの発句《ほっく》――　ときは今《いま》　あめが下知《しらし》る　五月《さつき》哉
これを受けた、紹巴は――　花落《はなお》つる　流《なが》れの末《すえ》を　関《せき》とめて

じつはこの前の日じゃった。

斉藤利三《としみつ》と雨に濡れた庭を見ながら明日の打ち合わせ、軽く酒を酌み交わしていた。

薄暗い梅雨の庭先、五間（約九メートル）先の上空一間余（約二メートル）に光の玉がポーッと現れ、段々大きく明るくなり、利三がワシの顔を見、彼も光の玉を見ていた。

光の玉は細長くなり、人の形をとりだし、少しして神話に示されている古代の女神のように、みづらの髪、勾玉《まがたま》の首飾り、白帷子《しろかたびら》と薄紅色の細長い織り布を纏《まと》い、全身が輝いておられる女人がボーッと出現、雨はどういうわけかそこを避けていた。

「汝らは明智光秀と斉藤利三《としみつ》であるな」

ワシらの頭に直接、明確に示され、その威に打たれ、「ハハッ」と頭を下げた。

「私はアマテラス大神である。吾が皇孫のスメラミコトがこれから危機になり廃止もありうる。それを防ぐため汝らに命ずる。織田信長と信忠を討て」

ワシらは仰天したが、気を取り直し、

「大神様、ワシと利三に信長公父子を討ち、主殺しを命ぜられましたのか」

「さようじゃ。そして泉州・堺に利三軍勢・千人余を連れて二人で向かい、家康一行を助け、伊賀越え近くまで付き添うべし。そこで待っている南蛮人に引き継げ」

「何故、家康殿でござるのですか」

「答える。汝らは事の後に山崎の地で敗れ秀吉の時代になるが、光秀は死んではならん。仏門に入り眞弥を妻にし、日の本の国家経営を法治《ほうち》・安寧を基にすることを考えている家康の創業を助け、泰平の世をつくれ」

「大神様、みども斉藤利三は――」

「汝・利三は、娘のお福が、光秀と同じように徳川の創業を助けることになる」

大神様は、それらを告げフッと消えた。ワシは利三と、いろいろ議論をし、利三が、

「大神様は、ワシを死んではならんと申されませんでしたな」。議論が途絶えたが、利三は「花々しく戦い、とき花を散らせましょう」と語り、とりあえず終えた。

そして夢の中で、細かな指示（夢告《むこく》）が組み込まれ、従うことになった。ただし、秀吉勢に敗れるにしろ、この後の戦場は山崎。その後の処理、隠れ家を、山崎近くのここ伏見の大社裏に決め、生き残るため、限られた者に秘の準備させ手を打った。


その前、知ってのとおり本能寺で信長を討ち、二条城で信忠を討った後、ワシと利三は面貌をつけ、利三の軍勢の千人余を率い堺に急行した。安土に本隊が向かい瀬田の大橋を渡れないのが予測でき、隠武者の荒木行信が指揮。これは二人とも承知のはずじゃ。

伊賀への道はわかっており、途中で百人ずつ三隊に分け道の確保を命じた。

堺の郊外で家康殿一隊五十人余を捕捉《ほそく》。慌《あわ》てた穴山梅雪が二十人くらいで逃げ出しそのままにし

た。徳川勢は三十人くらいになり七百人くらいで囲ませ、伊賀の方向に道を空け、さらに後方に下らせた。三十人くらいの武士で円陣、真ん中に家康殿がおられた。

ワシと利三、騎乗して馬の口取りの小者に引かせ、トコトコとその円陣に。

皆が殺気だっており、本多忠勝、榊原康政、本多正純、井伊直政、それに茶屋四郎次郎らがいた。

馬を降り面貌をとり、大小を小者に預け二人とも丸腰で円陣に近づいた。

ワシらの、このしぐさに気付いて徳川勢が呆然。

「明智光秀でござる」

「斉藤利三であります」

「ご安心なされ、味方でござる。敵ではありませんぞ」

円陣をとき、家康殿と熱い挨拶をかわし、座椅子に座してこのことを説明し、家康殿も、

「不思議なことじゃった。夢に女神が現れ、お告げを聞いた。何のことかさっぱりわからんじゃったが、これは現実なのだな。光秀殿、利三殿、恩に着る。このとおりじゃ」

「深々と頭を下げられ、側近の武将たちもならった。少し打ち合わせ、馬を呼び寄せ騎馬してもらい伊賀への道を警護。南蛮人の徳光天無人と名乗る騎馬三十人余の一隊に引継いだ。千人余の軍が動き、このことはいずれ洩《も》れると思ったが、わしと利三、それに、どうも徳川勢も家康殿はじめ側近の方々を除いて、この記憶を消されているようで不思議。山崎の戦いの結果は、承知のとおり完敗であり、次の辞世を残した。

心知らぬ　人は何とも　言はばいへ
　　　　身をも惜まじ　名をも惜まじ」

南海坊はんの長い話が終り、お母はんとあては、安土脱出の折の助けてもらった南蛮帰化人の天無人はんや、敗れた後のこの隠れ家づくり、神様の存在も話し合いしおした。

こうして、年が改まりあては七歳、いちちゃんは九歳になった。

ここで一年――二回目の梅雨。南海坊はんは日に焼け痩せた別人のようになられ、風貌も変わり、お経をほとんど理解。夏になって自宅先の獣《けもの》の道から托鉢《たくはつ》に出られたりされた。

いちちゃんが女になり、眞抄尼はんから、あてもふくめ処理を教わったりした。

あては諸芸がかなりの水準になり、音の出るお琴を望んだ。

一年三ヵ月くらいすぎ気がゆるんでいたのだな、と後で思いおした。

お寺の奥、小部屋の和紙を張り替え、音が洩れないように用心し、戸板を重ね締め切って眞抄尼さんにお琴を教わり、琴の音は洩れていないはずであった。

少し後に隠れ従者が「胡乱《うろん》な男がこの辺を探っている。ご用心」とあり琴を止めた。

立退ができ、ここをすぐ焼却するため、油の入った瓶《かめ》が、二軒で四つずつ置かれた。

あてはいちちゃんと秘かに大社裏に布団、着替えや保存用の食べ物を隠し、名物の京野菜、山科《やましな》茄子《なす》と賀茂川のゴリ煮を二回目の旬で食べ、周辺を知り尽くしており、この自宅とお寺は、夜間になると周辺に鈴をつけた太糸を張り巡らせていた。

忘れもしない天正十一年十二月の二十五日目の夜、バテレンの祝日に自宅で寝ていると、その鈴が鳴り怒号《どごう》がかわされ、入口の戸障子が蹴破られ倒された。あてはその前にすばやくいちちゃんと荷を持ち裏の藪の中に隠れた。

火がつけられすぐ広がった。捕り手との斬り合い。二人が家の中で斬られたようだったが、あてらはジーッとしていた。捕り手四～五人の武士はすぐ近くのお寺にむかった。


父と母は逃げた――と思う。隠れ従者が斬り合っていたようだが、ここでも火がつけられた。いちちゃんに促され闇夜を炎が照らしているなか、獣道《けものみち》を大社《たいしゃ》裏の隠れ家まで荷を持っていった。しばらく様子を見て入口にしている裏の木板をずらした。中に入り藁《わら》の中に隠した古い布団を出し、いちちゃんと抱き合って寝た。

真冬のなか、ここで三日間隠れた。雪は降らず陽だまりの中で南海坊はんに教わった気功をしたりし、三日後にここを片付け、布団を持ち別の隠れ家に移った。

次の隠れ家には三日ほどいた。いちちゃんに前の自宅とお寺を見に行ってもらうと、二軒とも焼け落ち、あての住まいから小柄な二人の焼死体が出て、隠れ従者の三軒とも立退いて無人になっていた。あては決心。

「いちちゃん、明智の家来だった白川家の娘はあてだけや。あんたはんは関係ない。あてお役人はんに名乗り出るわ。いちちゃんは何処なりと逃げて」

「いやぁ眞亜さま、どこへ行けといわはるんや。どこまでも一緒どすせ」

いちちゃんも心細いのだと思い、「そうどすなぁ、かんにんしておくれやす」

いちちゃんは少し訛《なまり》はあるものの、京言葉が喋《しゃべ》れるようになっていた。

食べ物は無くなっていた。除夜の鐘の音を聞いた。ひもじく、抱き合って寒さを防ぎ寝た。はっとした。大社さんの正月、初詣は宮中儀式から生じたものと言われてやんすが、このころはまだ町方で詣でる人は多くない。しかしここは伏見の大社はん、参道に様々な店が出されるはずだった。身なりを整え、陽の昇る前に帯紐《おびひも》から取り出した銀粒《ぎんつぶ》一つを持って出て、下ばえの藪をよけながら

―――


「あて八歳になったんや。いちちゃんは十歳。何あんもおめでたいことあらへんね」

「マアさまは子供肥りがとれ、痩せられたのもあるけんど、美しゅうなられてますぇ」


参拝の晴れ着の人たちがいて、小さな露店がいくつも並んでいた。

大福餅、おまん、おにぎり、大根漬けなどを買い、隠れ家に持ち帰り久しぶりの食事。

一日おいてお昼前、また参道に出てみると参拝者は少なくなっていた。うどん煮込み、久しぶりに暖かいものを食べた。少し離れたところから、刺青《いれずみ》を入れたほりもん男の二人と大男が、こちらを見ていた。氷雨《ひさめ》がシトシトと降り出したが気にもとめなかった。

急いで大福餅とおにぎりも買い、裏側に回っているところ、二人につけられ。

小雨をはらい大福を食べウトウトっとしたとき、裏の板を寄せ二人の男が入って来た。近くのあ

てにいきなり当て身を、いちちゃんが騒ぎ出した。あては朦朧《もうろう》として――。

いちちゃんの「なにするんや」。ほりもん男二人がかりで抱き、押さえ込まれた。のっぽの痩せが短刀を抜き、首につきつけいちちゃんは大人しくなり、デブの小男がいちちゃんの両足を開いた。小男は唾を吐きながら、なにかに擦《こす》り付け腰を入れて―次に痩《や》せ男に変わった―いちちゃんはかろうじて裾《すそ》を合わせ、ぐったり伸びてしまった。

小男があてを引き出した時、頭らしい大男が入って来て、ああ三人に――。

「あても武士の娘や。おぼこ(未通女)やけんど覚悟決めやんした。ジタバタせえへん、わやくちゃにしやはらんで」

デブの小男があてに、

「おう、これはいい玉じゃぞ」

あてをいちちゃんの脇に押し倒したが、その時、

「何をしとるんじゃ、馬鹿もんが。ぶっ殺すぞ」

大男がデブ小男をあてから引き剥《は》がし、ぶん投げ、大刀を引きぬいた。

「大事な、高く売れる商品を傷物にしてどうするんじゃ」

あてらへの思いやりではなく、このほりもん男ら、人攫《ひとさら》い誘拐《かどわかし》であてらが「売りモノ」になったことを知った。デブとのっぽが土下座、大男は大刀を突きつけ説教。

あては素早く起き、懐紙でいちちゃんの下肢や股についたドロっとした白い、妙な匂いの液を拭《ふ》き取り気を入れて起こした。いちちゃんが抱き付いて泣きだした。頭の大男が、

「メソメソするんじゃない。これからいいところへ、連れてってやる。これからお前らに手出しはさせない。ただし、逃げようとすれば殺す。いいな」

頭から、あてらの人定。あては「武家の娘で八歳。両親は戦で死んだ」とだけ答えた。

夕方の出立の支度を命じ二人が消えた。あてはいちちゃんに、

「きつういらいこにされ、痛かったやろう?」

「眞亜さま、ありがとうさん。ちょっと痛かったどすけんど、あておぼこでないんと。これからこの身体でうんとこさ遊ばれますせ。眞亜さまも覚悟いりまっせ」

あては、あんな下卑《げび》た男らとうんとこさまぐわいを…、呆然として黙り込んだ。

夕方、二人がさきちゃんという京言葉を話す女の子(あとで九歳とわかった)を連れて来て、大福やおにぎりを食べ出立。先頭を痩せ、そしてあてら三人、後ろをデブ。

大男は前になり後ろになって警戒しており、逃げれるような隙《すき》は見せなかった。

伏見大社の大門を回り込み、暗くなり三人が松明を灯けた。

歩かされ続けたが、月明かりのなか下醍醐《しもだいご》だと思われる山中に入った。山麗《さんれい》の切り口、入り込んだところに無人の家二軒があり、そこには別の二人の男がいて、奥の家に入れられおした。三人の娘が寝ているようだったが疲れ果てて畳んであった布団を敷き、薄衣と腰巻だけになり、いちと抱き合って寝ようとしたところ、さきも潜り込みあてが真ん中ですぐ寝付いた。

翌朝、味噌汁の匂いで目覚め、三人とも素早く着衣して布団を畳んだ。

奥の十畳の部屋に朝食の支度がしてあり、盛りつけなどを五人がしていやはった。

そのうちの三人は安土で居住した安井さや様、同じ年の娘のかずちゃん、妹のみちちゃん。後の母娘は知らない人。かずとみちちゃんが、あてのほうに来て抱き合った。

さや様にも挨拶。父と母が死んだことを告げると、逆に安井家の当主と長男の治助は行方不明。たぶん戦で死にはったことがあてに知らされた。

さや様の身体からムーッとする男の匂い——いちちゃんの後始末のときと同じ感じ。後でわかったことどすが、さや様が頭の大男の相手、別の母親が男たち四人のまぐわい相手をさせられ、ここの娘たちが無事なのがわかり、大男が来て食事中に大声で告げた。

「あと三日間ここでゆっくりさせてやる。風呂に入り、綺麗《きれい》にし、べべも整えておけ」


三日後、あて、いちちゃん、さきちゃんの三人は大男とデブの監視のもと、小雨のなか蓑を着て禁裏《きんり》に近い万里小路《までのこうじ》の新屋敷近くの郭《くるわ》、総二階建ての大きな瓦葺の置屋の林家《りんや》に連れていかれ、あては八両、いちちゃんが四両、さきちゃんも四両で売られた。

そこのでっぷり肥えた色白の高齢の主人（後で楼主《ろうしゅ》とわかった）の「武家出の娘が、あと二人くらい欲しい」を聞き、翌日かずちゃんとみちちゃんが連れて来られ、二人で十二両。五人が八畳の窓のない部屋に入れられ、禿《かむろ》にされるようどした。

かずちゃんとみちちゃんはお母はんと引き裂《さ》かれ落ち込み、あてが「生きていれば、また会えますせ。きばってしぶとく生きよう」と励まし、いちちゃんが寄り添って来たので、お母はんからもらった残った銀粒四つのうち、二つをいちちゃんに渡しおした。

また氷雨。明日からの生活、まぐわいを強制されるのか不安で寝つけませんどした。

＊　＊

時の非連続性、空間の連続性、次元という概念の実践研究がなされ始めたずーっと後の時代――。ニューヨーク（以下、N・Y）ロングアイランドの地球連邦・大統領府で、白川眞亜の子孫のひとりであった日本人女性の大統領は、珍しく苛立《いらだ》ち、国防長官と四つの方面軍司令官から軍の不祥事の報告を聞いていた。


ブラジル基地、ニューギニア基地、月面第二基地、火星基地でここ数ヵ月起きた男性軍人の女性軍人に対する集団レイプ（一部には女性が男性）の軍法会議の結果と綱紀《こうき》の厳正化。しかし緩《ゆる》い。軍隊内の身内意識のその場しのぎの対応。苛立《いらだ》ちが徐々に顔に出て、立ち上がり全身を瘴気《しょうき》が包み、揺《ゆ》らぎ、広く知られているあだ名「化け者」――顔が鬼面になり銀髪がさわさわと動き切れ上がった黄色い目で射すくめた。

長官と四人の将軍、五人のSP・秘書が、恐怖の表情をしたので「ハッ」と気づきフリーズさせ、一瞬で二十歳代後半にしかみえない白銀に輝く髪・長身の美女に戻し、今の記憶を削っていった。

「承認はした」。しかし不充分、もっと根本的と秘かに思った。

そして広大な大統領公邸の一部に京都・慈照寺（通称・銀閣寺）白砂の銀沙灘《ぎんしゃだん》・向月台に似せ、自費で造園させていた庭（以下、白砂庭）の整備・清掃を秘書室長に命じた。

少し後、深夜、月が白砂庭を照らしており白い鈴砂が輝き、向月台にむかい座禅をくみ、月光と銀白砂の淡い光に包まれて深い瞑想《めいそう》に入った。無に近くなり思念が大森林の発していた穏やかで静かな思念と交流しつつ、さらに地球をこえ、無限の空間「オリオン腕《アーム》」リゲルの方向に「何かある、争い…」を感じた。

第二　ま弥の郭生活

女陰検分

次の日、あてらは、早朝の陽の昇る前、卯《う》の刻（午前六時ころ）に起こされた。

まだ寝ている者も多く、お婆はん（遣《や》り手――少し後にぎんという名がわかった）に竹ほうきを持たされ、霜柱をふみつつ庭の落ち葉を集め、身が凍えた。焚火が許されて、少し暖まりながら土塀の境まで奇麗に。

深々《しんしん》と身が冷え、手拭二本を首に巻き付け、伏松や庭苔を傷つけないよう周辺の雑草とり。手がかじかみ息を吹き付けながら行ったが、一息いれて、ボーッとしているとぎんはんから小竹の杖で叩かれ痛かった。やっと陽が昇った。

粟《あわ》、稗《ひえ》に少しお米の入ったお粥を中心にした朝食。後に匂いのある食べ物、ニンニク、らっきょうらが食されないことがわかり、口すぎ歯磨きを教わり、午前中かけて拭き掃除、器洗いの後、人定《じんてい》を楼主で忘八の与次兵衛はんの前でぎんはんが行った。

あては白川と荒木の名は出すまい。安土と坂本、伏見稲荷の裏のことも隠すことにし、いちちゃんとしっかり打ち合わせ済みどした。

あては宇治出身の武士の娘、中村まや　八歳。いちちゃんは、近江・太田川の農民の娘　十歳。さきちゃんは京の鞍馬、小商人の娘で九歳。安井かずちゃんは、坂本出身の武士の娘で八歳。妹のみちちゃんは六歳。五人とも誘拐《かどわかし》されここに売られていて、何やら証書。あては字が読めおしたが――

年期奉公書覚を示され、年期十年が読み取れおした。

字が正しく書けるのはあてのみで、「中村まや」、いちちゃんは「いち」、かずちゃんは「安井かず」、二人がやっと署名した。ぎんはんが、楼主を見ながら、

「まやは字が書けるんか」

「へえ、書けおすし、読めますぇ。あてらは十年の年期奉公どすかぁ」

楼主はんとぎんはんは顔を見合わせ…。あてには返事がなく、奥の離れの楼主の部屋に連れて行かれた。茶室のほか、三間続きの金のかかった和室で奥方はんもいらはった。

楼主はん、奥方はんが床の間。ぎんはんが左斜め前に座り、少し緊張。

「まや、お前、あの書が読めると言ったな。ここで読んでみろ」

「へえ、わかりおした……ねんきほうこうしょおぼえ…」

途中で止められ、

「まや、書けると言ったな。この書を女文字の平仮名で書いてみろ」

巻紙と墨箱、黒墨がすられ小筆と中筆が与えられ、まず中筆で太目に書名を書き、小筆で巻紙を回しながら書きだしたが、これも止められた。

あてが書いたものを巻紙のままお二人に差し出したが頷《うなず》かれ、ぎんはんに回された。

「まや、お前、誰に教わったんじゃ」

「へえ、お母はんどす」

「そうか、父(てて)ご母《はは》ごは亡《の》うなったんじゃな。他に何を教わったんじゃ」

「初心者でやんすけんど、お茶、立花、香道、お琴、和歌・連歌を教わりやんした」

「そうか。ではここで一首つくってくれんかのぉ」

楼主はん、心なしか優しそうな言葉になり、あては少しの間、寒々しそうな庭を見ることを許《ゆる》され障子を開いた。墨箱《すみばこ》をもらい巻紙に思うところ—

とき睦月《むつき》　林家《りんや》の庭《にわ》に　霜立《しもた》ちぬ
心凍《こころこお》りて　春《はる》はさりぬや

楼主はんと奥方はんは、それを見て「うーん」。じーっと見られ、ぎんはんの前に置かれ、あてがこの詩に隠したこと、ときの春が去ったことに気付かれ、

「まや、お前の一族は、美濃源氏の土岐《とき》一族なのか」

「そうどす。その下のほう武士で、父も母も亡うなり、ときの春はさりましたなぁ」

ぎんはんが、あっと声を出し、書からあての顔を見られた。楼主はんが、

「まやの名乗りも偽名じゃな。しかしこんなことを詮議《せんぎ》してもしゃないなぁ—」

この五日間午前は下働き、午後はこの郭《くるわ》のしくみを教わり、二人の太夫はん、四人の天神はん、

十二人の鹿恋と二十四人の局女郎はん、あてら以外の禿二十人の名前と顔をなんとか覚えやんした。

不定期の書、立花、踊りなどのお師匠はん、針子、洗濯女、炊事、食事など女ご衆の役割を覚えさせられ、太夫はん外出の警備。あてらの逃走防止のため若い男衆（牛太郎《ぎゅうたろう》）十二人などと、初老の番頭はん、その他の百人くらいを覚えさせられおした。

ぎんはんはここの男衆とのおしげり（陰雨）は絶対の禁止。犯したら男は殺され女は岡場所（私娼家）へ売られること、事例をあげて説明。

六日目の午後、五人が楼主はんの小座敷に呼ばれ、あてはその隣の十畳の隅に座らされよく見ておくよう言われはり、そこは楼主、ぎんはんと、隅にあて…その前に敷布団が敷かれ、炭火鉢《すみびばち》二つで暖かくされていやんした。

「いち」——いちちゃんが呼ばれ、覚えたばかりの作法通り、障子を開け中に入り正座。

楼主はんが「いち、女が立ちしょんべんをするよう、腰を屈《かが》めて立て」いちちゃんがおずおずとその姿勢をとり、ぎんさんが着物の裾をとり巻き上げると、円い白い尻が見えた。いちちゃんは屈みこもうとしたが「動くな」ぎんはんの一声。

ぎんはんが印のついた太糸で菊座から陰口の出っぱり（陰核）を測り、二寸四分（約七センチ）の下付《したつ》きと言い、いちちゃんを布団に仰向けに寝かした。

楼主はんが上っ張りをとり、裾をたくし上げ、自分のいちもつをしごき、つばをつけいっちゃんのそこにあてがい、奥まで入れずにゆっくり十回抜き差しした。

「いちは未通女《おぼこ》で、ないな」—離れた。

ぎんはんが素早く動き四寸（約十二センチ）くらいの箸に柔らかい和紙でくるんだものを、いちちゃんの開いた陰口（ぼぼ）にゆっくり差し入れ手を離した。

いちちゃんの黒々した茂り口から白い箸は、寝ている身体とほぼ平行になり下付きの「下品《げぼん》」と判定された。いちちゃんは起き上がり、素早く服を合わせ戻らされた。

「かず、入れ」いちちゃんと同じようなことをされ未通女を失い、痛さと屈辱で目に涙をためていた。陰口に差した白箸は、やや斜めに上り二寸五分「中品《ちゅうぼん》」。処置はぎんはんがかずちゃんに柔い紙をあてがってやらせた。

「さき、入れ」さきちゃんは細い身体で未通女ではなかったが、二寸四分。白箸は身体と平行「下《げ》品《ぼん》」。

「みち、入れ」同じことをされ、「二寸六分（約八センチ）の上付き」。未通女《おぼこ》を失い「痛い、痛い、かんにんや…」涙を流し叫んだ。むき出しの陰口から出血、それをぎんはんが拭き取り、白箸は上よりやや右へ傾き「上品《じょうぼん》」。

いよいよ、あてだ―布団の横で裾をまくって尻を突き出したが、ぎんはんが「二寸八分（約九センチ）の上付き」。楼主はんとぎんはんが顔を見合わせた。あては皆と同じ下半身裸で、布団に寝て両足首を引いて開き、薄毛が上のほうに生えておりすぐ、両手で顔を覆い待った。

「まやは、未通女か」

「へえ、そうどす―恥ずかしおす、早うやって」

ぎんはんが指であてのものを調べ、白い箸だと思う、何やらゆっくり挿入され少し痛い。

二人が話しているのが聞こえた。

「旦那はん、何という持ちものやなぁ」

「うーん、初めて見た。極上品や、よし起きれ」

楼主はんの、女陰検分が省略されたのがわかり、素早く身繕《みづくろ》い。

「お前のぼぼは極めて上品《じょうぼん》じゃ。道をつけなかったので大事にし、太夫を目指せ」

何やらこの時はわかりおへんどしたが、「へえ、わかりおした」と答えた。

後にぎんはんから、あんたのぼぼのつくりは普通の女と異なって、上付きで白箸が傾かないで立ったんじゃ。万人に一人あるかないか。男がおしげりして喜ぶもちものを与えられている――と言われおした。

禿《かむろ》のま弥

この後、まだ当分は座敷に出ない見習いどすが、禿名が決められ、新しい林家のべべと帯などが与えられ、今までのものは一応、捨てさせられた。
いち……市里《いちさと》　さき……さつき　かず……かずき　みち……みち弥
あては父を励ました「吉野桜」にちなみ吉野を希望したが、禿名では重いと言われ、お母はんの名に似たま弥にした。禿の期間は常として、客をとることはない。
あて、すなわちま弥とみち弥の上品の禿を中心とした教養、芸事の習い事が始まった。

少しして、あてらの下の口、女陰の手入れ方法、毛抜きと香料塗り。小部屋でぎんはんの指揮のもと、毛抜きで一本々とっていきやんす。

五人が仰向けで下半身を晒《さら》し、それぞれで抜いていくのどすが、市里の剛毛は、あてとみち弥が二人がかり、下の方から抜いた。一気にやると身体を痛めるので、一と月近くかけ少しずつ抜いて与えられた香料を擦《す》り込んだ。みち弥はまだ六歳、産毛ですぐ終え、あてとかずきは上のほうにうっすらと生えているだけで、すぐすみおした。

このころは置家《おきや》（遊び女の日常生活の場）と揚家《あげや》（客が芸事や色事を楽しむ場）が、明確に分かれてなく、部屋持ち（太夫や天神《てんじん》、一部の鹿恋《かこい》）は座敷のほか自室で芸事、隣の小部屋で色事がなされ、一部の鹿恋と局女郎は小部屋を代わる代わる使い、屏風《びょうぶ》で仕切って用いることもありおした。正月がすぎ、一月の紋日になり、あて（以下で、「ま弥」も）は、天神はん以下の悪筆で書が苦手の代筆の返書という仕事を与えられおした。

手練手管《てれんてくだ》・床入り四八手の裏表を教わりおした。この世界が禁裏の秘の御用も勤め、皇族や、お公家はんの遊び場は少し後で知りおした。

さらに芸と格調の高さを売る商人や武士などの花街として地位を築こうとしていることを知りおした。ま弥は極めて上品。楼主から太夫を目指せ、それに禿でありながら代筆をしたということ、この林家の中では名が上がり、一目置かれ、少ししてあては、扇太夫はんの指名を受けて付き禿になり諸芸を深めおした。

扇太夫は、このとき一年前に太夫になりはった二十歳。昨年に入郭十年で年期明けであったが、太夫の襲名披露で太夫持ちの経費がかさみ、百両の前借が残り、五年の年期延長。

やや小柄ながら姿形のキリッとした美女で諸芸の達人。特に踊りの名手で床上手。多くの馴染み客を持ち、林家一番の売れ妓であり、客あしらい振りが際立っていた。

あては、局女郎をこえて小さな部屋持ちの鹿恋となった十三歳の花弥はんから扇太夫のことを引き継ぎやんした。

もう一人の禿のあ弥（十歳）と二人で太夫の世話をすることになり、五人の雑居部屋から二階の太夫の小部屋であ弥と起居を伴にすることになりおした。

荷は、帯と銀二粒入りの帯紐、小さな物入れだけ。

あては、ここで生きていくため、とにかく扇太夫はんの指名であり、太夫とあ弥に気に入られること。太夫に欠点はないようどすが、代筆をしていて悪筆とまではいかないが、筆使いに難点があることを知っていおした。

それを知っていることを知られないようにすること。さらに引き継いだ馴染み客の情報が整理されていないこと、祇園祭の紋日前で、それを材料に…。

小さな荷をあ弥の指示で収めた後、太夫の寝床起きを静かに待った。

「お早うさん。御指名いただき太夫はん付きになりおした、禿のま弥でありおす。以後のご指導よろしゅおたのみ申しおす」

「何や、朝っぱらから。わては寝起きの、気色がよくないんや。あとにして片付けてや」

「へえ、すんまへんなぁ」

あかぁん、教わってませへんどした。あ弥が洗顔、先を細く柔らかにした柳の房楊枝《ふさようじ》など歯磨き、舌の掃除用品の準備をしている間にあてが布団を畳み太夫が水場に移動。長煙管《ながきせる》、煙草盆、お茶の用意をして待った。少しして太夫が戻りおした。

座布団にたて膝で座り、すぐ打ちかけを着せ、長煙管に煙草の火を点け差し出した。

太夫はご機嫌が直ったようで、

「ま弥、初手にしては気が付きおすなぁ」

「はあ、ありがとさんどす。あてここに入郭して六月《むつき》足らず。なあんも知らん、まだ女にもなってまへん。あ弥はんとも改めてご指導よろしゅうお願いしおす」

「ま弥は、紅絹（紅く染めた絹地。転じて郭では月経の隠語）まだ来とらんのかえ」

「へえ、あては八歳でやんして、まだでありおす」

「さよかぁ。忘八がま弥のことを褒《ほ》めっとったけんど、わてについたら甘えは許しまへんぇ。なんか思っとることあったら、いま言っときなはれ」

「お言葉に甘えさせて。おっと…これは禁句でやんすなぁ。鹿恋になりはった花弥はんから太夫はんの馴染み客、三十人余の書き付けなどを預からしていただき、これを…」

あては和半紙に書かれたお客名にちょっとした添え書きがあるものを示し、これをイロハ順に整理し、添え文を書き足していくことの了承。

そして太夫とあ弥から指示され、一階に用意された朝食をあ弥とともに運び、相伴。

太夫を朝風呂に入れ、全身を糠袋《ぬかぶくろ》で洗った。餅肌《もちはだ》の滑るような白い肌がプリプリしていて、思わず「いやぁ、奇麗なお肌してあられますなぁ…」

肌襦袢《はだじゅばん》の薄衣一枚ひっかけ、湯殿を出ると、すぐもう一人の瀬戸太夫が挨拶をして入って来た。太夫の中でも厳格な序列があった。

下の階で部屋持ち（天神と鹿恋の一部）以外の遊び女たちが、台所脇に集まって一ヵ所で朝食をとっていて、終わって大風呂に入る予定。巳《み》の刻過ぎ（午前十一時ころ）、楼主（忘八）はんは、番頭はん、ぎんはんと今日の予約された差し紙（来客予約書）の確認。今日、明日と予約のない天神や鹿恋、本人を呼び出したりしてはった。

太夫の部屋で太夫が下半身を晒《さら》し、二人がかりで下の口のムダ毛を抜き、ゆっくり香料を擦り込んだ。丸饅頭《まるまんじゅう》に一本の筋が少し開きかけていて美しうおしたなぁ。

それが終り、あ弥の下の毛抜き。かなり濃く時間をかけた。

その間、太夫はんは七月一日からの祇園祭の大紋日の予約客と差し紙を並び替え、五日から太夫はんの紅絹が始まったので、その七日間の予約の調整。空き日への振り替え。それらの馴染客への依頼書を、あてが太夫の意向を聞きながら文にしおした。

未《ひつじ》の刻（午後二時ころ）おやつが出て三人で食べ、貝合わせ（かるた）などをし、太夫が化粧。上半身の裸になり、白粉《おしろい》を肩口から首筋にかけて塗り襟首《えりくび》を整える。

その前に髪結いがおすべらかしを整えており、髪を白布でくるみ白粉がつかないようにしておした。あてとあ弥、二人とも口紅をつけて薄化粧。

この時間は太夫の自由。あてらを引き連れて外に出られる。そうでないときは仮眠をとられ、あては初めて薄化粧をし、太夫はんから、かいらしい、と言われうれしゅおした。

局女郎はんが道沿いの格子間で支度しているなか、男衆を伴に近くの呉服小物店へ出かけおした。太夫はんは輝くばかりの美女で、禿は目立たぬようにしておした。

冷やかしの客たちの「扇太夫や」などの声が聞こえおした。この頃、太夫道中はまだなく、置家からの出入りも比較的自由でありおした。


酉《とり》の刻前（午後五時ころ）太夫の化粧を直し、髪を整えた。

今日の馴染み客は、大店の初老の店主である伝兵衛はん（以下、伝はん）で、中座敷で芸者や幇間《ほうかん》らと騒ぎ、太夫が入室。太夫の踊り、盃き事があり、自室の小部屋にあてらを連れて移り、そこでお酒のやりとり。その間にあてらが隣の小部屋に櫨蝋《はぜろう》を灯し、厚敷きの布団に大打掛け、炭火鉢に火を点け暖かくして用意。

伝はんの手をとり太夫はんが小部屋に移り、あてらはお二人の着物と打ち掛けをとり、伝はんは湯帷子《ゆかたびら》、太夫はんは薄衣一枚。

あてらがそれを畳んでいる間に、太夫はんが顔を寄せ口吸《ぐちす》い。

あてらはそこで退くのが常でありおしたが、この伝はんは見られてコトを為すのが好き――あ弥はんに言い含められており、太夫はんの右手が下に伸び萎《ちぢ》んだ一物をしごき、あ弥はんが玉を揉《も》み転がし、あてにも合図。聞いてなかったがもう一つを掴《つか》み、柔らかく転がした。太夫はんとあ弥はんの手が伝はんの足を撫《な》ぜ撫《な》ぜし、太夫はんはそれを口に含まれ、あてが手を離すと元気に…太夫はんが馬乗り。それを自分のに……ゆっくり腰をつかわれはった。

二回まであるとのこと……少し抱き合って休まれ、あてらが柔らかい和紙で後始末。

二回目はなかなか元気にならず、太夫はんが両足を開きこすりつけられ、あてはあ弥はんに教えられたとおり、伝はんの耳に息を吹きかけ、少し噛《か》み舐《ねぶ》り……繰り返した。

太夫はんは、頭を入れ替え吸茎《きゅうけい》、伝はんは、太夫はんに舐陰《といん》されあては仰天した、あ弥はんが伝はんの菊座を手でなぞり刺激を与え気付かれないようにしおした。

元気になり、やはり上から収められ何とか終り、伝はんは伸びてしまい、あてらが二人の後始末をし、太夫はんは肌襦袢《はだじゅばん》の薄衣一枚、伝はんは裸で抱き合ったまま――大打ち掛け布団をかけ、そこを出られはった。少しして太夫が薄衣一枚ですぐ厠に行かれ、中に残ったものを湯水をかけ出され、風呂にさっと入られ戻られはった。

あてらは自分の部屋。興奮しており、あ弥はんも同じで抱き合って寝た。

六月三十日、一年の半分の日になり、無病息災を願う夏越祓《なごしはらえ》で和菓子「水無月」が出され、次の日から祇園祭の紋日。太夫以下があてらも含め着飾り（あてらは扇太夫の支給品）、料金や祝儀も二倍になったが、うちの太夫はんは予約で一杯でおした。

楼主はんが、番頭はん、ぎんはん、それに太夫二人（禿も含め）自宅の奥座敷に招集され、太夫はんらは普段着《つねぎ》、禿四人も目立たぬよう後に控え、皆に秘を誓わせられた。

九月の初めころ――

羽柴秀吉殿の京での公務屋敷の公邸として、ここの近く、平安京大内裏（平安宮）跡に聚楽第《じゅらくだい》が建設され、来年、基礎の縄張り。再来年に着工。三年後に完成予定。

幅二十間（約三十六メートル）、深さ三間（約五・四メートル）の堀、全周一千間（約千八百メートル）の堀に囲まれたお城で、空前の規模になり、石田三成殿はじめ大勢の諸将が関わるが、完成後その近くの二条柳町に公許の廓《くるわ》の開設を願い出ている。工事関係者の来郭はもとより、大坂・新町の傾城町と異なる格式を確立したい――。

九月十五日の未《ひつじ》の刻（午後二時）、豊臣家の京都所司代の前田玄以殿が林家に訪問されることになり、楼主はんの命により奥座敷に太夫二人と禿一人ずつ、あてが選ばれおした。

天神以下の遊び女の八十数名は庭先で盛装してお出迎え。

前田殿、このとき四十五歳。楼主はんの案内で家令はんと小姓を連れ、来郭見学され、大勢の女たちの着飾ったお出迎えにご機嫌のようでありおした。

奥座敷で扇太夫、瀬戸太夫の挨拶を受けられ、扇はんの踊り（歌曲組は庭で…）、瀬戸はんのお茶の接待に喜んでおられ、予定に無かった廊下から庭へ出られ廊下に腰をおろされた。庭先の隅に、天神はんらがそれぞれに着飾ったまま祝い歌……少し風を呼んだ。

「与次兵衛、今日は手間をかけたのぉ。秀吉殿にワシが感激したことを申し上げておく」

「はっ、与次兵衛も御徳をいただき喜んでおったとお伝えいただければ…」

「わかった。人の花が咲き乱れとるなぁ…誰か、これを詩に出来る者はいないか」

太夫はんらは頭を下げ尻込み。あてが忘八はんに合図すると頷《うなず》かれ、

「所司代殿。あれなる禿に一首つくらせて、よろしゅうございますか」

所司代はんが、あてをみられ
「おお、かいらしい。まだ子供やなぁ」あては畳に両手をつき挨拶。

「はい。禿のま弥八歳でおます。お側近くにいってよろしゅうおますかぁ」

「おお、まいれ。ここへ、こちらへ」

手招きされ。廊下に座し、巻紙と書箱が用意。少し時間があり陽だまりの中にそよそよとした風にチラチラとゆらぐ一群の黄色い花。

「あれは、女郎花《おみなえし》でありおすなぁ…あれを詩にいたしますせ」

あては巻紙に小筆で記していった。

陽《ひ》だまりに　風《かぜ》をさそうや　女郎花《おみなえし》
林家遊《りんやあそ》び女《め》　華《はな》を競《きそ》ひて

巻紙のままお見せした。所司代はんはそれを見て「うーん」と唸られた後「署名を入れるように」言われ、あては禿　ま弥とし切り取ってから、お渡ししおした。

「陽だまりの華か…相分かった。見事じゃ。与次兵衛、ま弥を連れて遊びに来い」

前田玄以は秀吉の忠実な臣で京の所司代、後の豊臣家五奉行の一人。朝廷に深い繋《つな》がりを持っており、親しく交流していた三条西家に明智光秀の家老・斉藤利三の娘、福がかくまわれ養育されているのを知っていて、知らんふりをしていた。

しかし石田三成・差配《さはい》の甲賀忍者がそれを暴き、秀吉が知ったことを察知《さっち》。秘かに手の者に命じ、斉藤家の親戚である四国の長宗我部元親家へ落としていた。

娘であっても、ゆるさない三成のこのやり方に嫌悪感を持ち始めていた。

彼の元僧侶として生来持つ思慮深さから、この後に、すぐま弥を前に出すのはまずい。ま弥に好感を持ち、今日のことは報告しない。正玄関の出口付近で楼主に声を秘《ひそ》めて、

「与次兵衛、先程ま弥を連れて遊びに来いと言ったが、あれは取り消す。ま弥は素晴らしい娘で、我が家の同年齢の娘たちが見劣りするでのう。心配いたすな、支援はする。あの才能、あまり表に出すな。お主の宝として大きく育ててみろ」

与次兵衛は、最後の一言に真実があると思った。—後にお聞きしおした。

「ご忠告ありがとうございまする。気を付けまする」

深々と頭を下げ、送り出されおした。

あては楼主はん（これから親しみをこめて、与次兵衛はん）から呼ばれ「ようやった。ただあまり目立つようなことをするな」と言われ、銀粒三個と男物だったが四寸弱（十センチ）くらいの竹製の矢立《やたて》、小筆と墨壺つき（携帯筆記具）をもらい、大喜びを示しおした。望みを聞かれ、あては思い切って「京のお寺はんまわり」月一回を申し出て、男衆が護衛につくこと、もう一人、相伴を言われ、禿のかずきを指名し了承。

扇太夫の了承も得て、かずきに伝え大喜びどした。矢立をつかいこなす練習。

十月、扇はんの紅絹の日、かずと番頭はんの了承を得て巳《み》の刻（午前十時）外出、申《さる》の刻（午後四時）までに帰楼する予定。与次兵衛はんから銅銭十個をいただき、入楼して十一年、七歳で売られて不寝番や掛け廻り（客の付けとり）や警備をする信三《しんぞう》はんという背の高い男衆を付けてくれ、あてらの小さな荷を持ってもらいやした。

青空が高く透き通る空に映える紅葉の始まりかけで、平安神宮の創建祭という小さな祭り。あてらは更衣の地味な袷仕立《あわせした》ての普段着《つねぎ》。裏地は深く濃い色目の八掛け。矢立を入れた小物入れを手に、信三は六尺（一・八メートル）弱の棒杖を一本持ちぴったりついた。

まだ女が髪を結う風潮はなく、あてらは後に束ねた垂髪《すいはつ》のお下げ髪。それを結ぶ（包む）布（紐）に少しお洒落をして、素人の地女（娘）の野暮ったさと少し違っていおした。

本能寺はあての父が襲撃《しゅうげき》し大部分が焼けていた。父の仇となった羽柴はんの御意向で別のところに建て替えられており、お参りをし、周辺の寺々にもお参りしおした。

そして寺の前の茶屋の屋台で軽食。あての目的とした南蛮風の服装、パアデレを見つけ半刻（約一時間）後ここに集合を約束し、素早く勘定を置き二人のパアデレが消えた路を追った。パアデレは日本人であったが、お一人には見覚えがあり、すぐ追いついて跡をつけた。南蛮寺《なんばんでら》はすぐそこにありおした。

セミナリオを併設した南蛮寺の入口で声をかけた。

「パアデレさま、白川眞亜と申しおす。たしか安土セミナリオ、沖之島への舟で…」

「おお、あのままあさん。いまなにを、ご両親は？」

パアデレ谷山（すぐ後にわかった）から矢継ぎ早に質問され、中に招き入れられ教会の長椅子に座った。

父母が亡うなり林家の禿になったこと、マリアという洗礼名をいただいたが、信仰心が揺らぎかけていること。聖書を求めたい事を告げ、すぐに（新約）聖書を頂き十月の最初の日曜日の午前中、またお参りにくることを告げ退出しようとした。

参列者のなかで、先程からチラッ、チラッとこちらを見ている武家侍女風の女性二人がいるのに気付いていいた。正門を出たところで、その二人から呼び止められ、

「卒爾《そつじ》ながら、お名前は。あなた様にお姉さまはいらっしゃいませんか」

無礼を咎《とが》めようとしたが、こちらは花街・楼の禿であり、それに相手の身分が、どういうわけかわかって、

「あてはま弥と申し、腹違いの姉がおられますなぁ。お会いしたことはありまへんが、あてよりたしか十数年、上のかた」

「やはり。それで今…」

「その方はあることで離縁…幽閉されて、おられはったとか」

仰天させたが、持っている小物入れから矢立と小筆をとり小さな和紙に、

——故義父・荒木行信。故母・眞弥の娘で傾城・林家所属・禿、ま弥八歳——乾くのを待ち小さく折り結び、「その方にお渡しを。ご縁がありましたら、来月の初めの日曜日。ここの礼拝に参列しおす」で別れた。

かずちゃんと信三はんに少し遅れて心配をかけ、急ぎ足で林家に戻った。

羽柴秀吉、下旬に禁裏《きんり》で任官（従三位、権大納言）のために京入り。警戒が始まっていたが、上旬に許可をえて、一人でお寺まわり。巳《み》の刻すぎ（午前十一時）南蛮寺に入り、礼拝をし讃美歌を歌った。あの二人の侍女のほか、顔を頭巾《ずきん》で隠した女性がいおした。

あの方だ。外に出て谷山パアデレにお願い、奥の洋式小部屋を一時借り、終わるのを待った。はしとはし、終わって立ちあがられ、近づいたあてと目が合いハッとされた。あてより少し背が高い――あてどした。すぐ奥の小部屋に案内。二人の侍女は遠慮されたので、机を挟《はさ》み対面の椅子に座り頭布をとられ、美しい麗人とジーッと見つめ合いおした。

「ま弥がわての妹なのはようわかった。郭の禿なのか、苦労じゃなぁ」

「お玉さま、ガラシャさまとお呼びしますが、お互いさんどすなぁ」

「そう言ってくれるか――義父か夫に伝え、そなたを救出しようか」

「ガラシャさま、ご好意だけありがたくお受け致しやんす。おおきに、しかし結構でおます。あてはこの道で生きていきおすよって。ただ、これから申すことは秘で――」

小栗栖で死んだのは義父の荒木行信。殿はんとは伏見のあるところで、昨年の十一月まで母とともに暮らし、名を南海坊天海と変えられたこと。そこで天命により信長はん父子を討たれ、家康はんの伊賀越えによる逃亡を支援されたことを話しおした。

落ち込んでおられたときの一首、あてが励ましの返歌一首を書で示し、離れたときの事情。二人は夫婦になっておられ、生きておられるかも、で結び別れおした。

この後、ありえない、禿のあてへの差し紙が届き、与次兵衛はんに予約。

予約人　細川藤孝　ほか二名　期日は十一月二十三日　夕刻

遊び女　禿のま弥ほか　なお、この事は秘にすること与次兵衛はんからしつこく関係を聞かれ「お寺参りでお会いしてご好誼《こうぎ》をえた」とだけ。

「お連れの二名は予測でやんすけんど、ご長男の忠興さまと奥方はん」また追求され、

「林与次兵衛はん、あてにはよくしてもらっとりやす。知らんことにしといて、もしものときは、あてが一身にかぶりおす」

何とか了承。楼主はんの奥座敷をつかい、扇太夫とあ弥はんの支援が決まった。

予想通りの御三方の来楼。人払いしての対面――楽しく遊んでいかれ、このとき藤孝はん五十歳。これからちょくちょくご友人を連れて来られて清遊。

万葉集や古今和歌集の一部、和歌の秘儀《ひぎ》も教わり、祝い歌「君が代」の「キ・ミ」の本旨、この国の成り立ちを示した慶寿を示すものも教わり申した。まだ家督を譲られず、この後の九州征伐にも武将として参陣されおした。


天正十三（一五八五）年あては九歳。禿としては一本立ちして太夫のお世話ができるようになり、諸芸も深め、太夫から踊りを仕込まれ、さらに聚楽第《じゅらくだい》・建設の林家の連絡人に、与次兵衛はんから指名され、あ弥はんは鹿恋に昇格しもう二人禿がいる。

あては、かずきと妹のみち弥をお願いしたが、姉妹は不味《まず》いと言われ、かずきを天神に昇格した金弥はんの禿にしてもらい、市里を扇はん付きにしてもらいやんした。

二人の禿が慣れてきた秋に縄張り着工式があり、与次兵衛はんのお伴で末席に。

多量の資材と工作人が集められ、先月十一日に関白・従一位となられた羽柴秀吉（このとき四十八

歳）も来て、大声で工事関係者を鼓舞《こぶ》。壮大な邸宅（城）の横に傾城町ができ、秘の通路で繋がるようで、所司代の家令はんの指示を受け、あてが文書にしおした。

鹿恋《かこい》・天神《てんじん》

あては、その工事差配条件（命令など）の文書化。自分の芸事の修練。扇はんと二人の禿の訓練と難しい客の接遇などに追われおした。

十一月過ぎ、あてに紅絹が来て女になり祝ってくれはった。年が明け、あては十歳になり大紋日すぎ二月に鹿恋に昇格。

春過ぎ、六か月余で聚楽第が一応完成。盛大な完成祝いがあり、林家の太夫以下の遊び女もお手伝い。あてが間違いのないよう仕組みを書にし、与次兵衛はんが動かした。

本丸、二の丸、三の丸などのある絢爛豪華《けんらんごうか》な平城《ひらじょう》は関白殿下・豊臣秀吉の私邸兼役宅であり、至るところに金が使われ輝いていたが、この建物に何故か馴染《なじ》めないでいた。

未完のところが何か所もあり、使いどころの悪い邸宅。続いて近くの冷泉院万里小路に、与次兵衛はん他で土塀に囲まれ曲輪（くるわ）づくりが本格的に始まりおした。

関白、せきしろはんは、ここでの生活を楽しむ暇もなく九州征伐に向かわれた。

与次兵衛はんは二倍まで遊び女の数を増やす許可を得たとかで、九十人弱の女たちのほか、次々に年期奉公で娘を入れていかれた。

あては十歳の鹿恋であったが、ぎんはんとともに新しく入廓した娘たちの検査検分や教育に追われた。九州でバテレン追放令が出され、長崎の教会堂が接収されたことが伝わった。新人に芸を教えることで自分の芸を高め、それを書に残すことにしおした。バテレンはんたちが、日本人娘を多数（後に約五十万人とか！）、海外に奴隷売買し、この国の植民地化を企んでいると伝わりおしたけんど、信じられおへんどした。

京の南蛮寺も取り壊され、パアデレはんらは行方不明。あては聖書によりなんとか信仰を保ちおした。

翌年、聚楽第は、庭園も含め全て完成。あの前田玄以はんの交渉役としての活躍もあり、後陽成天皇はんの行幸がなされ、豊臣秀吉は絶頂期にあった。あてはマタイ伝（7・6）の「豚に真珠」を浮かべ、「猿に黄金」と秘かに思いおした。

万里小路新屋敷も完成し、林家は十日間かけて引越し。

天正十七（一五八九）年あては、十三歳で天神に昇格し、異例ながら控二間つきの部屋（太夫なみ）を与えられ、一人前の遊び女に。

聚楽第は、完全に豊臣家の政庁としての機能を果たしていた。あては色を売らない遊び女として何とかこなしており、聚楽第の毎日のような宴会の席で踊り、歌曲などではべっていた。このころ、あては女の身体になり、未通女《おぼこ》を持て余していて、身体の疼《うず》きを知るようになっていた。お母はんが、あの隠れ家で言わはったことかな——とも思ったが、知識と他人の交わりばかり詳しく、男を知らぬあてにはどうしようもなりまへんどした。

禿のみづ弥にもその教育ができないでおり、忘八の与次兵衛はんは何も言わない。

お公家はんの窓口となっておられた三条西家ほかに聚楽第工事資料の残りを届けることになり、伴の男衆を連れて赴きおしたが、申《さる》の刻すぎ（午後五時ころ）に林家の正門近く、風呂敷の荷を持った身なりの悪い男が中を覗《のぞ》いているが、遊客ではない。

「なにしてはりますの、御用どすかえ」

あてを見て、ハッとされ、

「眞亜はん、会えて良かった…」

パアデレ谷山はんだった。遊客、ひやかしが目をさらにしており、すぐ楼の中に入れ、そこにいた見習い禿に式台横を示しお茶を出させた。谷山はんから、

「南蛮寺の取り壊しの後、イルマン（神父）はルソンに追放。詮議が厳しくなり、信者はんの家々を逃げまわった。豊前の大分に行こうと思っているが、この荷の聖書を焼くのは忍びない。預かってくれないか。処置は眞亜はんに任せる」

「そうどすか、わかりやんした。少しお待ちを」

あては自室に戻り、財布から銀五粒をとりだし懐紙でつつみ、禿のみづ弥を連れていって、みづ弥にその風呂敷包みを自室に運ばせた。

「これ、些少《さしょう》でやんすが、旅の路銀の一部になさりませ」

谷山はんは固辞。少しやりとりをした後に収められたが、紙の出っ張りで中がわかられたようで、立ち上がり後ろ向きになられ、何やらなさっていた。

ご自身がつけておられた小さな鎖つき銀の十字架をあてに差し出され、あても固辞。しかし道中改めの詮議《せんぎ》でこれを持つと危険と言われ、預からしてもらいやんした。

あては谷山はんがパアデレの印《しるし》を外されることは、棄教《ききょう》も考えとられると思い、この十歳くらい年上の純朴な青年、たぶん女を知らない男が愛《いと》しくなり、明日の夜は予約なし、別れの宴をここですることにした。別室で、あてが未通女を捨てることはなりゆきで…

明日、酉《とり》の刻すぎ（午後七時）。ここへ招待を告げ—谷山はんの了承をとりおした。

次の日、一刻も前から支度、みづ弥に床入りの準備。

小料理やお酒を用意し待った—戌《いぬ》の刻すぎ（午後九時）まで待ち、諦《あきら》めおした。

風呂敷の中身は、新訳・旧訳の聖書であり、棚の中に隠していたが、何気なく旧訳を取り出し広げた。——汝、淫行するなかれ——が目に飛び込んだ。

あては淫行の相手なのだ。聖書が禁じることを生業《なりわい》にする遊び女。谷山はんが来ない、バテレンでいる資格のない女と思い落ち込み、みづ弥に下から酒を上げさせ、初めてだったが禿を相手に酒を酌み交わし、もう一回酒をとりにいかせ、悪酔いしおした。

翌朝、少し酒が身体に残っていたが、聖書は暫《しばら》く読まないことにしおした。

この後、置家と揚家を分けることになり（下級の遊女は従来どおり）、天神、太夫は差し紙により遊客の待つ揚家まで道中。少し後に太夫道中といわれおした。太夫に関しては初会、裏、馴染みがゆっくりと制度化され、客を振ることもできるようにされおした。

太夫は、禿二人、振袖芸者一人、日除けの大傘持ち男衆と警備をかねた荷物持ちの若い衆がつき、白足袋に草履（後に素肌に駒下駄）をはき、内八文字で十間（一八〇メートル）もない道をゆっくり道中した。

あてら天神は、もっと簡素で、太夫はんと行き会わないようにしたが、行き会ったときは道を譲りおした。あては内八文字の歩き方、重い煌《きら》びやかな衣装は五貫（約二十キロ）あり、太夫の体力、両足の内側の筋力の発達のしかた。つまり下の口の締まり具合を意地悪く判定。あては入楼してしばらく、ぎんはんに内股の筋肉のつかいかたと呼吸の仕方で、上品を生かす、陰口を締めたり、緩めたりを教わってしっかり出来ていた。しかし未通女で実際につかったことはありまへんどしたが、太夫になると流石《さすが》、といえる遊び女が多かった。

この移転のゴタゴタで局女郎二人と鹿恋の逃走があったが、すぐ牛太郎（若い衆）につかまり折檻《せっかん》、大坂の岡番所に売られおした。

聚楽第の宴会出張は相変わらず。大小のものがあり、あては目立たぬようにしていた。

秀吉はんも秘で遊ばれ郭の定め違反だったが、太夫をとっかえひっかえ呼ばれていて、ここの扇はん、瀬戸はんも泊まりおしげりをしていた。

扇はん、禿二人ともあてと仲良く、客としての評価は最悪。何やら催淫の薬をつかい、ねぶり回し、同じように三人がかりで奉仕させ、三人とも翌朝、目に隈をつくり、出張を嫌がっていおした。それに比して評判が良かったのは、弟の大和《やまと》大納言秀長はん。温厚・朴訥なお人柄で偉ぶらず、林家と違う楼の太夫が馴染みでありおした。

宴席のお手伝いで、あても何度かお見かけしたが、田舎の庄屋はんのような印象、義兄の色猿とはえらい違いどした。しばらく病と聞き、おみかけしまへんどした。

入楼して七年、あては十五歳の天神。ここの暮らしに馴染んでいたが、少し前から聖書をまた読み出しやんした。

一月二十二日大納言秀長はん五十二歳で病死、天下人の豊臣家に陰りが生じたと思いやんした。案の定、八月に秀吉の実子である鶴松はんが死亡。羽柴秀次はんが秀吉の養子になられ、十二月に関白に就任され聚楽第に住まわれ政務をとられおした。

実権は大坂城の太閤が持たれているようどした。

マリアまり弥

楼主の与次兵衛はんから、来年早々に太夫にするが名のりを聞かれ、世間には、吉野桜の錦絵をみて「**ここにさへ　さぞな吉野は　花盛り**」と句を詠み、吉野太夫を望んだと公表されおしたが、その心はあの伏見の隠れ家での連歌のやりとりに。

そして貞淑な女を意味する禎子《さだこ》として公表。

ただ、太夫襲名の披露、衣装代、祝儀、お祝宴などで約三十～五十両ほどいる。

あては手持ち二十両ほど。与次兵衛はんに呼ばれおした。

「ま弥、お前はおぼこじゃな」

「へえ、そうだす」

「お前の初穂刈りを兼ねて、お金を出してくれる支援者をわしが探すが、どうじゃ」

「あてはお金でおぼこを売りとうありまへん。そうでしたら太夫は辞退させて頂きおす」

キッパリ申し上げ。与次兵衛はん、長煙管《ながきせる》を弄《いじ》りながら、

「ま弥なあ、この世界で一生おぼこでいる、ということはできんじゃろう」

「へえ、それはわかっとりおす」

「来年、ま弥は十六歳。おぼこでなくなるのに、そんなに早い年でもないし、太夫になるお祝いに大金を出してくれる男に、お礼をするというふうに考えられんかのを」

「なるほど、そういうこと…少し考えさせて。時間をくださいますなぁ」

了承され、いろいろ考えたが結論が出ない。


昔、母から悪行を重ねた女には地獄から火車《かしゃ》が迎えに来る。牛頭人身《ぎゅうとうじんしん》の恐ろしい獄卒《ごくそつ》が牛車を引いて、それに女の亡者を乗せ火を点ける。

女は悶《もだ》え苦しみ、激痛の中で息を引き取る――あてもそうなるのか。

思い悩んでも、結論は出ない。その時々のあてが納得、つまり振らなかった遊客は、あての心までを汚す、犯すことはできないはずだ。信仰を捨てない清い心を持ち続けようと考え結論をえおした。楼主はんに会って了承、ただし相手はあてにふさわしい高位、あるいは著名な方にして欲しいという条件を付した。

少しして相手が二人示され、条件にあう男ではなく、あては拒否。

天正十九（一五九一）年戦乱で荒れていた都に、大閤はんの指図で「御土居」（おどい）の建設が始まったころで、あてが八歳のときに一緒に入楼した娘たちは——

市里（いち）　十七歳の鹿恋。客をとらされていた

さつき（さき）十六歳の鹿恋。病がちで少し客をとらされていた

かずき（かず）十五歳。次の一月に天神になる予定で少し客をとらされていた

みち弥（みち）十三歳。姉かずきとともに来年、天神になる予定で客はとっていない

そして、あてが最初に仕えた扇太夫はんは、昨年二十五歳で伏見のある大店の店主に落籍《らくせき》、退郭《たいろう》され、その後に、金弥はんが昨年に金弥太夫に昇格。指導してくれたあ弥はんは、十八歳になった来年、あてと一緒に太夫に昇格し舞扇太夫を襲名される予定。

京の都のあちこちに都の改造ともいえる御土居が築かれ、その主だった差配頭などの来郭で賑わいを出したせいか太夫が増え四人になり、その序列は瀬戸太夫（このとき二十三歳）、金弥太夫（十九歳）、舞扇太夫、そしてあて吉野太夫になった。

この時ぎんはんから、鹿恋のかずきに関し、若い衆の信三はんと色々あるようだ――三日前にかずきから金がいる。できれば三両、一両でもと言われ証書なしで三両貸したのを言いそびれていた。入楼して一年目、許しを得て三人で外出したことがあり、あての責任を感じたが、年末の諸事、遊び女たちの組み替えもあり、手がつけられないでいた。

大晦日《おおみそか》、信三はん十五両の集金の金を持って行方不明。かずきの二人部屋の自分のものが無くなっていて、手紙が残され二人が示し合せ逃走。妹のみち弥も知らないでいた。

除夜の鐘の音を聞きながら、かずきは脱楼して信三はんと夫婦になることを夢見た――。

花街の楼《くるわ》という囲いの中で暮らすあての夢は何だろう。人の夢は儚《はかな》く移ろいやすいものどすが、思いを強く、秘の信仰を捨てないことにしおした。

＊　＊

はるかに後の時代のある日、マリア地球連邦大統領は、地球連邦軍内で多発する「レイプ事件」に対応するため、関係する長官たちを集め「あること」を連邦軍として秘で実施することを示し、参加者を仰天させた。

司法長官にこのことの連邦憲法・法制侵害の有無を秘で調べることを命じた。

そして、「在りて在るもの＝存在」の力を借りること――深夜、満月の明かりのもと銀沙灘《ぎんしゃだん》の白砂庭で座禅をくみ瞑想《めいそう》を深くし、無心に近くなり、「存在」に呼びかけた。

少しして「多元融合複合生命体」・四十五億歳という「在りて在るもの」が、鈍い光の玉として十メートル先にフッと出現。この庭が穏やかな光に満たされた。

言葉ではない、「存在」の意志が心に直接示された。

「汝の心を読んだ。わが四次元界を利用し三次元の過去に飛び明智を動かし、徳川を助けて日の本に法治による泰平の世をつくるのだな。そのため五歳の子供の誘拐、教育が必要か。それらと、その派生的なことは認める。ただ、汝が創成した天皇制は、これにより制約を受けることになっていくが、良いのだな」

マリアも想いを言葉に出さず直接意志を伝えた。

「私はアマテラス大神として、皇祖であることは、『存在』がご存知のはず。天皇制が、千代に八千代に続くには、軍を率いたり、権力者になってはならない。古代・国産《くにう》み二柱《ふたはしら》のキ（イザナキ）ミ（イザナミ）の「神」の末《すえ》として万人の心の中にある平和を祈る高次の権威者であるべきと思っています」

「わかった、了承する。ただわが力により異相次元を使うにしろ、膨大《ぼうだい》なエネルギーが必要であり、計画を示せ」

マリアはしっかりした計画を心の中で描き…すぐ反応があり、

「六人をこの次元の世界につれてくるのじゃな。前の超能力者の三人、天之日矛（アメノヒボコ）、役小角《えんのおずの》（行者）、それに安倍晴明《あべのせいめい》は駄目じゃ。あとの三人にしぼれ。そしていつものことじゃが、自ら手を下して人を殺してはならない。汝はこの生命体が長い長い年月をへて、優秀な遺伝子を持つ男女の交配によりつくりあげた両性具備の稀有《けう》の成功例であるが、やり過ぎる欠点があり、その時は介入するので、素直に従うべし」

「わかりました。一点だけ。これから、五十余年後に天の川銀河に属するわが太陽系と同じオリオン腕《アーム》・リゲルの方向から、かに星雲側に広がる昆虫型生物の地球侵攻は間違いなくあるのですね。敗ければどうなりますか」

「未来は確定したものではないが。間違いなくある。敗ければ地球人は彼らに飼われ食料になり、技術をとられる。

すでにここ（ニューヨーク・マンハッタン島　旧国連ビル、現地球連邦中央省庁横のイースト川）と、ブラジルの基地近くに、無人偵察船が潜んでいる。秘かに監視、対応すべし」

「わかりました。私のH・Aをここに置き用事を済ませ、合図をしますので天正十年五月の日本に送り込んでください。まず明智と徳川、それに白川眞亜の対応をします」

第三　吉野太夫禎子

ぶりぶり

文禄元（一五九二）年一月一日。わちきは吉野太夫を十六歳で襲名。諱《いみな》（生前の実名）を禎子《さだ》とされ、京の傾城家《けいせいや》と楊屋、楼内に通知。

正月元旦は、楼は本来なら休み。しかし、信三とかずきの逃走により正月どころではなく、みづ弥とともに林家につめ、三人の太夫はんには初詣《はつもうで》に出てもらいおした。

ぎんはんとともに、わちきの部屋で置手紙を開きおしたが、くどくどと言い訳。

――信三と夫婦《めおと》になりたく…脱楼し詫《わ》び文が示されておした。

ま弥（わちき）宛に三両、市里宛に一両、みち弥宛に一両

それぞれに借用証。必ずお返ししますと付記。信三の集金した十五両ふくめ、二十両余を持って大晦日《おおみそか》のゴタゴタした中を計って消えていた。すぐ武器を持った若い男衆（牛太郎）五組の十人が、捜索にあたることになり、残った男衆八名は、信三の持ち物の検査、聞き込み、手配書が所司代を始め他の傾城家などに配布。

わちきは、捜索する十人が手に手に長刀・槍などを持ち出立しようとしたとき、二階から降りてそれを目撃《もくげき》。与次兵衛はんが見たこともない鬼の形相《ぎょうそう》で、顔を真っ赤にし、

「信三は殺していい。女はなるべく傷付けずに引っ括《くく》って連れ戻せ。そして一文でも多く回収しろ」

牛太郎が殺気立っていた。郭の自治、取り締まり権は楼主にありやんした。

二日の午後から一月末日までの紋日に入り、それどころではなく忙しく動きやんした。

聚楽第でも大宴会、わちきも太夫として踊りを披露。

黄金に輝く金ぴかの床の間を背に六か月前、ここの主になられた関白《かんぱく》(楼では「せきしろい」ともい)秀次はんにもお酌《しゃく》。少し返盃を受け、やりとりがあり全身がほてった。

少しして与次兵衛はんから、わちきの相手に、関白・豊臣秀次はん、このとき二十四歳が示され、少し時間をもらいおした。この男はわちきの父の敵の豊臣の一派。そのときは、三好信吉《みよしのぶよし》という十三歳の下っ端やったはず。大金もからみ…隙《すき》あらば、殺すこともできるかな……とも思いつつ、正式な承諾は太夫襲名後にしやんした。

一月二十日、牡丹雪《ぼたんゆき》のチラホラする朝。かずきが雪のついた深編笠《ふかあみがさ》にむしろを被り、濡れたひと重の着物にべったりと黒髪が絡み、足袋はだしで雪を覆《おお》った霜柱《しもばしら》をふみ、シャキ、シャキと音をたてながら、荒縄で縛《しば》られて林家に連れてこられやんした。

台所脇の鴨居《かもい》には縄がかけられていた。かずきの長い髪は乱れ、素裸にされ、その縄に逆さに吊られ、その下には水桶《みずおけ》が用意。水がかけられ〝ぶりぶり〟の掛け声とともに竹で殴り回されながらまた殴られ、真っ白い肌が破れ血が出て気を失う。縄を緩め、桶の水に顔がつくと再び気が戻り、また吊られ回されながら殴られた。血を浴びた黒髪が白い肌にからみ、ここの全ての遊び女が強制的に見せられ、妹のみち弥は大声で泣いていた。

牛太郎が殺気だって、与次兵衛も赤鬼の形相《ぎょうそう》で怒鳴っていたが、どうしたことか小さな鋭い光が一瞬、鬼面顔に当たり、よろめき土間にへたり込み――ハッとした。今だ――

「待ちなはれ、あんたらはかずきを殺す気か。もう止めなはれ」

若い元気のいい、棒術自慢の男衆が、

「何に言うとんね。これが郭の掟《おきて》やで」

「何やて。遊び女は生きていてなんぼの商いのもとや。殺してどうするんや。どうしてもやるなら、わちき吉野太夫や。わちきから殺しなはれ。太夫殺して百罰受けるんやな」

しーんとなり全ての者が注目。わちきは土間に素足で降り、かずきを下に降ろさせ、わちきの打掛をかけ、みづ弥に足を拭かせた。若い衆は殺気だってわちきにつめよった。

わちきは、それに構わず与次兵衛はんを少し離れた小部屋に呼びこみ、若い衆頭の金次と市里がついてきた。与次兵衛はんは足元が乱れ覚束《おぼつか》なく、わちきが肩を貸しながら、

「与次兵衛はん、かずきのことはわちきに任せておくれやす。林家に決して損をかけまへん。太夫として約束しまっせ。それに関白はんのお話は了承どすえ」

「太夫がそう言うのなら止めさせよう。金次よいな、な」

口調がおぼつかなく乱れ、

「へい、わかりやんした。吉野太夫はん、襲名そうそうで御迷惑おかけしやんした」

付いて来た市里に、楼主はん何か身体が変、奥へ連れて休ませるように指示し、金次とともにかずきのもとにいった。金次が、

「楼主はんの命令で、かずきの折檻《せっかん》はこれで終わりや――みなご苦労」

若い衆が片付け散り、残されたかずきを、みづ弥とみち弥に命じ、わちきの部屋に運ばせ休ませた。金次の凛《りん》とした言葉と行動、この男を見直した。

この後始末は回収した金額が十七両。楼に十五両、遊び女の二人に一両ずつ返済。わちきは三両の損、かずきを岡場所（私娼）に売るにして二十両の回収。わちきがかずきを二十両で買う。わちきは金がないので関白はんへの初穂代三百五十両を四百両にしてもらい、そこから三十両を支払うこと――ぶりぶりは長くなると背骨がはずれ、厄介《やっかい》なことになるが、かずきは幸いにしてそこまでに至らず、ぎんはんに医者を呼んでもらった。

かずきと一緒に逃走した信三は殺され、秘かに処理されているようで触れなかった。

そしてすぐに衣装を揃え秘の踊りと歌の稽古《けいこ》をして、市里を呆れさせた。

太夫襲名

わちき吉野太夫は、このことで林家二百人弱の奉公人で知らぬ者がないようになり、畏敬《いけい》の目でみられ、それが凄い太夫はんとして外に漏れたようどした。

かずきは外傷こそ少なかったが、目の前で手向かいしない恋人が殴られ、斬り殺され、心に傷を持ち、譫言《うわごと》のように「かんにんね、ご免なさい」、やっと食事をとっていた。

二月一日に舞扇太夫の襲名披露。揚屋大宴会場を貸し切り宴会。林家全員に地位に応じた祝儀。太夫自ら二人の禿、振袖芸者（妓）の春・夏・秋・冬着の新着の贈呈。

馴染み客へのお祝い贈呈品などであり、大金がかかるのが、ようわかりおした。

十日遅れ、今度はわちき吉野太夫の襲名披露で全て太夫持ち。わちきは扇太夫はんの部屋の内部造作がえ（これも太夫もち）に移り、楼主の与次兵衛はんの立替になった。寝込んでいたかずきは、一階の病室、さつきが寝ている隣へ移し布団が並べられた。そこで祝儀とお見舞い金を出した。さつきはかなり衰弱。

ぎんはんから、あの若い衆が、かずきの処置に不満があること、影で言いふらしていることが伝わった後で、わちきにみづ弥の他に、よし弥という禿がついた。

わちきは自室で市里と話し合い、わちき付きの振袖芸者になることを頼み、常として客と寝ないので喜ばれ、楼主も了承してくれはった。ただし前借りの五両と鹿恋までに稼ぎが少なく合わせて十両ほどの立替金があること、これも待ってもらった。

傾城屋《けいせいや》に入った遊び女は、食と住は概《おおむ》ね楼主持ちだが、よほどの稼ぎがない限り借金が溜《た》まり、身が抜けない苦界《くかい》であることがようわかりやんした。

これらの話し合いの中で、楼主の長男が少し後でここの楼主になること…二代目の与次兵衛はんを代替わり紹介され、丁寧に挨拶された。少し前から嗜《たしな》むようになった煙草を用意させ長煙管でふかしながら今後のことを考えおした。

娶楽第に出張が決まり、衣装あわせ秘の踊りの歌曲合わせ、その最中にさつきがひっそりと息絶え、市里とお焼香、無縁墓に葬られるようどした。

これが遊び女の典型的な生涯の一つ。さつきはここに、かどわかされ、わちきらとともに同日に売られ入楼した友であり、市里と二人して落ち込み、さつきがハライソにいけるよう祈り、短冊に一首を書き胸元に入れやんした。

春《はる》すぎて　さつきまだなく　なきいけど
小《ちい》さき花《はな》は　天国《はらいそ》で咲《さ》け

文禄二年一月　吉野太夫

このことで与次兵衛はんに呼ばれ、息子はんもいおした。

「太夫は、バテレンなのか…」

「へえ、そうですせ。入楼前から隠れバテレンでマリアという洗礼名がありおすえ」

「うーむ、それは知らなかった」

「そうどすかぁ。七年前、細川忠興はんと奥方はんが、お父上とここで禿のわちきを指名されはりやしたなぁ。奥方はんの名はご存知どすな」

息子のほうが、

「たしか絶世の美女、明智光秀の娘で細川玉……バテレン名はガラシャはんでは？」

「ええ、そうどす。絶世の美女と比べるのは気が引けますけんど、わちきに似てまへんかのお。お玉はんは、自分にそっくりやなぁ、といわれておりやんしたえ」

「太夫は、いち、一族なのか…」

「へえ、腹違いでありおすが、わちきの姉どすえ」

「げえっ……何ということか」

「ぶりぶりにかけて、訴人《そにん》されはりますか」

「何言うとるね。そんなこと言うとりゃへんぞ」

「わかっておりやす。楼主はん、わちきによくしていただきやんした。わちきは細川はんから救出を何度か言われましたが、お断りしておりやす。こちらから訴えがない限り、わちきは動きまへんえ。わちきはそんな恩知らずと違いまっせ」

「では、どないする。それに関白はんには……」

「へえ、太夫として今までどおり、関白はんも予定どおりに。わちき四百両以上のことしますえ、安心しておくれやす」

関白豊臣秀次

豊臣秀次はんは大閤の姉、とも（日秀）はんの子、つまり大閤の甥になり、三好信吉から羽柴秀次と改名。少し前の天正十四（一五八六）年十一月豊臣の本姓を秀吉から下賜され、天正十九（一五九一）年八月に秀吉の嫡男の鶴松が死に、秀吉の養子になり関白に就任。豊臣家の家督を継がれ、六か月ほど前、ここ聚楽第《じゅらくだい》の主になった。

政治の実権は大閤にあったようどすが、元気一杯で政務をとられ、御正室のほか側室が数名おられはった。関白になられはった天正二十年、わては十六歳になり、紅絹が終わっていて、いつものように目立たぬよう歌舞曲組と別々に、普段着《つねぎ》で禿二人、市里、若い男衆二人を伴って聚楽第の秘の門から入りやんした。老女に案内されすぐ着替え、少し待った。いつもは宴席で終りだが、老女に寝所に案内され三人ともに、金をちりばめた寝室の和室十畳と控えの間、二つを見た。

酉《とり》の刻すぎ（午後七時）から二十畳の間で宴会。少し待たされ、関白（以下　せきしろ）はんが小姓一人を伴い入室。一斉に頭を下げた。せきしろはんはご機嫌で初めを合図。歌舞曲、琴、三味に合わせわちきが踊り、道化がヒョットコ踊りで笑わせ――。

わちきはお側近くでお酌……酌み交わし少し挑発。膝を割って太腿の肌を見せた。せきしろはんがいつもと違うこと、わちきの膝の間に手を入れ、太ももを触られ中に移り奥へ奥へ。思わず「嫌や…」慌てて手を引っ込められた。

「殿さま、先は長うございますせ」やっと言葉が出たが、初めてで少し震えていた。

「吉野、殿さまは止せ。興ざめじゃぞ」

「では、何と。関白殿下と…」

「これまた大興ざめ、お主らは何と呼んどるのじゃ」

「正直に言ってよろしゅうおすか。せしきろはんと…」

「何、なるほど、せきしろか。それがいい」

「では、わちきの峯の白溝に木は生えとりやんしたか。お手を綺麗にしましょうか」ハッとされて、

「吉野の丘に木は無かったようじゃ。土器《からわけ》なんかのお」

「さあ、それは後のお楽しみ…それ踊りでお示しましょうか」

「やれやれ、やってくれ」

わちきは二人の禿のもと、後に控えた市里からあるものを受け取り「終わりは、せーき、せきしろはんや」。すぐ三味、琴芸者、それに市が鼓《つづみ》を持ち、わちきは長烏帽子《ながえぼし》をかぶり正座。深々と礼。

これから秘の舞。静御前の偲《おも》い歌をご披露つかまつります。

イヨッ　ポン　ポン　琴が続き、静かに立ち上がり、

しづやしづ　しづのをだまき　くり返し
　昔を今に　なすよしもがな

吉野山　峰の白雪　ふみわけて
　入りにし人の　跡ぞ恋しき

わちきが張りのある高い声で唄い舞い朗々《ろうろう》歌い、白拍子《しろびょうし》の静御前になりきり舞扇《まいおうぎ》をつかい踊り、恋人の源義経との別れを凛《りん》として演じ、たった一人の客を感心させ。

座礼して、すぐ下り、次の準備のため長烏帽子を取った。変わりに絹の薄く長い幕の市女笠《いちめがさ》を付けた昔々の立君《たちぎみ》になり、わちきは彼に近づき、裾を捲り上げて帯に挟み、わざと短い真っ赤な腰巻を見せ、その裾をとり合図――

調子をやや早く鼓と琴。禿が両手をあわせ叩き、酔っ払いのようによろけながら、

吉野丘　溝ふみ分ける　勇み人《いさびと》

緩急《かんきゅう》をつけまくり、空割《そらわ》れをチラッと見せて……、

小枝を分割《わけわ》る　せーき、せきしろはん

せーき、せきしろはんに合わせて歌を出すと、お客はん足をバタバタさせて喜んでおられるので

「もう一度」また始めた。

吉野丘　溝ふみ分ける　勇み人

小枝を分割《わけ》る　せーき、せきしろはん

同じようにまくってチラッと見せて、裾を降ろし座礼。

これは考えぬいたことで、わちきは、おしげりをしないこと。その踊りも綺麗で雅《みやび》だが、それだ

けのこと、という評価がありやんした。そこで聖と俗が入り混じることにより、その批判をかわすもので、市里は「太夫ともある人が」と反対。

わちきは、百年以上前の立君の歴史を教え、高位か、すこぶる上客の一人のときだけ、やることで了承をとっていた。


せきしろはんの横の席に戻ると「もう堪《たま》らん」抱き着かれ口を吸われたので、「待って…ここでは嫌」…せきしろはんに手をとられ移り、すぐ禿が付いて来た。

お寝間に入るや否や抱き付かれ、口吸《くちす》い、わちきも舌をからめて充分におかえし。

少し離れ、禿に合図。お酒を用意。

「せきしろはん、もっとゆっくり楽しみまへん、わちき逃げも隠れもしませんぇ」

打ち掛けを脱ぎ酒盃を注ぐ、これは伏見の銘酒で超一級品、返盃も受け
「わちき酒に弱くって。身体がほてり紅に染まるようになりますんぇ」挑発…

脱ぐように言われ、躊躇《ちゅうちょ》しつつ帯と帯紐をとり、肌襦袢《はだじゅばん》に腰巻一枚になった。

「ほな、あんたはんも脱ぎはって。わちきだけやと恥ずかしいどすわぁ」

彼は素直に応じ、禿が寝間着一つにすると、禿に命じ燈明を増やし明るくさせ、わちきを立たせ脱がせた。素裸になり、彼に命じられた通り、両手を広げゆっくり回った。

「美しい薄紅色の肌じゃのぉ。こっちへ…」

薄衣をつけ彼に近づくと手をとられ、押し倒され…始まった。

わちきは最初は地女のおぼこのようにして、性の技法は使わないことにして、「あれ…もっと優しく…」口吸い、首や耳元を舐《ねぶ》られ、彼の右手は柔らかく、わちきの大きくはないが円く尖《とが》った形がいいと言われている乳房、紅色の乳首に、そして空割れの実核《クリトリス》に…彼のがギンギンに…、両足を広げられ、わちきの中へ熱いものが。「痛い、もっと優しく」…奥へ「イタァイ…」叫び声が出た…——少しして終わった。

彼はどさっとわちきの横に寝て、抱きつきながら「吉野のものは狭くてよく締まる」。禿がそれ用の和紙を渡してくれ、わちきのズキズキする下の口を拭くと、血が付いていた。

起き上がり素早く薄衣を合わせ、彼には二人の禿が寝間着をつけ、小さくなったものを拭いた。するとその紙にも血が付き、それに気が付き確かめ、

「吉野はおぼこやったんじゃのお。少し疑っていたがのぉ」

「へぇ、あんたはんが最初の男はん。十六で失いましたのぉ。わちきは太夫でやんすが、おぼこを破ったせきしろはんのことは忘れませんぇ」

早朝に二回、わちきの身体から花火があがり、下から淫水が飛び出血はなかった。

帰りは小雨、傘を借り禿二人、市里と朝帰り、まだ棒が突っ込まれているようで、少し蟹股《がにまた》で帰りおした。

今夜は予約なし。ゆっくりしていると楼主に呼ばれた。せきしろはんの家令はんが来られ、せきしろはんは大層喜んでおられるという。来月の予約の差し紙があり、四百両も支払われ、約束通り

わちきは二十両をもらい、いちとかずきの証書をもらいやんした。

わちきは楼主はん、ご長男に――太夫、天神はここの掟《おきて》として、

――初会《しょかい》　裏《うら》　馴染み
を原則として行うこと。わちきは、おしげりをしないこと。

馴染みで高位・名の知れた方のみにし、その間におしげりを考え、振ることもできること、つまり客を選べることを確認しおした。わちき吉野太夫は市里に三両、禿に一両の月極めの給金を支払っていたが、初穂のご祝儀として一両ずつ与え喜ばせ、普通の食事がとれるようになっていた、かずきにも一両与えやんした。

せきしろはんが話されたのか、公家衆、続いて大名からも初回・裏の予約が入り出した。

楼主はんとの約束を形（かたち）に表すためどうするか…そのころ太夫・天神の道中衣裳は特に決まりがなく、豪華な打掛《うちか》けを競い合っておりやんした。

ふと思いつき、太夫の帯は解かないもの、を示すために、帯を胸元近くまで上げ、帯締めを身体の前でして、名付けて「吉野どめ」として「心どめ」や、と公言。

大打掛けなど約五貫目（二十キロ）の衣装は重かったが、吉野締めで帯を前結び左褄《ひだりづま》で裾《すそ》をとり（芸は売っても身を売らないこと）内八文字で歩き、振袖芸者（市里）に手をとられゆっくり移動。わちきはこの頃から男を知り開花しかかっており、わちき自身がそれに気づき自信が表に出るようになりやんした。

せきしろ秀次はんとは、前のような宴が続いていて、前年に奥州出兵でご縁ができた最上義光《もがみよしてる》様の接待を命ぜられ、聚楽第で秘の宴をしやんした。

なんでもご息女の駒姫はんが、秀次はんの側室になられるとかであったが、わちきを気に入っていただき、桔梗屋で二回ほど。公家はんの最初は何と三条西家の公国はん。鹿恋のとき、お屋敷でお会いしたので知っていて照れくさかった。

例の秘の踊りも口説を少し変え、お公家はん独特のおしげりを体験――。

禿のみづ弥を鹿恋にし祝ってやり、代わりに武家出の禿のとも弥がついた。

わちきは太夫として諸芸に磨きをかけ、公家衆の馴染みも増えた秋口……秘かにお上、すめら命にお目見えし踊りを披露すること。その任にあらず固辞したが、公国はんや楼主はんに押し切られ、殿上するために正五位が下賜《かし》されることになりおした。

このころ、新しい差し紙がわて宛に届いていた。

差出人は徳光天無人（紹介者が本阿弥光悦）――すぐ思い出しおした。

天無人はんの差し紙は今更と思い、わちきが丁寧に筆をとりお断りしやんした。

六月余かかり、かずきが床上げ。しばらくわちきの身の回りの世話から振袖芸者をしてもらうことにし、楼主はん、本人、天神になっていた妹のみち弥の了承をとり、給金を二両―かずきは六月の休みで食費、医師への支払いなど五両かかっており、わちき個人が買取った使用人であり、わちきが何とか支払った。

二階のわちきの部屋の一室に移らせ、よく話し合い。

「かず、あんたは安土の町で子供のときからの友達や。図らずも拐《かどわ》かされ、ここで一緒に奉公しとるけんど、あのことで二十両でわちきがあんたを買取り、また五両かかったんぇ。どう思っとりおすかぇ」

「太夫はん…」

「待って、二人の時は友人として眞亜でいいわ」

「いやあ、いけまへん。命まで救ってもらい、さらにわてとは主従、感謝しております。二十五両、わてが一生かかってでもお返しします」

「その気持ちを忘れんでなぁ。ここへ入る前わちきが、きばってしぶとく生きようと言ったこと、お互いに忘れんようにしようなぁ」

楼主、番頭、ぎんはん、それに太夫はんにも、わちきが付き添い、菓子折を持たせ、振袖芸者の付き人になった挨拶をさせ、鹿恋以下の遊び女や女御衆にも挨拶させおした。

男衆には、頭の金次を呼び、秘《ひそ》かないじめがおこっている事情を話し、付き添ってもらい、金一封に清酒六本を付け、挨拶させおした。その時、金次のおかみさんと男の子が風邪で寝込んでいることがわかり、二人に家事などの手伝いをさせおした。

金次はんのおかみさんと男の子が流行り風邪をこじらせ、少し後に死亡。お香典を包み、市里にかずきを付けて諸事の手伝いをさせ、わちきもご焼香した。

月日が過ぎ、わちきは太夫として自信がつき、華麗な太夫道中も評判をよび、わちきが選んだ遊客を操れるようになりやんした。

朱、黄、朽葉色《くちはいろ》の落葉樹と常緑の濃青葉が重なり合い、鮮やかに彩る秋が深い石畳みの静謐《せいひつ》の御所で、すめら命（後陽成天皇）に拝謁《はいえつ》し正五位を賜った。

一転して、小宴会室でわてが踊りまくり、別室にて例の秘の踊りをご披露。これは秘で口外無用とされ公国《きんくに》はんが手配り、座もちされ、わちきが秘で時折、御所にのぼった。

わちきの名乗り、吉野太夫は正五位の位を持つ太夫として京・大坂や全国に広がり、前代未聞の出来事とされた。

改元があり、文禄元年（一五九二）年、すぐに年も明け文禄二年になり、わちきは十七歳。楼主の命令で先輩たちを押しのけ、林家で筆頭の遊び女の太夫になり、異論は少なくともわちきの前ではなく、かずきへの批判もなくなっていた。

再会

光悦さまほか二名でわちきへ差し紙が入り、昼しか空いてなく期日を指定。

その日の昼前、禿二人、振袖芸者二人（市里とかずき）、男衆二人、大朱傘持ち一人を従え、太夫道中をしようと林家を出ようとしたが、大勢の人たち、遊客などが集まり、正玄関から出れない。楼主はんの判断で若い衆が四人増やされた。

いまにも落ちそうな曇り空のもと、そのときから中年の尼はんが、わちきに近づき、若い衆に押し返され……ずっと続き、わちきは異様に強い目線を全身に感じていやんした。

——吉野太夫　吉野太夫——の声。人が隙間《すきま》もないように集まるも、わちきは無表情を装い、若い衆により、開けられた道をゆっくり歩きながら目線を上に内八文字に素足・高下駄をゆっくり動かしやんした。しかし、心のなかで—あの尼はん、誰やろう。

その尼はんが、わちきの視界のギリギリ右斜め前にいて頭巾をとられはった。

整った顔に短い髪、墨染《すみぞ》めの衣……あれはひょっとしてお母はん？　右斜め前の大勢の人の後ろにいる。顔を動かすこと、太夫道中で太夫がキョロキョロは絶対にできない。

そうだ、わちきは右足の内八文字を小さくし、左足の内八文字を大きく（手を取っていた市里がハッとした）踏み出し、身体が少し右側を向きやんした。

あの尼はんの強い目線と合い——なんとお母はんや…生きていやはったんや。

今更…と思いつつも涙が出そうに、泣いたらあかん、あかんよ…自分に言い聞かせ、こらえおした。いちに合図し一時止まり。道の真ん中どしたが、矢立てから筆を出し和紙に詩を書き、乾かし折り畳んだ。

如月《きさらぎ》の　都《みやこ》に花《はな》は　ときもなく
吉野《よしの》の花《はな》は　一人《ひとり》にぞさく

十七歳　吉野太夫

吉野桜をあしらった扇子で口許を隠し、

「市里、右斜め前にいる尼はんに秘かにこれを渡して、返事はいらんわ」

かずきが代わり手を添え、わちきは粛々《しゅくしゅく》と進み出し、目線を上にして背筋をピーンと張り、しまった！「いち」に詩を持たせたことに気づきおした。少し遅れてやっと揚屋の角屋につきおした。ほっとしやんしたが、式台を上がったところで、やはり市里が尼はんと一緒になり追いつき、尼はんが絞り出すような声で、

「あんた、眞亜なんやなぁ」

わちきは、心を凍らせたようになるべく、冷たく表情を変えずに、

「どなたはん、でっしゃろ」

言葉を残して、式台を上ろう…かずきが「あっ」と言って、尼はんに近づき、

「白川のお母はん、あてや。安土にいた安井かずどっせ」

思わず舌打ち。わちきはそれを無視して大階段を一歩…三歩手すりに掴《つか》まって上ったところで、堪《た》えていた涙が止まらず、頬を濡らし、くしゃくしゃ顔で、振り下り見て、

「なんでや、なんで…。あれから十年どっせ、わちきは京の遊び女、吉野太夫や」

お母はんと横にいた市里とかずきが泣いており、周りは呆然、光悦はんと天無人はんに、謀《はか》られた――控室に入り、禿二人は、すぐにお茶を出したが、おろおろして、

「どういうことどすえ、わけわからんわ」

わちきも正直どうすべきか、わけわからんでいたが、お茶を飲み、汗もかいていて、

「いらんお世話や、さあ帰りまっせ。今日は振ることにするわ。支度して帰りまっせ」

二階の控室に上ってきた市里とかずきに、必死に止められた。

光悦はんもいるらしい。京の花街・遊里で、この方を振ることはありえず…わちきは思いを変え、昼膳三人を用意させた。わちきら五人は二食であり、おやつも用意させ、すぐ薄衣で風呂に向かい汗を湯流し、禿が二人ついてきた。

急いで化粧し、座敷着に着替え、すぐ三人の待つ十四畳の座敷に向かった。


床の間を背に光悦はん、右横に天無人はん、左斜め前に尼のお母はんが座していた。

わちきは丁寧に座礼。

「今日は思いがけないことで、戸惑《とまど》っておりやんす。光悦はん、とばっちりで御迷惑おかけお詫びいたしやんす。天無人はん、お久しぶり昔と変わられまへんなぁ。前にあんたはんからの差し紙を見やんして、過去を振り返るのは嫌でお断りの文を出した筈《はず》でやんすが。お母はん、何でこんなことしやはるのや。あれから十年どすえ。

どういうわけか、わちきのこと知られたと思いやんすが、林家に何故そっと訪ねてこられはらんのどすか。そしたら、いろんな話ができおしたのに。

わちき今でもやるせなさ、悔《くや》しさ、心の中で涙が止まりませんのや。ここの角屋《すみや》はんにわちきの奢《おご》りで昼膳を出させるようにしやんした。遊び女は二食。市里とかずきには、おやつを用意。この二人からわちきのこと聞いておくれやす。わちきはこれで失礼させていただきおす、許して下さい。市、かず――よいな」

わちきは返事も聞かず、禿二人を伴い目立たぬようわちきの心を表すような小糠雨《こぬかあめ》が降り出したなか、半開きの傘で顔を隠し、急ぎ足で帰楼―林家の自室で蒲団を出させ、打ち掛けを被って思い切り泣いて泣いた。…泣き疲れて少し寝ましたのぉ。

この前の年四月。文禄の役が始まり、大閣はんは九州にいかれ、せきしろ秀次はんが、千利休はんらとご相談して聚楽第で政務をみらはっていた。

あのお母はんとの出会いは、市里とかずきが、お母はん、泣いてはったどっせ。「そうかえ」と素っ気なく返事…母も苦しんでいたのがわかりおしたが、毎月一回、せきしろはんと逢い、女の身体が反応し深くなり、心も通じあっていきおした。

このとき、また天無人はんから差し紙。異例なことに期日を任せられ、たまたま空いた日の酉の刻すぎ（午後七時）をこちらが指定。桔梗屋になりやんした。

天無人はんは、裏（二回目）だが、あの舟のことを思い出し、先のこともあって望まれれば、泊まりもと思い用意させ、ある事で―かずきを外に使いに出しやんした。

市里を呼び前に座らせた。わちきの改まった態度に緊張、

「市ちゃん、お母はんのことありがとうはん。ところで、あんた金次はんと付き合ってるのどすか。かずきのようなことがあると困るんで聞くんやけんど」

市里は、身体をもじもじさせ……それでわかりおした。妻子を亡くし、同情もあり、彼の家でかずきの居ない時に男と女になって、できれば一緒になりたいと訴えられ…強い目線があり真剣さが

わかりおした。

市里は十九歳。これはひょっとして良縁と思い、すぐ与次兵衛はんに掛け合った。

借金（立て替え含めて）二十両であり、市里が五両もっており、わちきが三十両あり十五両の催促なしの貸しにして、二人を一緒にしてやり婚姻退楼させる了承を。

その際、与次兵衛はんの代替わりが秋口と告げられたが、二人の仲人、楼から祝金として二両出させることにしおした。

二人を呼び、わちきの立会で楼主に告げさせ大喜びで、十二月の末日で退楼。


華やかに太夫道中。天無人はんの座敷に入った。

天無人はんは、先行した幇間《ほうかん》らと楽しく遊んでおられ、少し酒も入っていた。

「おう、天下の吉野太夫。こっちへ—うん、まてよ。わしは初会か、裏なのか。そうだと口も聞いてもらえんとか」

「なに言うとられますえ。あんたはんとはお舟で一回、この前で裏、今度で馴染みどすえ。もっとも振ることも覚悟してや……わちきの言う通り動かれんとどすがのぉ」

「吉野はんの言う通りばってん。ふらんどいておくれやす」

訛りに、女ことば—どっと笑いをとった。

「あんたはん、どこの国の人や。女子《おなご》言葉も入れやはって」

座が盛り上がり、わちきの踊りも披露。少しして合図し、隣室へ導いた。

禿二人、同じ手順、わちきは薄衣一枚。

彼を仰向けに寝かし、禿が検査。病気はなく、馬マラでないが大きい。

充分に二人に舐めさせ、わては口吸い。二人が扱き秘技を繰り出し、あえなく放出。

素早く元気のないものを奇麗にして寝間着一枚で酒を酌み交わした。

少ししてまた……わちきが押し倒し、禿が扱き、大きくし充分に濡れたので馬乗り。奥まで入れず動き、筋肉を締め上げ、緩め……わちきは声を出し、同時に気をやった。

しかし、演技だと気付かれたようどすが―大満足じゃと言ってくれおした。


父と母も二人で必死に逃げまわり、二人の焼死体がでたことが伝えられ、いちとわちきが死んだものと思い込み、二人の戒名を付け位牌《いはい》も作っていた。

郭で天無人はんが偶然、わちきを見てあの眞亜と気づき教えたが、疑っていたとのこと。二人を許してやれであり「わかりやんした」と応え、抱き合ったまま寝た。

朝方、自然におしげりをし、女の身体を充分に味あわせ、わちきも満足。

彼とはほぼ二ヵ月に一回逢い深めて、貿易の仕事をする帰化人で南蛮の羅紗《らしゃ》などもらったり、中国、朝鮮の言葉を教わり、彼と次のお泊りをした後、わちきの紅絹の日。金次と市里がめでたく夫婦に。わちきも身内だけの式宴に参加。市里は通いに―。

代替り・秀次切腹

その少し後に南海坊天海、眞抄尼ご夫婦からわちき宛に手紙が届きやんした。いずれかの日の宴席のご招待、いちとかずきもであったが、七月の祇園祭で大看板のわちきは休みにくく、いちは妊娠の悪阻《つわり》のころであり差出先、洛北の天台宗寺院の南海坊様に吉野禎子で出しおした。楽しみにしている旨の返信をもらいやんした。祇園の紋日は大盛況。初代の与次兵衛はんは末日で隠居。

八月一日から二代目はんが楼主（忘八）になられはった。

二代目・与次兵衛はんは、このとき三十歳。奥方は名の知れた太夫だったが、落籍《らくせき》され、子はなかった。夫婦仲はよく、正五位のわちきを大事にすると言わはり、わちきに林家の改めることを聞かれはった。

わちきは奉公人、特に金を稼ぐ遊女をもっと大事に三つを申し述べやんした。

一つ、病気（特に下の）にならないよう定期的に医師の検診

一つ、遊び女は身請け、落籍退楼が夢。身請け講をつくり預り金の制度化

一つ、月に一回くらいは野遊びの休みがほしい

少ししてほぼ実行され、二代目はんも良い忘八と思ったが、わちきが入楼して十年、あの覚書により年期明けのはず、わちきの清算をお願いし慌てさせた。

先代もおられ、禿の稼ぎのないころの立替と最近の収入を示され、ほぼなし。

功労金百両をつける。吉野の大看板が退楼するとやっていけないので、残留を願われた。期間は八年。二十五歳で退楼を示され、わちきは条件をつけた。

初会、裏、馴染みで二百両弱（一人前の職人の一年半ないし二年分の給金）くらい林家に収入として入るはずであり、それらのうち三割をわちきのものとする。ただし禿は二人、付き人（芸者）二人と衣裳代は今まで通り、太夫持ち——了承され覚書。


このころ都の外敵の来襲に備えるとともに、鴨川の氾濫《はんらん》から守る堤防の役割を果たすために築かれた堀と台形の土塁である御土居（おどい）の大改造が終わったようどした。

その工事の頭であった二人から林屋あてに差し紙が届き、紹介人は大店の主はんで、たぶん「初回でありよろしく」と添え書きがありおした。

お断りする理由もなく、わて、吉野太夫と舞扇太夫で受けることになりおした。

舞扇はん、付き禿たちと打ち合わせ、初回は言葉もかけず斜め前で観察（お客はんの品定め）するだけが掟であり、そのとおりして対座すること、勿論おしげりはなし。

舞扇はんが先で、二人とも吉野結びで華やかに道中いたし、桔梗家に到着。いつもの手順で着替えたりしていると、桔梗屋付きの幇間・芸者のドッという声や音、おや早々と酒が入り、座敷（二十畳）が乱れているのがわかりやんした。

常のようにすすめ…禿が四人そろって先にお座敷に入り、どっとわきおした。

少しして舞扇、吉野の順に入室——

雰囲気が乱れ嫌な予感がしおしたが、濁声《だみごえ》で「イヨー、太夫はん、お出でや、待ってましたぜ」と声をかけられ。

わてらは、奥に吉野、次に舞扇といれかわって正座、禿が大打掛を二人がかりでとり丁寧に顔を下げ、座をずらし、お客はんを観察…いずれも職人の親方風の色黒大男で、酒に酔って赤い顔。

付き芸者が横に座し、飲まされていたようで、客を前に銀小粒を山盛りにした三方が在り、嫌な気がして、舞扇はんと顔を見合わせおした。

「太夫はん、禿にそれぞれ（銀）小粒をあげようとするんじゃが、受け取らんのじゃ、すすめてくれんかのぉ」

そのお客はんには答えず、禿らにむかって、

「あんたらは、受けおへんだったどすかぇ」

「へえ、太夫はんのお許しが無い限り、できまへん。それがここの掟でっしゃろ」

「そうやな、それでよいどすぇ」

それを黙って聞き、ちびちび飲んでいたお客はんが、

「そこの三方にある小粒全部あげまっせ。太夫とまぐわいをするのに充分じゃろ」

それを聞いた芸者、幇間、禿たちが凍り付き、舞扇、わちきも一瞬耳を疑ったが、わちきはゆっくり立ち上がり、酔客を見て、

「お客はん、京、六条三筋の郭の太夫は、恐れ多くも、お上から位をいただいている遊び女でありおす。芸は売っても身体を売ってはいませんえ。そんなにまぐわいがしたかったら、岡場所へいきな

はれ。さあ、皆、今日は振《ふ》ることにしまっせ」

わてが先に、舞扇を含め禿たちが従い、なんと桔梗屋つきの芸者、幇間も従って、この座敷が酔客二人になりおした。

これは、都の話題になり、吉野と舞扇・二人の太夫の名が上がりおした。


八月八日、蒸し暑い日。わちきの紅絹で休んでいると、関白殿下の家令はんが与次兵衛はんを訪ねられ、明日か明後日、歌舞芸者を除いて来てくれ。異例のお願いをされた。

わちきは、紅絹の処置をして明日とし、禿二人、かずきを連れ目立たぬよう入りやんした。せきしろはんは、苛立《いらだ》って床急ぎ、用意させそれに応えおした。

酒席で、大坂城の側室・茶々が三日に男の子を産み、大閤が大喜びで拾《ひろ》い丸《まる》(後の秀頼)と名付け、後継者だと言っている。

大閤は種なしで、九州に行っていて月日が合わないが、合うようにやりくりまでしており、茶々が産んだ子が、わしの子だと言っているらしい。

わしは、どうなるのか。いずれ廃嫡《はいちゃく》されるだろう。深刻な状態――。

わちきは、あんたはんは豊臣の氏の長者で、現職の関白。それを簡単に除くことはできませんぇ。それに大金をお持ちとか。それを活用されては。

「うん―そうじゃのぉ。金の活用か……」

少し考えられ、着物をつけさせられ、家令はんを呼ばれ、わちきに秘を誓わされ、金蔵へ案内を命ぜられた。

わちきは「恐れ多い、御遠慮を」と申し上げたが聞かれない。警戒中の武士数人を遠ざけられ、大きな白壁の土蔵の南京錠を開かれ中を見ると、千両箱が天井まで届くように山積み。大判が金庫箪笥《たんす》に無雑作《むぞうさ》に入れられており、そのうち三枚を懐に入れられた。

部屋に戻られお茶を飲み、わちきにその三枚を下されよう……固辞《こじ》したが――。

「あなた、あれはなんぼあるのどすか」

「わしにもよう分からんが、四〜五万両はあるらしい。大坂城にもあるようじゃ」

「吉野、まずどうすべきかの」

「これは、決まっておりますのぉ…」


わちきは父親が誰かなど絶対に詮議《せんぎ》しないこと。せきしろはんの弟御の誕生であり、京錦など特上の絹ものなど、お拾い様と茶々様にお祝い献上をご自身でなされませ。

ご正室とともに大坂にいかれることとなり、わちきが信用できる呉服小物屋を紹介することになった。見知っていた三十歳余の、近江商人である近江屋徳兵衛を与次兵衛はんの了承をとり紹介。大仕事になったようで喜ばせ、返礼はお断りした。

その結果は、大坂にいかれて五日後に、また家令はんから直接わちきに連絡があり、屈強の男一人をつれてくるよう言われ、金次を同行。

わちきに大坂のこと、大成功のお礼。娘はんと秀頼との婚姻が示され、金一千両を用意したので、これで大坂の情報とりを依頼され、とりあえずお預かりし、麻袋に入れた千両を二人で持ち、わちきの部屋に入れ金次には五両の手間賃を渡した。

わちきは、これはひょっとすると大閤と関白はんの争いになる――男と女の関係を深めていた天無人はんに秘で相談した。何と大坂城に手の者を入れているとのことで情報とりを依頼。千両を渡そうとすると、六百両だけ受け取らはった。


朝鮮での乱戦が伝わり、兵員の増強もあり、軍費支出のため諸大名がせきしろはんに数千両単位で借金。そのなかに細川家もあった。せきしろはんも多忙で二月に一回ぐらいになり、その年の師走、天無人はんから情報がもたらされ、わちきが秘で同行。

直接、別室に二人だけ、そこで大閤の意向が天無人はんから示された。

わちきはそれを後で聞いた。―大閤は何が何でも秀頼はんを後継者にすること。それをからかった落首が出て数十人を疑いだけで殺したこと。来年早々に関白殿下のご退位と国替え、確定ではないが大和郡山を考えておられること。三成一派が殿下の粗探しをしており、太夫といえどもここへ入れるのは止めるべき――

差し紙が来なくなり寂しい反面、ヤレヤレとも思いやんしたが、大閤と関白はんのことは、天下支配のことが絡んでおり、世間の注目を浴びておりやんした。

年が明け、文禄三（一五九四）年わちき吉野太夫は十八歳、この世界では知らない人がいないくらいの有名人になっておりやんした。

春過ぎ、いち（市里）が女の子を産み、はると名付けられ母子ともに健康でお祝いした。このころ大閤が精力剤の飲み過ぎの荒淫で、頭が少し壊れているとの噂が流れた。

わちきは、南海坊天海夫妻、つまり父と母と宴席をともにし、いちが赤ん坊を連れ、かずきも参加――和解しおした。楼からの救出も、かつて細川玉はんらも言われたことを告げ断った――このままで、たまに会食ということになりおした。ただ、かずきは元遊び女で、今はわちきの個人使用人だが、まだ十八歳であり、どこかいい縁結び先をお願いした。


文禄四（一五九五）年わちきは十九歳。

正月の紋日が過ぎ、かずきを南海坊はんのお寺の家令、十五歳も年上だったが、妻が死に（子無し）後添いの話があり見合いさせた。

故信三はんのことは告げなかったが、経歴は知らせてあり、結果はうまく納得。

かずきが時間をとってくれてあり、話し合い。

「太夫はん、今度のこと、なんともありがたく御礼申し上げます。気がかりはあの二十五両のこと、夫になる方はお寺はんの家令はん…」

「かずき、そのことはいい。わちきは隠れバテレンやけんど、仏教の世界には来世があるとか。あんたとは今世の深い縁や、来世で会うたら返してもらうことにしよう。

それに故信三はんのこと、ぶりぶりのこと絶対に話したらあかんよ」

南海坊夫妻が仲人で、わちきも妹の天神・みち弥も地味な衣装にして出席し祝い。わちきは十両をはずみ、買取り資金などは、秘かに放棄。

みち弥は来年太夫になる予定で、久しぶりにゆっくり話し合いをしおした。

「みち弥、五人いたけんどあんたと二人っきりになったね」

「ええ、病で死にはったさきはん、太夫はんのおかげで、いちはんは子持ちの奥はん、姉もあんなことがありましたのに…感謝しておりおす」

「うん、何か不思議な縁じゃと感じてまっせ」

「太夫はん、こんなときに何か常識はずれで虫のいい話どすが、姉にも知らせてまへん。あての母の、さやのこと…」

風の便りで瀬田の岡場所で、あづちという名で安女郎…できれば何とか、であった。

わちきの母と同じ年だから四十歳。出来る限りのことをする。

すぐ天無人はんに連絡。彼は動いてくれ五日後の昼頃に小ざっぱりした身なり（天無人が金を与えたらしい）で、林家の入口にわちきを呼び、その前に連れて来やはった。

「天無人はん、おおきにありがとうはん。あとでな」

しかし彼はわちきを少し離れて呼び、

「下の病じゃ…重くはないようだが…」

わちきは頷《うなず》き、みち弥を呼びにやり、わちきの二階の自室に入れた。さやはんは昔の面影はあったが、やつれ顔で、ぽかぁんとしている。

「太夫はん、お呼びどすか—」

みち弥が来て二人が顔を合わせ、母と娘で抱きつき泣き出した。禿二人を買い物に出し、わては与次兵衛はんの許にいき、

「かずきのかわりが、見つかりおんしたで、わちきに任せてくれまへんか」

了承をとった。医師を呼んでもらい、さやという四十歳女の下の病気の治療を頼み、少し待ってもらい上にいった。泣きそびれて、あれからのことを話していたらしい。

わちきが、吉野太夫ということ「あの眞亜はんが…」で驚いておられ、別れ別れになった長女かず（かずき）のかわりに、母親が勤めることになり縁の深さに驚きおした。

さやはんは、すぐ治療。それが終り、子供を抱いたいちに作法を教わったりして一か月後にわちきの付き人（振袖芸者）になり、娘たちとも交流させやんした。

三月、久しぶりにせきしろはんから差し紙が入り、禿二人とさやを連れて秘かに聚楽第に入り、ゆっくりおしげりをして夜中に秘かに出やんした。

彼はまだ会ったこともない最上義光殿の娘の駒姫（このとき十五歳）が、山形から京にむかっているのを知り、救出を天無人に頼んだ。義光殿は姫の身代わりを用意したはず。姫のこと吉野が保護してくれんか——わしは罪を着せられ、関白職を追放。ここにいられなくなるやもしれん。姫のこ

とを頼むであり、千両が麻袋で用意。

わちき、さや、秃二人で持ち、何とか夜中に帰り着き、秘を誓わせやんした。

わちきは林家の近くの屋敷を安井さやの名で買い、手を入れ、さやを通いにさせた。

駒姫はんは小さな荷を持った初々《ういうい》しい町娘の姿で天無人はんに連れて来られ、さやの住居に入れ、さやとともに通いにしたが、所改めがあり、わちきの親戚筋の者として切り抜け、ま弥という秃名にして手伝わせることにした。

六月三十日、天無人はんの手の者の警護で秀次はんと会いおした。

七月八日に大坂城(その後、伏見城に変更)に呼び出し──。

天無人に金蔵の鍵をわたし、警護をゆるめさせるので好きなだけ持っていって、これまでのお礼をする。せきしろはんと今生の別れのおしげりをして、すぐ聚楽第を出おした。

その直前に一首を彼に渡しおした。

都《みやこ》には　花《はな》も黄金《こがね》も　なりあるに
なにわにむかう　せきしろ　愛し
よしの　さだこ

せきしろはん、伏見城で部下と切り離され高野山に追放。切腹を命じられ従い、享年二十八歳、首は三条河原にさらされた。殺生関白とされ、作られた偽りの乱行が公表。

毛利・細川家や伊達家などへの資金貸しによる謀反《むほん》――わちきの責任か、悩みおした。

後付けの無理に付けた理由によるこの騒動は、豊臣家を衰亡《すいぼう》に向かわせおした。

八月二日、秀次はん遺児の四男一女、側室ら三十九名、あの寝間づくりをした老女六十一歳までもが側室とされ、二刻余（五時間）かけて処刑――畜生塚に、なんということか。

そして娶楽第も破却され、大部分は側室・淀君のいる淀城につかわれた。

わちきは紅絹の日を含め十日ほど初めて寝込み、こんな死にかたがあるのか、彼の残念死を悼《いた》んだ。ま弥（駒姫）が看病してくれ、その間に楼のしきたりを教えた。

ま弥には一年以上、隠れて暮らすことになるやもしれん。あんたが最上の娘なら、わちきは明智の娘やで。仰天させ、かいらしい、美しい頭のいい娘で小柄だったこともあり、年を偽り十歳として、わちきの禿として従ってくれはった。


わちきは、秀吉は父の仇ではあったが、合戦し戦いの結果であり、せきしろはんの切腹とその家族の処刑があるまでは、どうしようもない女好きのただの色猿、しかし誰が父親かわからん側室の産んだ息子のために、この悪逆非道の処置は何んや――。

女一人の力は限られ、どうすべきか考えた。

紅絹の休みの日、天無人はんに五条の割烹に来てもらい、ま弥とさやを連れて行き、わちきの奢りで京料理を食べ、酒も飲み寛がせ、わちきの考え方、大閤一派を追い詰めることを話し、ご金蔵から得た金額を確認――。

一万五千両。わちきに、その二割の三千両をよこすことを要求。反豊臣を少しずつつくっていく軍資金とし、少しやりとりがあり了承させ、さやの住居の床下に入れさせることにした。そこで初めて天無人が徳川家康殿の上忍と知り、天下国家のためになることが示されおした。わちきは薄々わかっていやんしたが、南海坊はんを家康殿に秘で引き合わせること、伊賀越え脱出で家康はんに貸しがあるはず。秀吉側近の誰かを客として紹介すること、しっかり目を見て頼み申した。

「吉野は何をするつもりじゃ」

「秀吉は伏見城にいやる、ここの少し南どすなぁ。わちきが吉野太夫として入り、おしげりをして殺す。もとよりわちきも死は覚悟しとりおすえ」

「そんなことはだめじゃ。あいつは長くアヘン入りの煙草を吸い、薬で活性化しているが五十九歳で年以上にもうろく、荒淫《こういん》もあり頭を壊しとるぞ。そんな腐れ男と死を伴にするなど考え直せ。よいか、わしは秘かに南蛮から催淫剤《さいいんざい》の強力なものを淀などに渡るようにし周りの女子どもを手懐け、あいつが九州に行った留守中に、淀とまぐわい種付けしておるぞ。あの子・秀頼は、わしに似た白人系長身の子になる。これらによって豊臣の生命を縮めるのが、面白いと思わんか」

このころま弥（駒姫）から、

「あても、あ弥はんたちと一緒にお座敷に禿で出してくれまへん。禿のつとめを果たし秘密は守りますよって」

たしかにお留守番だけでもと思い、禿の定めをまもること、女陰検分が必要。わちきがあんたにはおしげりはさせないを告げ、ぎんはんから例のものを借りた。

ま弥は覚悟を決めて、自ら立ちしょん姿をとった。二寸七分の上品、しかしあそこがびっしり、地女そのものどした。わちきのもの、禿二人のもの、手入れされており、明らかに違い、禿に命じ毛抜き…三日かかり、腋の下も綺麗にした。

張形とこのころ出だした浮世絵春画を見せて、わちきのおしげりの支援、口吸い、しごきなどを教え一人前の禿にし、次の月から、二人と同じ給金を一両とし喜ばせた。

ま弥は、寂しかろうと思いわちきの横で寝せていて、寝つきのよい娘だったが、わちきに抱きつき……乳房に触ったりし、ああ、この娘のお母はんがわり、と思って放置。しかし乳房を吸い出したりしたので咎《とが》めたら「太夫はん、好き。あてを女にして」であり、もっと大きくなってからやー

＊　　＊

ずっと後、地球連邦大統領府の公邸、銀白砂の庭。

マリアは七回目の深夜の瞑想で、太陽系をこえ銀河経度AR3・はくちょう座×・I方向に思念が届き、そこの高い階梯次元の生物のリーダーと思念と触れ合い、「ハッ」としたが、理解できずにいた。十回目で、この相手は、あの昆虫型生物（後に、ミノタウロスと名付けられたβベータ星人）ではなく、「酸素呼吸、二足の人型」とわかったが、その高く・深すぎる思念についていけず、勝手にα（アルファー）星人と名付けた。ここ地球の存在に近い階梯の高い生物であった。

第四　初代・吉野太夫の死・転生

駒姫がま弥・吉野のつま

八月二日豊臣秀次の小さなお子、妻、側室など三十九名が三条河原で処刑され、駒姫の身代わりの娘は十一番目に処刑された。細川玉はんの例であるように、妻や女性は助けるのが通例で、その残虐《ざんぎゃく》な処置に世人が驚き、大閤離れが起きた。

「花を隠すには、花の中に入れる」に限る。こま（ま弥）を花街に入れたが、この花は美しく豊かな才覚と感性を持ち、その処刑を伝えず隠していたが、この娘を表に出すのは、かなり後になり、少なくとも大閤の死後になることを了承させおした。

東国一の美少女と言われた美貌は隠しようもなく、林家の出入に頭巾を付け、さやを必ず付き添わせた。ま弥は十五歳。とっくに女になっていて紅絹はわちきとほぼ同じ。おしげりの現場にも連れて行き、おしげりで禿として口吸い、扱きなどの手伝いもさせていた。

禿のみづ弥らとは、五歳も年が上で、段々女としての輝きが出て来ていた。

そんなとき、瀬戸太夫はんが落籍退楼され、吉野がその部屋に移ることになり、少し造作替えし、この楼で楼主を除き一番広く、ま弥にその一室を与え、さやの家からの通いを止めさせた。

祇園祭の紋日が終わったころ、馴染みになって三回目、気心のわかった大店の店主はんの差し紙が入り、桔梗屋で愉快に騒いだ。

床入りになった。彼はいつも二回で、最初は三人の禿の手交でいきり立ち、少し浅い出入れで大放出、すぐ後始末。そのとき珍しく、酒を所望、若い禿二人が下に用意。

ま弥とわちきが残り、わちきは尿意をもよおし厠へ失礼、二階の厠で済ませすぐ帰ると、何ということか、ま弥が客を仰向けに寝かせて馬乗りになりかかり…

「何して、はるのや」――ま弥が裾を直しながらさっと離れて、

「すんまへん、あてがしかけましたんぇ」わちきはま弥に平手打ち、すぐ下を拭かせたが血はついてなく、まだおぼこか？

禿が戻り、酒を出させ、お酌…気まずく早々に終りにしやんした。

林家に帰り、二人の禿をわちきから三つ目の部屋で早々と寝かせ、ま弥に酒三合を用意させ、座らせちびちび飲み、文箱から短冊を出し読ませた。

罪《つみ》をきる　弥陀《あみだ》の剣《けん》に　かかる身《み》の
なにか五《いつ》つの　障《さわ》りあるべき
こま

ま弥は、署名をみて気づき泣き出した。

「こま、この娘はお前の従妹やな。お前のかわりに八月二日に三条河原で処刑されはったえ。お前のお母はん、その後に自害されはったんよ、お前は何しとるんや」

泣き声が大きくなり、肩を震わせ…暫くすると泣き休み、わちきを睨《にら》みつけ、

「あの娘はあての代わりで気の毒に思いやんす。でもあてに何の罪があるんどすか。あては五つの障りなど知らんわ。ましてお母はんまで、なんで…」

「こま、このことは、わちきの一存で暫《しばら》く伏せとこうと思っとったんや。あんたに罪はない。でもなぁ、この世の中、理不尽だらけや。あんたの目の前におる、わちきも八歳のとき誘拐されて八両で売られてここに入り、そう思っとったんえ」

「太夫はん」

「あんたは十五歳。おしげりの現場を間近でみて女の身体が何かしら、疼《うず》くのはわちきも経験済みや。さあ、こっちへきやはれ」

ま弥がにじり寄って来たので抱き寄せ、舌を絡め合い—酒を酌み交わした。

「ま弥、お前を女にするには道具がいる。どれを望むんや。固めの盃をして、わちきの女にしおすえ」

ま弥はわちきの部屋の納戸から、女性の二人用（半分がやや細く短い）張形と朱の中盃二組と、それに合う酒盃台を持ち出した。台に盃を置き、正対し盃にそれぞれ酒をつぎ、

「ま弥を吉野のつまにする」

「ま弥は、吉野はんを夫にします」宣言し飲みほし…。

「よし、今晩はま弥の初穂刈りや。ま弥、これを使うとおぼこでなくなるけんどいいね」

少しして寝所に移り、お互いに薄衣一枚。せきしろはんを真似してま弥を脱がせ、立たせて両手を広げ、ゆっくり一回転。

わちきより小柄、豊かな長い黒髪、形のいい豊かな乳房、腹部が締まり腰が張り、白い肌でありなんとも美しい。ま弥も望みわちきも同じことをしたが、立ったままで、ま弥が抱きつき、身体を絡め口吸い……布団に倒れ込み、舐《な》め回し合い充分に濡れていた。

わちきが大きいほうを収め、中の筋肉をつかい動かしてみせ、目を丸くさせ、大きく両足を開かせ…「痛い、痛い」…かまわずゆっくりと九浅一深―これは攻めるほうにもきくぅ…同じに花火が上り、どさっと横に倒れた。

「ふーっ」溜息《ためいき》をつき、後始末。張形にも少し血がついていてはずして処置し、抱き合って寝て、朝方また…ゆっくり高め合ってお互いに楽しみ、ま弥も声が出て身体が引き攣《つ》り、本まもんの花火が上ったようどした。

張形に血はなく、すぐ風呂にいき洗い合った。

「ま弥をわちきのつまにした。何かのぞみはないかえ」

「ええ、あては太夫はんのつま。浮気はしまへんよって、これかもな、かあいがって」

「わかったえ。でもこれは秘でなぁ」

「へえ、わかっとりおす。それから昨晩の話、あてのことを父は知っとって、母には知らせられとらんだったんどすか？」

「そのこと、わちきも気になって手の者に確かめたけんど、秘密厳守がいきすぎて、お父はんは、身代わりの娘をたてられたが、その後は知られず、お母はんはその身代わりも知らはらんようじゃった。残念じゃのぉ」

この後、天無人とさや、ま弥を連れ、五条の割烹で会食し、四十五歳の浪人、元武田家の忍びの者の子孫、紹介があり別室で会った。

小柄で引き締まった身体。二刀を前に置き平服していて、わちきが上座に座るや。

「眞亜様、お久しゅうござる。黒部伍兵衛でござる」

ハッとして、よく顔を見た。物覚えはいいほう──。

「坂本の城からわてらの脱出を手伝い、牛車二台の警護にいたな。黒部権左衛門の手の者か」

「はっ、権左は伯父でござる。拙者、伏見の隠れ家で隠れ警護。百姓姿でござったが、不首尾で面目次第もござらん」

「うーむ、そいでは、父の南海坊、母の眞抄尼が生きていることも知っておるな」

「はい。天無人殿から少し前に知り、ご挨拶し、ご迷惑をかけそうで、遠くから…」

「何、何と言やはる。遠くからじゃと」

「はい、南海坊さま、ご夫婦仲よく、お暮らしておられ、もう政治や政争には関わらん世捨人と申されております」

「何としたことか…」

「殿が申さるるには、伏見の隠れ家で連歌……ときの世が終わった。それは七歳の眞亜も吉野の桜として、政治から離れることを願っている。そして眞亜が誘拐され吉野太夫を名乗り、救出を申し出たが拒否。その心は奈良の聖地・吉野にぞ生きる道、つまり争いを避けることを太夫の名乗りで、暗黙のうちに示し続けてくれている」

わちきは、何という混乱と誤解、わちきの言葉足らずか。豊臣を滅ぼすこと…色々説明し、近々、父と母に会うことにして、二年・千両で黒部を雇うことにした。

さやとま弥を呼んだ。さやのことは、安井さやとして知っていて、ま弥は駒姫脱出のとき、秘の警護をし、ま弥が美しくなったのに驚かせ、募《つの》る話をさせた。

そしてさやの住居に住まわせることにしやんした。伍兵衛は妻を亡くしており、少し後にこの二人は……案の定、男女の仲となり、婚姻を前提にわちきが認めやんした。

伍兵衛に仕事を三つ

一つ、ま弥に、こまとして父の義光殿に手紙を出させる。証拠の品（匂い袋）をつけて、ある方に助けられ無事に生きていること。のちに秘で会いたいこと

二つ、天無人の手の者の助けを借り、大坂城に入り、この文（十通、わちきが男文字を下手にし筆体を変えて書いた）を隠し、この怪文書を見つかるように置くこと

秀吉側近の実名。差出人不明など色々に分け…色猿が薬漬けで勃起《ぼっき》―お拾いの父は治長―淀城に幽霊が出る―大閤は種なしで子の父は三成、南蛮人―淀の男は大野修理―
事実と嘘を交えてそれらしくした。
三つ、南海坊夫妻とわちき、ま弥との会食のお膳立てをすること
一つ目は、わちきが少し手直しして、義光殿の大坂屋敷にいた本人に届けられ、三つ目が先になり、二つ目は暮れから正月にかけて発見されるようにし、秀吉は二～三通までは笑い飛ばしていたが段々と疑い、苛《いら》つき出し頭の壊れを加速した。

ま弥とは男と女になり何回も深い交合を重ね、お互いを理解し合い。ま弥は輝き出し、禿にしておけなくなり、わちきの専用の振袖芸者。

ま弥とは色んなことを話し合いおしたが、五つの障り知っていたことを告白―
「女人は成仏できない」という仏教の基本姿勢――それは女人には、六つの悪行――見えを張り、形にこだわり、汚れていて、浮気で、怒りっぽく、悪口をたたくことがある。
したがって梵天・帝釈天・魔王・転輪聖王・仏身を得ることが出来ない。いわゆる五つの障わりがあるといわれていること。法華教では、八歳の龍女が男子の身に変わり、変形男子として成仏できる。どうして女人のみにそう決めつけるのかであり、ま弥にわちきが、隠れバテレンであることを告白し驚かせ、キリスト教の原罪について対比を議論しおした。しかし、当然のこと、結論はで

まへん。

後に変形男子の解釈は誤りで、法華教は男女平等に成仏できる――ずーっと後の異世界で美しい姿形をした女子、マリアはんに教わりおした。

南海坊天海

師走の初め、ま弥を連れ五条の割烹で南海坊天海夫妻、つまりわちきの父母と宴席をもよおした。控えの間で黒部が控えていた。このころから数人の黒部の輩下が、わちきの警備についていた。宴が始まり酒を酌み交わし、ま弥のことを報告。

最上義光殿の二女駒姫―切腹して果てられた関白はんに頼まれたことを明し仰天させ、地味な普段着《つねぎ》であったが、わちきとま弥は輝いていて、ま弥はそつなく挨拶した。

秀次はんが、わちきの最初の男で、おぼこでなくなりやんした。それ以降さまざまな支援を受けやんしたけんど、彼は叔父の影に脅える気弱な女好きの青年。

秀吉が示した罪状は全て嘘、例をあげて説明。ここにいるま弥こと駒姫も、彼がどういうわけか処刑を知り気の毒がり、天無人はんやわちきに頼まれ資金も与えられ助けた。

わちきがなぁ、聖書のマタイ伝―ソロモン大王の栄華も野に咲く百合、野花の美しさに劣ることを話しやんしたが、秀次はん、ハッとされ「聚楽第も同じ運命なのかのお、こんな栄華などそれと同じじゃなぁ」であり、さらに源氏物語の光源氏ともいわれておる藤原道長はんの詩を示しましたんえ。

この世《よ》をば　我が世《よ》とぞ思《おも》う　望月《もちづき》の
欠《か》けたることを　なしと思《おも》えば

色猿はいま満月、必ず欠けますなぁ、わちきの夫にも、詩をつくり示しましたんえ。

黄金光《こがねび》の　聚楽《じゅらく》の邸《いえ》　住む人《ひと》ぞ
わが世《よ》望月《もちづき》　欠《か》くるを知《し》るや

秀次はんは声もなく、頭を下げ、考え込んでおられやんした——聞いておられたお二人も、ま弥も驚いてあらはった。

「わちきは馴染んで惚れやんした。その男の無念をはらしたいのは勿論として、あの『六本指の色猿』がなぁ。天下人となりこの国を、大志のない豊臣のものとしようとしている、これを許すべきか。少し前に太夫として伏見城に入り、秀吉とまぐわいし殺すことを考えおしたが、天無人に止められた——

あんたはんは何故動かれないのどすか。女神はんが現れて信長父子を討て、そして天下泰平のために家康はんを助け、泰平の世づくりを命ぜられ身を捨て、身代を捨てて動いたこと、当時六歳のわちきに言われおしたが、どないなったんでやんどすか。

あんた明智光秀は、腰抜けや……」ま弥が、「太夫はん」…止めた。暫く沈黙、

南海坊はんが、口を切った。

「眞亜は厳しいのぉ。伏見の隠れ家でも言われたが、心に響いた。あの秀次が吉野とかかわり、そんな男だったとは。それに、わしは腰抜けか、娘に言われるとはのぉ」

黙っていた眞抄尼はんが、割り込んだ。

「眞亜、あんたが苦労したのはわかるけんど、お父はんに言う言葉ではありませえ。お父はんに争いの場から遠のいて、静かに暮らしましょうと言い続けたのはわてなんや。責めるんならわてにしてや」…しばしの静寂《せいじゃく》―

わちきは感動していた。この夫婦はいいなぁって、この母はわちきと同じや、

「そうどすか、父上、言葉が過ぎました。許して下さい。でも…」

「眞亜、というべきか吉野わかった。お前の母に押し付けるつもりはないが、まだ乱世のなかでわしは寝ていたのかのお。明智光秀としては無理じゃが、南海坊天海として立とう。さて、どう動こうかのぉ―」


年が明け、慶長元（一五九六）年、わちきは二十歳になり、今日元旦は休み。

今日付で天神のみち弥（十八歳）が太夫になり、正式襲名は紋日が終わった二月一日に近江太夫となる。十二年前に五人が売られて入郭―うち二人が太夫になった、これは前例のないことだ、挨拶にいった与次兵衛はんに言われおした。

近江太夫とま弥をつれて初詣。これは皇室儀礼から始まったものでやんすが、その前に禿四人に一両ずつ（ま弥には別に五両）お小遣い。近江には秘で五十両を渡していた。

近江からわちきに、ま弥のこと楼で噂になってまっせ。「太夫のお人形はん」なのと言われ、「そうやと」肯定——女が主体の世界でよくあること。わちきにあれこれ言える人は、楼主はんのみ。ま弥とは深くなり、わてが男なら正式の妻にすると伝えて喜ばせていた。

夏の祇園祭紋日が過ぎ、朝鮮での戦況がよくなく、軍令違反で加藤清正殿が召喚され、彼は大坂の屋敷で謹慎と聞いた。茶屋四郎次郎を通じ家康殿重臣の方々と南海坊が会い、わちきは最上義光殿と黒部を通して連絡をしていた。

慶長伏見大地震

文禄五年九月五日の未明、それは、何の前触れもなく経験したことのない大揺れ。大地が軋《きし》み揺らぐような大地震があり、余震もつづき、林家の三分の一が壊れ死者が十五人ほど出て、慶長に改元された、いわゆる慶長伏見大地震——

京の都のいたるところで火が出た。わちきの部屋も少し壊れたが、死者はなし。ただ楼の十五人の死者のなかに、あの遣り手のぎんはんがいた。

わちきは、与次兵衛はんと図り、一部の仮屋営業するため、半壊にし、金次を呼び所司代と御所などを見に行かせた。所司代役所は被害少なく、御所は酷《ひど》かった。

さらに伏見城の天守閣や石垣などが損壊。余震は翌春まで続いた。死者千人以上。秀吉はその混乱の中で新たに木幡山に伏見城を築城させていた。

この林家の片づけは大勢の人がおり、さや夫婦やいち夫婦のわちきが貸している家なども仮屋営業用で確保━わちきは女ども二十人、男衆二十人を率い三条西家の指図《さしず》のもと林家の半纏《はんてん》を着て御所に片づけを手伝わせた。

御所は広い。手が足りず十の傾城屋に男女二十人、そこの半纏を着させて応援を求め、太夫と天神クラスを奥の仕事にむけて、わてが五日間指揮した。

三条西卿、近衛卿のおはからいがあり、代表として太夫十五人が正五位となって、すめら命の謁見《えっけん》を賜り、以後、京の太夫は殿上が許される正五位となりおした。

大地震で大被害を受けた伏見城の秀吉のもとに一番にかけつけたのは細川忠興殿。次が謹慎中の加藤清正殿でお二人とも警備を命ぜられ、次に来た石田三成を城内に入れなかったという。最上義光殿は、家康殿屋敷にかけつけられたとか、確実に豊臣政権に亀裂《きれつ》が入っていた。

忠興はんは、折に触れ来楼され馴染みを深め、このような秘の動きもあり、豊臣家は三成らを中心とする官僚派と福島止則や加藤清正らを中心とする武断派に分かれていった。

翌年（慶長二年）一月。大閤は二度目の朝鮮入りを命令（慶長の役）。厭戦《えんせん》気分で、二派が対立━。

慶長三年わちきは二十二歳。ま弥は十九歳であり、病に衰えた大閤は、三月、醍醐寺三宝院で桜の花見。わちきが太夫十八人を引き連れ参加し、踊ったりし、太閤からわちきあての出張の差し紙がとどき「よし」ある決意をしおしたが、病に伏し、八月十八日、伏見城で死去、享年六十二歳

家康殿以下五大老、三成の五奉行が、顔の整った色白の秀頼（このとき五歳）を補佐。

わちきとま弥、二人は四年余の夫婦。しかしこれまでと思い、最上家へ帰る準備をさせ、ま弥は「嫌じゃ、吉野はんと一緒にいたい」で、少し時をかけおした。

最上義光殿は家康公の為に積極的に動かれ、東北の諸公を上杉家を除いて纏められていたが、五奉行の一人で佐竹義宣殿は三成らの一派で、手こずっておられた。

林家は盛業で市里がぎんはんの跡をつぎ、通いの遣り手で若い娘を鍛えていた。

このころ禁を破り、家康殿が福島正則と伊達正宗と婚姻をされ大騒ぎになり、三成派の前田利家が動き家康殿は謝罪、しかし婚姻はそのままにされた。

義光殿が自ら来られ、わての前でま弥を説得。義光庶子の最上まやとして佐竹殿の庶子二十五歳を婿《むこ》に分家五千石で迎え、家康公の了承も得ていることで、やっとま弥を承諾。

翌年四月の縁組を整えた。ま弥は、武家の出戻りと伝えてあり、今まで以上におしげりを繰り返したが、まぐわいの初心を装う技法を実技で教えた。

しばらく姿を見せなかった天無人が来て泊まりをとり、お互いに満足。彼はま弥（駒姫）が大人の絶世の美女になったのに驚き、義光殿に朝鮮での戦いの合間を縫って購入した、明国産の手投げ弾を引渡すと伝えられた。

年が明け慶長四（一五九九）年ま弥と別れの年。いい絵を描く浮世絵師を知り、ま弥とわちき二枚ずつ、二人そろって二枚の肉筆の浮世絵を描かせ出立前になんとか完成。

記念とし分けおした。ま弥とわちきは普段着《つねぎ》で警備の武士などが二十人くらい、女駕籠には乗らず歩きながら話し合い、醍醐の西まで送った。そのころは涙も枯れ、目と目で心が通じ合い、帰りは雨になり林家の若い衆が二人警備についていたが、どうやって帰ったか覚えていない。それから七日間、病になり寝込み、いろんな人の見舞いを受けた――わちきは二十三歳

翌年。まやからは婚姻生活……優しい夫であり地味に暮らし早くも懐妊――

祇園祭り紋日の最中の七月一七日、ガラシャはんが大坂玉造の家敷で三成の人質になるのを嫌い、バテレンの教えで自害できずに、家老の手によって果てられ、享年三十八歳が伝った。

辞世

散りぬべき　とき知りてこそ　世の中の
花も花なれ　人も人なれ

わちきは、秘かに伍兵衛をつかい数回ほど文通しており、その悲報に接し、紋日ではありおしたが楼主に断わり、「とき」の言葉を深読みし、一日自室で喪に服した。

夫の忠興殿は上杉征伐で関東に従軍、三男の光千代（後の忠利）殿が江戸城におられ、お二人にお悔やみ文と献歌を南海坊はんにお預けした。

献歌

ときすぎて　なにわ花なく　玉散りぬ
都に残る　とき花ひとつ
慶長五年八月　京　吉野太夫禎子

上杉討伐、関ヶ原の合戦——

辛《から》くも戦で上杉に勝利された義光殿がこられ、まやに娘の誕生、眞亜と名付けたことが知らされ、客として楽しんでもらい、床花代と別にお礼として千両を置いて行かれ、子供用などの京錦など、近江屋からまやに送らせやんした。

わちきは来年で八年の年期明け。これまで遊び女の太夫としていろんなことを技芸の書にして残してきやんしたが、纏めてみようと思い立ち、それらの整理を始めた。

光悦はんもたまに客として来られ、楽しまれ深い馴染みとして相談にのってもらった。

一年かけたが纏まらず、十二月年期明けとなり、五百両ほどいただけることになり、与次兵衛はんから延長を懇願され。

義光はんの千両もあり、お金は少なくして、仕事量を半分—つまり客を選別。四分の一を市里とともに若い娘、遊び女の教育をする、一年ごとの年期契約とした。

市里と金次夫婦には二人の娘、さやと黒部夫婦には一人の娘がいた。

それぞれの夫婦を呼び、わちきが買取っていた二夫婦の住んでいる家は、条件をつけ贈与。わちきはバテレンであるが、死んだら仏式で火葬、骨は琵琶湖の二ヵ所、安土と坂本付近で湖に撒《ま》いて欲しい。そして、出自を決して明かさないこと。百両ずつを渡した。

いろいろ追求されてもはぐらかし、後から書にして渡しおした。

わちきはこのころから、左の乳房に小さなしこりを発見。これが死病と直感。

太夫技芸書の芸事はいい。誰が書いてもほぼ同じに、禿から鹿恋、天神の心得もそう。問題は性と禁忌。おしげりと床上手と秘の踊り制約ごとにありやんした。

どう書くべきか迷いつつも、太夫が読むことを前提に口吸い、舐陰、後ろ衆道などの極意の部分は袋綴《ふくろと》じにして普通に読めば気付かれないようにし、ま弥との長い経験から淫具の使い方もそこに含め、遊び女の歴史、神話から性がもともと聖に繋がる大らかな楽しみごとであること…この書が二代・吉野はんから、後の世に引き継がれ、さらにずっとずっと後の世で性・愛のバイブルのようになるとは夢にも思いませんどしたな。

それを二年余かけて完成させた。胸のしこりは少しずつ大きくなっていて、二十五歳で退楼を決意した。しかし来年、徳川家の板倉所司代の命令により、ここの郭の全てが六条三筋町に移ることになるので、名前だけでも残してくれと懇願。

近江屋がそこ近くの七条木屋町通りに引越し、その祝いを兼ね立ち寄った。隣の屋敷が売りに出ており二百坪弱の土地に四部屋の家を三百両で買取り、松の木を植えさせ、その枝を一本、庇のように小さな門にかぶせた。そこから通いの太夫となり、好きな客とだけ相手をし、小鈴という武家出の禿を付けてくれ、よう動いてくれた。

義光殿が上京され、まだ移築前の桔梗屋で泊まられ楽しく過ごし、まやの二人目の懐妊を知り、すぐお祝いを贈りおした。

父と母は駿府の家康殿のところにつめており、年が明け、六条三筋町に楼が移転。わちきも金看板として大きな部屋があり、そこを少し使うことにし、完成した技芸書を禿たちに学ばせた。

宮本武蔵

わちきは二十七歳。この世界では年をとりすぎており、何が何でも退楼するつもりで挨拶状もつくった。

このころ、徳川家康公は征夷大将軍に就任され、江戸に幕府を開かれた。

二月中旬、光悦様から差し紙が入り、わちきの退楼前、最後の相手が光悦はんならいいやと思って期日を決めおした。その後どうしたことか、久しぶりに天無人はんに差し紙の変更。まあ仕方ないかと思っていたら、前日、宮本武蔵はんなる聞いたこともない武家はんに変更、わちきは怒った。くるくると変えられ品物の転売のよう。

しかも光悦はん、宗達はん、天無人はんらは別の遊び女をつけてくれという依頼、これは楼の掟違反。市里に事情を話すと市里も怒り、屋敷にのりこませた。

少しして何と天無人はんがここに来て懇願《こんがん》され、仕方なく三人に太夫をつけ、わちきがその武士の相手をして、満座の中で恥をかかせて、振ることを考えていた。

その日、幇間や芸者らが先に座につき、わちきは最後になる太夫道中を三人の太夫を先導させ、底冷えの寒いなか、華やかにゆっくり行いおした。吉野をトリにした四人の太夫道中は初めてのことで、大勢の遊客などが集まりおした。

この色街での有名人である三人のお客を待たせ、太夫四人で順に湯をつかい座敷着。三人の最後にわちきが、真ん中に座らせられていた武士の横に…若い精悍《せいかん》な顔。しかし澄んだ目をしておられるのに気付き、わちきより十も若いのでは。折目正しく、

「拙者、武者修行中の宮本武蔵と申す。よろしくお願い致す」

「わちきは吉野太夫なます。あんたはん、人を斬りはりましたかのお」

袖口についた血を懐紙で当て、拭いた。

禿の小鈴をそのままにし、血を吸った懐紙を捨てさて、少し前のことと思った。

二階に上がったが、どうしようか…。

三人は早々と床入り。珍しいことで、天無人が手を合わせたのを思い出し中に入った。

小鈴が何やら教え頷いておられ、横に座って黙っていると、「あのー太夫、これを」酒をさそうとする。

可笑しくなって思わず、してはならないこと笑みがでて…

「小鈴におそわりやんしたか、太夫は初会のお客はんとは話しせんことになっとるんやがのお。まあこれが最後だからよろしゅおすか！」

「えっ、最後とは、何でござるか」

「わちきは八歳で入楼。在楼十九年で退き、これが最後のお座敷なます」

「何と拙者より八歳年上で、今日が最後の宴とは」

「あらいやでやんすな。あんたはん、そんなに若いんどすか」

「偽りではござらん。まぐわいをしたこともなく、すごい太夫さんとまぐあう…」

「えっ、今なんといやはりました。わちきとまぐわいするって。京の太夫は芸を売るもんですせ。初対面の方とまぐわいなどしませんえ。なんや、帰りなはれ」

この座の空気が一瞬で冷えた。

「そうであったか、すまん。それでは失礼いたす」

武蔵はん、一礼して頭を下げ宴席を出て行かれたので、わちきが呆然、

「太夫はん、いいんどすか」小鈴の一声にはっとして、

「すぐ行って、丁寧にここに帰ってもらって」

小鈴が早足で追った。わちきは何を苛立《いらだ》っているんだ——花街の掟知らずは当たり前として、素直な礼儀正しい若者なのに——少ししてその若者にわてが下座から座礼。

「怒っておられんのですか、失礼を申し上げた」

酒を酌み交わし、いろんな諸国、西国の話を聞き、頃合いをみて別室へ。ちゃんと寝間の支度がしてあり、彼を禿の小鈴と小雪が脱がせ、わちきが一枚一枚脱ぎ、まだ形のくずれない裸に薄衣一枚。ゆっくり口吸いをし、二人が寝間着で仰向けにして、わちきが絶妙の手技で触ると、すぐ放出…。

「すまん、すまん…」

「いいんどっせ、まだ、まだ、どすえ」わちきの乳房、肌に触らせ、口で奉仕。下に移り禿が頭に、また立ち上がり、すぐ収め動かす間もなく放出、後始末…。

少しして…またー。


そこで酒を用意させ、彼の身の上ばなしを受けおした。

お姉さんが暴漢に襲われ、その後を見て汚いと思い十九になるまで経験なし。濡れ手拭いを用意。わちきのものをふきとり、燈明を近づけ、両足を広げ見せおした。

手入れは充分。「どう、汚うござんすか」

「いや、初めて見た。美しい、それになんともいえない香り」

「武蔵はんのものがそこに入り、放たれましたんえ」

彼はそれを見て、奇麗じゃ。禿を下らせ、二人で楽しみ、朝がたもう一回、わちきはこの青年が早くも自信を持ち、わちきの身体を支配するのにたまらなくなり、嬌声《きょうせい》をあげおした。


朝方、大門まで送り、自宅に招待をつげ和紙に七条木屋町通り近江屋が目印、酉の刻（午後六時）までを告げおした。

彼は、わちきの左乳房をもみ、固くなりかけの、しこりにはハッとしていたが、何も言わない。わちきは、彼こそ退楼を決意した最後の日に現われたわちきの最高の男と確信、おしげりで下に入れていた避妊具を外しおした。

少し早く出で、精の付くスッポン鍋を用意して待ち、風呂にも入り仕度した。

定刻少し前に来てくれて、戸を閉め玄関口で口吸い、ゆっくり楽しみ、風呂をすすめ寝間着を置き、夕食の用意、酒も整えおした。

彼は、素直に従ってくれ、楽しい時を過ごし、汚れのない青竹のような真っ直ぐの青年であることが判りおした。食事が終り、彼がわちきを求めやんした。

「吉野、裸を見せてくれ」、少し恥ずかしかったが薄衣も取り裸になり、彼は、わてに触りながら、「美しい」と言いつつ、筆と和紙を求められ慌《あわ》てた。

さらさらと描いていかれたが、寒い—もう止めて、裸が墨絵に。

わてが寝間に手を取り案内し、太夫と客でなく、女と男でまぐあい求め合い、彼は朝方までわての身体に五回も放った。その間、筋肉の塊りが心地よく抱き合って寝おした。

お昼ころ起きた時、彼はおられはらんやった。

吉野太夫殿、わて宛に置手紙。二年近く東海道から天無人殿と一緒に旅をして江戸に——必ず帰ることが達筆で示されていて、裸と着衣の墨絵が一枚ずつ残されおした。


その墨絵の上に聖書が置かれていた。

鏡台の上にうっかり置いてしまっていた。聖書には朱書きでわての書き込みがしてあり、わてが太夫でバテレンと気付かれ、彼は、それを嫌って逃げはった—まさか…でも?

最初はちょっとギクシャク、しかし三日間でおしげり十数回をして、身体が馴染み心が通い合ったはず。それに、わての中に仕込んでいた薄い予防紙を外している。

ハッとして墨絵と聖書の前に膝まづき、両手を組み頭を下げ口に出して祈った。

―天にましますデウスさま、わが罪をお許し下さい。

デウスさま、原罪はあるとしても、わてに何の罪があり、悪いことしましたか、わては、この時代に流されまいとして必死に生き、何とか信仰を保ちやんした。

信仰が対価を求めるものでないのは、よおくわかりおす。わてはあと少しで命尽きますので、デウスはん、最高の男を会わしてくれはったんどすな、そして子種をわちきに…。

一と月後にわかりおすな丈夫な子、男でも女でもかましまへん、わてにお授け下さい。

退楼と別れ・転生

わちきは退楼の準備をしていたが、紅絹がこない――デウスはん聞いてくれはった。それに今度は与次兵衛はんも引き止めはらんで、わての馴染み客名簿を渡しおした。

わちきは、技芸書の中綴じ込みに武蔵はんが画かれおした裸と着衣の墨絵・慶長八年三月「吉野太夫のあり姿」として入れた。これを見る人、たぶん太夫を目指す天神はん、驚かれはるだろう…その仰天するさまを思い浮かべ、何やら楽しゅうなりおした。産み月は十二月上旬ころになる。胎児に悪影響を与えるという煙草をきっぱり休め、さてどうしようかを考え、文で予約をとり、光悦邸を訪問し一番信頼できるお客はん、光悦はんに全てを打ち明けて相談しおした。

お屋敷の離れ家を借り、付添い婦も付けてくれ、お世話賃三百両―固辞されたが、無理やり受け取ってもらいやんした。

盛大な退楼式を与次兵衛はんが三月過ぎにしてくれ、慰労金をはずんでくれおした。

わてはあれから父からの連絡がなく不安になっていた。そこへ何と父からの文が江戸から届きおした。しかし秀忠公への、将軍代替わりの準備などで今はいけないけれど、来年の春に秀忠公のお供で京に入る。その時と示されており諦め、あの伏見の別れで縁が切れたのかなあと思いやんした。

悪阻《つわり》が来て七条木屋町の家で静かに過ごしたが、わちきは確実に生命が尽きる予感。武蔵はんあて遺書二通。光悦はんと小鈴に預託、ただしわてのこと気にかけてくれはるときにだけ渡してくれることにし、技芸書、せめてもの憲法染め上衣下衣一組、風呂敷包みにし小鈴に預けおした。最上まやはんには、文と辞世を二通。市里と金次夫妻、さやと黒部夫妻かず夫妻一通ずつ辞世。林与次兵衛はん、南海坊天海夫妻に辞世と文。

それにこの家、近江屋にたのみ三百両で方広寺大改修の大工棟梁はんに売れることになり、引渡しは今年十二月一日。未収も入れて千四百両余りが残り、生まれてくる子の養育費に千両、かつての「夫」からの大判三枚を光悦はんに預託し、産まれた子が男なら弁之助、女なら眞理に、できれば白川家を残すように一方的にお願いしやんした。

三百両を文とともにある条件を付して、与次兵衛はんに預託すると、驚いておられ実行を約束され、もう一つ、「わちきの出自」・明智の氏《うじ》を明かさないことをお願いした。

初夏、祇園まつりの絞日。トンチキチ、トンチキチ、かねと笛と笙が鳴り出した。さあ忙しく心が騒ぎやんした――はぁ、わてにはもう関係ないんや。二十年近い郭生活でつい反応しおした。戌《いぬ》の日にお寺はんに参って腹帯（岩田帯）を腹に巻きおした。

九月十五日わての腹が大きくなりだしたころ、禿のきん弥だった越前太夫を桔梗屋に呼んで、退楼による個人のお別れ会を了承してもらいやんした。

与次兵衛夫妻、市里夫妻と娘二人、かず夫妻と子、さや夫妻と子、それに昨年始め落籍退楼し大店の店主の妾になるも、御主人の妻の死によって正妻になった近江太夫こと安井みち夫妻、わての禿だった鹿恋の鈴音（小鈴）と、小雪十五人に来てもらいやんした。

皆がわてのお腹が大きいのに驚いており、生み月は十二月中ごろ父親はヒ・ミ・ツ。市里と金次に運んでもらったもの、形見分け（子供たちには、封に入れた一両）をした。形見分けに驚かせ、理由を遠いところにいく、父母のいる江戸、まやの山形かな…でごまかしおした。

愉快に騒いで終り、越前太夫、付き禿、芸者衆に多めの祝儀を払いおした。


市とかずが送ってくれはった。五日後、ここをきれいにし、市と金次夫妻それにかずが付き添ってくれ光悦はんの離れに移り、出産準備をしおした。光悦邸は御所近くの今出川に在り、老松の巨木のもとに四季を彩る花木が点在。このときは朱・赤・黄の紅葉が茂り、チラホラと地面に落ち、心癒されおした。静かに暮らし聖書を読み……この書の処分は光悦はんに、わてと一緒に火葬してもらってもよいが武蔵はんに渡してもらうようにもお願いしおした。そして、明智と天海僧正はんのこと秘にし、琵琶湖に散骨もお願い――一人になり、わての一生を振り返ってみました。

もの心がついての安土の城下町の生活、楽しいことばかりどしたが、雨の本能寺の変で暗転、わての実父が殿の明智光秀・南海坊天海・天海僧正とは――

義父と母は仲の良い夫婦で、南海坊はんもいい人で苦しんでいやはった。

不思議な女神はんに命ぜられて織田父子を討った辞世の「心知らぬ　人は何とも言はばいへ…」

――わては、それを信じる。二人の父と母、わてに優しい親だった。子を思わない親がいるものか、わてのお腹の子が動くようになり、母親の喜びとともにわかり、全ての人は母の胎内にいるときから、その思いを受け継いでいるのどすなぁ。

それに対するわての言葉「腰抜け」…父をどれだけ傷つけたか、反省するばかりどす。

人は生まれたからには必ず死ぬ。これがこの世、全ての人の平等なものであり、わての死期は近い。この短い人の世で何をしたのか、他の人を傷つける一生ではなかったのか、無器用に聖書を読みバテレンの教えを守っていたと思ってはいおすが。京の郭という囲いの中ではあったが、何と幸運の重なった人生だったのか、あっ、またお腹の子が蹴った…もう少しどすえ。

このとき、夢の中に鈍い光の玉がクルクルっと回りながら現われ「もう少しだ、わが使いの者がむかえにいく」を聞いたようどした。


産婆はん、付添いはんも法華宗信徒らしく親切な方ばかり。

――予定通り破水、いきみ、いきみ激痛のなか、わてははっきり泣き声を聞き、女の子さんですよ、はあ眞理や、この赤子がわての生命を未来につなぐのだ……牛頭人身の火車の迎えはなく、痛

み も消え光悦はん、産婆はんらの顔がぼんやり見え、ああ幸せや――気が遠く暗くなり、音が消えたなか光に導かれあの世に旅立ち、夢告《むこく》で示されおしたお使い人、奇妙な服を着た背の高い、銀色に輝く髪をした美しい女人に手をとられ進んだ。

辞世

はち植《う》えの　都《みやこ》に咲《さ》ける　ときの花
夢《ゆめ》をかさねて　朝露《あさつゆ》に散《ち》る
慶長八年十二月　吉野太夫

遠く…根雪の残る山形の最上家の分家屋敷で、まやは――少し遅れて文と辞世を受け取った。大切にしていた浮世絵二枚を出し涙が止まらず、不覚にもその絵を、少し汚してしまい、それを四歳の娘の眞亜に見つかってしまった。

「お母さま、何を見て泣いていらっしゃいますの」

「この絵のお方は、京の都で五年近くお世話になった方。もう亡くなられはったんよ」

「お母さまと同じように綺麗な方ね」

「そう、綺麗で優しくって、勝気ないい方だった」

「へえ、なんて方？」

「吉野太夫はん」

最上まやは、少し後で吉野が娘を産み産褥《さんじょく》で死んだことを知り、その娘の白川眞理に、光悦さま気付で献歌した。

都《みやこ》ごと　夢《ゆめ》にありしと　思《おも》いさり
ときはな散りて　涙《なみだ》つきぬや
慶長九年五月　吉野つま　最上まや

＊　＊

かなり後に気が付きおしたが、産後の身体が元に戻っていた。

あのお使い人・銀髪の輝くまりあはんから丁寧に挨拶をされ、わては、

「ここはハライソで、まりあはんはエンジェルはんでやんすか」

「眞亜とよぶね、私がかなり年上だから。ここは、ずーっと後に私がつくった国じゃが、日の本と同じような国―私は眞亜の娘・白川眞理からずっと後の子孫の一人ですよ」

「わての子孫の方で…」

「そう、あの徳光の子孫でもあるのよ」

「そうどすか、わてより年上ですって、二十歳すぎにしか見えまへんが」

「若く見えるというのは、うれしいね、ありがとう。わたしは九十九歳。徳光天無人の若返り遺伝子が私に発現、私はあと百年近くこのまま生きられるわね。ところで私は、阿部眞理亜と漢字で書くのだが、この地球をテラといい、人をスと言う。姓と名前の初めの一字をとればどういう氏名に変わるかな」わての頭の中にその漢字が示され―

「阿部はア、眞理亜はマ。それにテラの人テラス…アマテラス様、何と！」仰天…

「そうじゃ、私は過去世のアマテラス大神になり、光秀らの前に現れ信長父子の打ちとりと、光秀の生き残りを命じ、家康に夢で示し、これが洩れるのを防止するため少数の者を除いて記憶を削っていき、斉藤利三の娘・福を助け―与次兵衛の頭の血管の一部を念気で切り、眞亜をこの世界に連れて来て、まず治療をしたのですよ」

そこでマリア地球連邦大統領から申し出られたことは、これからのこと。五歳の女子の十日間の教育、少し休み、わての仕事、驚くべき、仰天すべきことどした。

銀白砂の庭での十二回目の深い瞑想、銀河経度AR3・緯度HA5に思念を集中―

さらに集中し、強く、強く集中…α星人とつながり、「汝の世界で三千年ほど前、ブッダという男と議論したことがあるが、汝も男か」「いや、わたしは女性ですが男の機能も持っている両性具有の、ここのリーダーです」「何に△×□×○…」―思念の交流が途絶え、反応もなくなった。

［第二章］

二代・吉野太夫

第一　徳子の選択

引越し

慶長十五（一六一〇）年、古今随一の名妓といわれた正五位、吉野太夫禎子（白川真亜）が今世から姿を消して七年経った。

七条木屋町通りの呉服の大店《おおたな》、近江屋の店主・近江屋徳兵衛（以下、徳兵衛）と番頭たちは、近江商人で、三方よし（売り手よし、買い手よし、世間よし）の近江商人道を商売《あきない》に反映させ、傾城屋の忘八や太夫、遊び女などから大きな信用を得ていた。

特に傾城林家《りんや》の主人（忘八）二代目の林与次兵衛《はやしよじひょうえ》（以下、与次兵衛）とは、家族ぐるみの付き合いで、林も近江商人道に賛同。

その隣の家は四間の部屋で小さな木組みの瓦屋根の門があり、門かぶりの松が庇《ひさし》のようになっていた。大仏殿方広寺工事の棟梁が、七年ほど前に売りに出たのを買い住んでいたが、工事現場に遠く、方広寺近くの家に住んでいた浪人の一家と交換し、その家族は少しの荷を、賃借りの牛車に引かせ引越してきた。

西国——芸州広島・福島藩の浪人の松田権右衛門と妻の光子、その一人娘の徳子（五歳）であり、松田家の三人が隣の近江屋に引越しの挨拶にいった。

このとき林家の太夫になって半年の肥前太夫が、供の男衆《おとこしゅう》と禿《かむろ》二人を連れ、豊かな黒髪のおすべらかし・普段着《つねぎ》で来店、十八歳の華やかな美女であった。

江戸・吉原などに比して、太夫などの外出は比較的ゆるやかで、時々このような来店があり、供の男衆（牛太郎）を玄関脇に残し、太夫たちを奥へ案内した。初めて見る匂いたつような太夫の姿に松田家の三人が見惚れた。

徳兵衛が三人に来店の赴きを訪ね、奥の客間に案内。

小さな庭の奥、白壁の土蔵三棟とは別に大きな庭園、いくつかの伏松のみえる客間二室。奥に太夫たち、その手前の客間に松田家三人を通した。

太夫は、七月から始まる祇園祭に伴う林家の紋日《もんび》（郭が定めた特別な祝日で、太夫以下が着飾り、祝儀や花代が二倍以上になった）に来客してくれそうな馴染みなどへの御花代・お返し品の選択であり、唐小物なども広げ番頭たちが対応。

奥座敷から娘がお手間《てま》（洗面所）を望んだ。

その娘は丁寧に礼をいい廊下に出て、教えられた反対側、左の太夫たちの方へ行った。庭先の障子は開かれており、その廊下にちんまりと座り、唐物や工芸品などの品定めをしている様子をじーっと見ていた。

太夫がその娘に気付いた。

「おや、かいらしいお嬢《とう》さん、うっとこにご用どすう」

「いやぁ、用ってありまへんけど、そこへいくのあきまへんか」

「そうどすなぁ、かまへん、おこしやす」

娘は物怖《ものお》じもせず、すぐ太夫の右斜前に座って、太夫をジーッと見ていおしたが、番頭が、驚いて手代に小声で「どこの娘や…」手代を下がらせた。


「あて、松田徳子五歳でありますなぁ」

「わては林家の肥前太夫十八歳でおすえ。この禿は小里《こさと》、小浜《こはま》といい八歳でやんす」

「そうどすか。あて肥前太夫はんのような、美しい女御はん初めて見やんした。あてもなりたい。どうすればよろしゅおすかぁ」

漆の煙草箱を手に、長煙管《ながきせる》で笑みをたたえて応答していた太夫の顔がさっと変わり、厳しく、それを察した番頭と禿二人も空気が凍り、長煙管を置き太夫が向き直った。

「徳子はん、武家の娘はんやな。お父はんお母はん、いやはるんでっしゃろう」

「はい、隣の部屋におりますなぁ」

「あんた、今なんていやはった。太夫になるということは郭《くるわ》に入り、遊《あそ》び女《め》になることなんよ。女が苦界《くかい》に身を沈《しず》めることがどういうことか、わからんで軽々しく口にしやはるな。こんな世間知らずの娘と口もききとうないや」

しかし、このことが縁で店に来る肥前太夫とも友誼《ゆうぎ》を得、さらにこの家の長女で同じ年の美江《よしえ》とも友達になり、母が自宅で書、立花、琴などを二人に教えたりした。

神隠し

松田光子の夫の権右衛門は、その「秘」の任務のせいか変名を使って出歩くことが多く、木屋町の自宅にあまりいなかった。その分、光子が娘や隣家の美江に行儀作法まで躾《しつ》け、近江屋の茶室で茶道まで教えたりしていた。

徳子は太夫との一件はすっかり忘れ、健康で活発な娘になっていた。

入梅《にゅうばい》になり、権右衛門は大坂に所用で三日ほど留守。書と立花の片付けが終り、自宅の雨は上がり裏門から近江屋へ美江を徳子に送らせた。酉《とり》の刻まえ（午後五時ころ）。

酉の刻すぎ（午後六時ころ）になっても徳子が帰らないので、また近江屋さんで道草…と思い、念のため裏口から近江屋の裏門を入り、美江に訊ねた。

「あっ、お母はん、何んどすか？」

「徳子、こちらはんにおりまへんやろうか」

「えっ、徳ちゃん、あてを裏門まで送ってくれはってすぐ帰りやはりましたぇ」

裏口に回り家の中、玄関も捜したが――いない。

この少し前、一人になった徳子の周りに霧のようなものがかかり、徳子はフリーズ。その中から現れた奇妙な服を着た長身の女性が抱き着き…消えていた。

傾城林家に赴き、二代目の与次兵衛に紹介してもらい肥前太夫はんにも会ったが、来ていないと言われ光子はがっくりと倒れこんだ。

与次兵衛夫婦の部屋で少し休ませてもらい明日の朝、辰の刻すぎ（午前九時ころ）までに現れないときは、所司代に届け出て与次兵衛が人買い（女衒《ぜげん》）の頭などにあたることになった。光子は自宅で表口、裏口の錠をはずし、灯明《とうみょう》と蝋燭《ろうそく》をつけ、寝もやらず、じーっと待った。一番鶏が鳴いた少し後の卯《う》の刻すぎ（午前七時ころ）家の中、庭、表、裏、その付近を見たが徳子はいない。

「神隠《かみかく》し」にあったのではないか！

近江屋の番頭が付き添い、所司代に届出、帰路、与次兵衛に捜索の依頼をした。念のため前の方広寺近くの旧自宅に行ってみたが、来ていない。棟梁は驚いており、数十人の大工らを集め、皆が「そんな娘は見ていない」であった。

光子は万策尽きて自宅に帰った。朝から何も食べておらず食事の支度をしていると、玄関の戸を叩き夫が帰って来て、光子の憔悴《しょうすい》ぶりに驚き、徳子のことを聞いて呆然とした。

権右衛門は違うことで「しまった」―と思い、まず妻に秘を誓わせた。

「光子、お前には詳しく説明してなかったが、ワシは主家を離れ浪人したことになっている。しかしご主君のご連枝《れんし》さまが、大坂城に入られており、ワシはその連絡係なのだ。

信州の真田家でも、細川家は忠興殿ご長男がそのようなことをなされ、あそこは元家老が付き、大坂城内におられる。京の所司代は家康公の家臣であり、ワシの立場を知られたら広島の殿に迷惑をかけることになる。所司代の役人にどのようなことを話した?」

「ええ、小禄をいただいていましたんで、西国の浪人、松田権右衛門と妻光子の一子、徳子五歳が三日前の酉の刻まえ、いなくなり、あの子の特徴を示しましたんぇ」

安心した権右衛門は、頷きながら、

「そうか、それくらいか…ワシは目立たぬように捜すことにしてみる」

その日の午後、与次兵衛から呼び出しがあり、夫婦で訪ね、

「ここには三組の女衒《ぜげん》がいる。白昼すぎとはいえ武家の娘を誘拐《ゆうかい》することはあり得へんし、聞いてもいない。わしらは銭を払って親などから買っていて、お上をはばかり年期奉公の前貸借としている。ただ、醍醐《だいご》の山中にいたほりもん男らが、荒っぽいことをして追われ、洛北の鷹峯に潜み、盗賊になり付近を荒らしている。これらかも知れないが、うちとは付き合いはない」

光子は気の毒に思われた与次兵衛夫妻に乞われ、林家の禿たちに書、立花や京ことばなどを一年間の約束で教え、賃金を得た。肥前太夫はんも覚えておられ、お茶をたてたりし親しくなり、太夫も売られてここに禿として入り、吉野太夫はんにも可愛がってもらい、吉野の名跡の引き継ぎの話もあったけど、美しさ、諸芸、教養で天と地の開きがあることで遠慮させてもらったとのこと。

こうして六月が過ぎ師走になり、権右衛門は何かで小銭が入り、小者二人を五日間の約束で雇い武装させ—鷹峯に入り、消息が途絶えた。

三日後、所司代の役所から連絡があり、指定された裏門の不浄口から入所、ここで結果がおおよそわかりおした。寒々とした十畳間くらいの板壁の遺体の安置所に白布を被せた死体。一人は夫、二人はほりもんを全身に入れた、肥えたちびとのっぽの男。

権右衛門は頭部に傷は無く、腹部と背中に大きな傷があり、着物、袴に血がつき、血濡れた大刀に大きな刀こぼれがあり、上着と袴に光子が付けた松田の縫い取りがあった。

「ええ、わての夫の松田権右衛門どす。お手数をかけ申し訳ありまへん」

光子は涙をこらえ必死に事情を、推測も交え説明—徳子の行方不明の取扱いをされた同役の方もおられ、慰めてくれはった。

遺体を火葬、簡単な葬儀と思ったが、近江屋のご主人夫婦、みき、与次兵衛ご夫婦、何と肥前太夫はんまでもが禿と参列しお焼香をあげてくれた。


師走は凍雨《とうう》になったりして、寒い日が続いた。自宅でやることもなく初七日すぎ、正月二日から始まる林家の太夫はんらの紋日の、手紙の代筆をしおした。悪筆の天神などから聞き取り、恋文にし紋日、来楼《らいろう》し逢い状（差し紙）を出してくれるように頼む。遊び女の手練《てれん》、手管《てくだ》。なかには、わての顔が赤くなるようなことを文にさせられ、その前にこのころの郭《くるわ》のことを紹介——。

郭言葉の由来は、地方出の田舎娘が京言葉を喋れないための郭内の共通語。

京の六条三筋町の遊び女は賀茂川の水で磨かれた京女ばかりのはずだが、実際は三人に一人くらい。性行為は一般では、まぐわいだが、ここでは雲雨《おしげり》または陰雨《おしげり》といわれ、女陰にも上・中・下があること。

年期奉公で入郭すると、落ち着いた頃、忘八つまり置屋の経営者、ここでは与次兵衛はんが一人一人、女陰を検分して、道をつけその後を決めていた。

女が立小便するような姿勢で、着物の尻をめくらせ、肛門と性器を観察し測り、その間隔は二寸五分くらい（約七〜八センチ）が普通。

肛門と陰核（実《み》）の間隔が狭いと、いわゆる「下付き」の下品《げぼん》、二寸五分以上あるものは「上付き」の上品《じょうぼん》。

上品は男にとって快適で数千人に一人。ここでの噂《うわさ》では、亡くなりはった吉野太夫はんは極めつきの上品で、入郭のときから特別な待遇がなされていたとのこと。

陰毛は客を傷つけないため、やり手婆（ここでは、いちはん）などが指揮し、定期的に毛抜きや線香焼きされていた。郭の遊び女にも位があり、禿《かむろ》から局女郎《きょくじょろう》、鹿恋《かこい》、天神と昇り太夫が最高位。そこまでいく遊び女は、百人に一人くらいで下品の女はいない。

自宅に一人でいて、やることもなく。わても恥ずかしながら自分のものを測ったが、二寸五分ぴったりの中品、陰毛は土器《かわらけ》に近く、上の方にまばらに生えている状態。

さて、遊び女の恋文に戻そう。

口吸《くちす》いは何やら香りをつけてするもので、吸茎《きゅうけい》（尺八）、舐陰《しいん》（女陰なめ）もわからず恥をかき、「地女《ちおんな》（素人）のお師匠《ししょう》さん、何にも知られませんのやな」と言われた。

菊花という鹿恋の「玉門《ぎょくもん》を磨き、秘薬を手に入れ候」にはお手上げ。

後で、やり手のいちはんにこのことを聞いた。これは女の衆道《しゅうどう》、前が緩《ゆる》い菊花は尻《おいで》（肛交《こうこう》）で遊ばせているとのこと。初回の体位、丁字油の使い方、締め方に独特の技法があるとのこと。そのいちはんから「面白いものありますぇ」と布袋を渡され「借りるんなら、汚さんと七日以内に返して。買うなら二両」、とりあえず借りた。

それは「秘事諸作法」という、浮世絵刷り本の男女の四十八手と解説。その巨大な男の一物にクラッとしたが、もう一つは夫の一・五倍はある張形《はりがた》。

「買いまっせ。しかしお客はあの絵のように大きいのどすか？」

「お師匠はん本当にウブやな。浮世絵師の誇張《こちょう》ですせ。何千人に一人で馬まら（馬なみ）という巨大なものもいるけんど、男の下器《げぼん》で、口と舌と指の芸でいたすんえ」

いちはんから、次のようなことも聞いた。

「平安の昔、皇室に連なる貴族の在原業平《ありわらのなりひら》という美男の色豪がいた。業平は実に三千三百三十三人の女と接したというが、彼の一物は四寸（約十二センチ）であり、これで女たちに大満足を与えたんよ。巨大なのは、男の下品といわれ嫌われる。要は雰囲気づくりの言葉、口、手を組み合わせた、さまざまな性の技術と思いますせ」

光子は、徳子が「神隠し」で九か月たっても消息なし。夫が殺され四十九日過ぎた、二月四日お釈迦《しゃか》さまの誕生日に自害しようと思っていたが、いちらから密かな楽しみかたを教わり、自害を思いとどまった。

祇園祭まであと十五日。明日で徳子が消えて一年になる。梅雨の長雨がシトシトと降り続いていて、一人きりの家の中でわての心にも雨が降っていおした。

六月十五日は、久しぶりに雨が止み快晴。

光子は七月から始まる祇園祭、林家で紋日《もんび》の手紙書き（代筆）のお仕事。午後から快晴になり肥前太夫はんとともに近江屋にいき、品物の選定を手伝うことになった。

未《ひつじ》の刻（午後二時ころ）品選び。象嵌《ぞうがん》の細工物、太夫名入り漆器の盃や盃台、はんてんなど。申《さる》の刻（午後四時）終り、太夫たちは帰り、光子も裏門から出て裏口に入り施錠。片付けものをしていると玄関の戸を叩く音、『はーい」と声を出し引戸を開いた。

徳子が小さな荷を持ち立っており、あまりに唐突《とうとつ》で立ち尽《つ》くしていると、まるで一年の歳月などなかったかのように、

「お母はん、何してやはるの。裏口は錠がかかってますせ。あて、つめ出しや」

やっと、絞り出た言葉が「あんた、どこに行かはってたの」であった。

「何ゆうとりおす。あてみきちゃん送って、今帰って来たとこどすせ」

徳子を居間に入れ、一刻（二時間）かけ、お茶を飲みながら父の死も告げ説明。

徳子はその間を「何あんも覚えとらん」と言う。いなくなった時と同じ着物でつんつるてん。巾着袋を持ち慶長小判二十枚が入っていた。徳子に説明しながら六歳になった娘を観察、身長が三寸ほど伸び、わてに近くなり、おすべらかしの黒髪が一年分長く。

顔と頬、肩から手、足腰あたりの丸み、いわゆる子供太りがなくなり、すっきりした目鼻だちの美少女で以前との大きな違いは目。子供にない知性の輝きが見て取れおした。


もう一つ、肉体のこと。これは秘で慎重にと思った。

すぐ徳子を着替えさせ、裏門から徳兵衛はんご家族に挨拶。驚いておられ「よかった、よかった」と励ましてくれはって、はも煮を三人分ほど頂きおした。

風呂を沸《わ》かし、徳子と一緒に入り糠袋《ぬかぶくろ》で身体を洗いっこ、徳子は見た限り未通女《おぼこ》で、やや青っぽい薄紅色のしっとりとした餅肌《もちはだ》の、美しく輝く肌をしていた。

湯上り、浴衣に着替え、戸・障子を開け放ち庭を見ながら、一年間の行動を詳しく説明。林家でわてが禿たちの先生をしていること、みきちゃんに琴を教えていることに興味を示し、頂いたはも煮と京野菜などで久しぶりに徳子と食事し「お祝いの特別」と言いつつ木栓を取っていない四合徳利の酒を開け、冷やで酌《く》み交わし、わては水を飲み、意図的に徳子に飲ませ食べさせた。

徳子は酒を飲むのは初めてのはず。三合近く飲ませ—ついに食卓に附《ふ》せてしまった。抱きかかえ口を綺麗《きれい》にし、寝間着を着せかえ寝込ませた。すぐ健康そうな寝息を立てだし、灯明《あかり》を寄せ、寝間着を開き、薄掛け布団を寄せ、敷布団に長い黒髪が頭近くで巻かれたのが解かれ、わが娘ながら美しい、素っ裸の乙女が仰向けに寝ていた。

両足を開けさせ下の合間はふっくらと盛り上がり、上の方に産毛がある。両足を立てさせそこを太糸で測ると二寸八分の上付き上品。指で空割れを開いてみたが、しっかり閉ざされ、この娘は未通女であり安心しおした。

次の日、方広町の棟梁《とうりょう》、林家《りんや》それに所司代のお役人に二人そろって挨拶。少し後に、徳子が持って来た二十両で、この家の前の持主の棟梁はんへの未払い、与次兵衛はんの立替など支払い、まだ十両余が残った。徳子は少しして漢文と踊りを教わり、出来れば和歌・連歌と俳句もと言い出し、わてが漢文を除いて教え、目をみはるように上達しおした。

慶長十七（一六一二）年の正月になり、徳子は七歳、わては二十九歳になり、昨年の初冬から心の臓に動悸《どうき》がでたりして、急に動くことを休めていおした。

余命という言葉が心に出たりして、めまいや息苦しさが出て、林家の仕事を辞め、忙しいときだけ手伝うこと——林家で三日ぐらい手伝い仕事をすると、二日ぐらい寝込むという状態で徳子が勉強を休み、よく私の面倒をみてくれはっていた。

あの春画と張形は、徳子が現れてからいちと交渉して一両で引き取ってもらっており、それで血の巡りが悪くなった？

「わてが、昨年の十月ころから急に具合が悪くなり、あんたはん、ようおきばりはったわ。わては来年の正月を迎えられへんような気がしまっせ」

「お母はん、何いうてはるの」

「まちなはれ、わての話を聞いて。徳子がわてのこと思ってくれはるのはうれしゅおすし、感謝してまっせ。もしかしてわてが一年ぐらいで死んだとして、あんたのことや、それにそこにあるお父はんのお骨。よーく考えておくれやす」

真剣な話になり、その結論は徳子が「前借りの借金なし」で林家の禿になり花街に入ること。もう一つ、季節が良くなった四月半ばころ、広島の松田本家の墓地に納骨、できれば堺から鞆《とも》の浦《うら》（福山）まで舟旅でわてが疲れないようにする。

わては徳子に林家、花街は外見とは違う苦界《くかい》であること。

禿《かむろ》は常としておしげりはないが、局女郎《きょくじょろう》は昼二人から三人、夜は一人か二人、鹿恋《かこい》と天神《てんじん》は夜だけ、太夫も自らで選べて客を「振る」ことはできはるが、芸で売るのは建前でおしげりを売らないと傾城屋《けいせいや》はやっていけないこと。紋日《もんび》の説明をし、あの遊び女たちや太夫はんもどういう手練《てれん》、手管《てくだ》をつかっているかを話してやった。

「お母はん、そないことは知りまへんどした。でもその遊び女はん借金のある人ばっかりどすなぁ、少し考えさせておくれやす。それに先に広島へ一緒に行きましょ」

旅・出会い

何か月もかけて体調を少し良くし整え、お骨壺を白布で包み徳子と堺にむかい——娘との旅は初めて、何かいいことがあるのかな——と思ったりしおした。

近江屋はんに舟の予約と家の管理を頼んでいおしたが、帰りの予約はとれないでいた。

堺で一泊し、そこからの出港。天気も良く海も平らかで、その日の夕方に鞆の浦に着き上陸し、ここでゆっくり一泊。このとき徳子に女の月のものが生じ、対処する方法を教えた。七歳で女になったことに驚きおした。

広島の実家には山陽道をへて、その日の夕方に着き、御隠居《ごいんきょ》の義父である松田大膳様と御当主の三郎兵衛様ご夫妻に挨拶。おみやげを差し出した。

八百石知行の松田家は、当主だった夫が藩主の命令で脱藩。豊臣秀頼公の大坂城に入り、ご次男は肥後熊本の加藤主計之頭《かずえのかみ》様の家来になられた二百二十石の松田嘉衛門殿。

三男の三左衛門はんが家督を継がれていた。皆々様から夫の事故死をいたわっていただき、徳子が大きく育っていることに驚いておられた。

納骨式も無事終わり、大膳様のたっての要望で二日ほど留《とど》まり、徳子は祖父から論語の講義を受け、その上達ぶりを驚かせた。当主夫人（義妹）には二人の男の子がおり、使わなくなった後撰和歌集と古今和歌集をいただき、祖父からも漢文集をいただいた。一冊だけ手元に置き、あとは京の自宅に輸送してもらいおした。

家族だけの別れの宴で、ここの西の赤間《あかま》が関の舟島《ふなじま》で、九州・小倉の細川藩の公許による宮本武蔵と巖流小次郎の決闘があり、宮本という剣客が勝利したらしい。

武蔵はんは、十年ほど前から、京の名門吉岡一門と三度戦い勝利されていた。

「三度目の一乗寺下り松の決闘で八十人くらいを相手され、名目人の子供の首を刎《は》ねたので、京では情け知らずといわれ評判悪うおすなぁ」

「ほう、それは面白い。平時に一人で八十人を相手に戦い、その武蔵は名目人の大将を斬れば勝ちと考え、すぐ逃げたのではないか」

「はい、吉岡方に弓や鉄砲組もいたようで、畦道《あぜみち》を逃げ、追ってくる者を一対一にして斬っていかれ、また引かれたとか」

「うーん、素晴らしい武芸者で戦術家じゃのぉ。それで情をかけるとは、どうすればよかったのかのぉ」

「名目人・大将の子供を討《う》たない…」

「それでは、この戦いに武蔵の勝ちはないな。今の京の人達は、面白い考え方をするのじゃな、常としては八十人と二人と戦えば判官は一人の方になるはず、逆判官贔屓《びいき》か？」

身なりを整え早朝の山陽道を二人でゆっくり上ったが、祖父が三原近くまで送ってくれはった。

ゆるゆると峠を越え、本道から少し離れた人の往来のない脇道で少し遅れた昼食をとった。三原を出る頃から、二人組の浪人風の大男が先に行き、後ろに下ったりしたが、気にも留めなかった。その二人が両脇から近づき、

「ワシらに飯をくれ──」

その言い方が無礼であり、

「あなた方に飯を差し上げるいわれ、ありまへんなぁ」

徳子とともに片付け、本道に戻ろうとしたとき、いきなり抱きつかれ当て身。しかし身を捩《よじ》って避けたが草地に二人とも押し倒され、懐剣《かいけん》をすぐとられたので徳子と二人で「助けて、助けて──」と金切り声を出した。着物の裾《すそ》から片足を入れ両足で下肢を割られ、口に汗臭い手拭《てぬぐい》を詰め込まれ慣れておりやんしたが、激しく手足を動かした。

「止めないか、見苦しい」

ズーンと通る鋭い声がして、身体の大きな平編笠の青年武士が大刀の鯉口《こいくち》を切り近づいてきた。起き上がろうとした浪人二人に対し少し立ち位置を変え、大刀が一振り二振り。頭が刎《は》ねられ、わてらの反対側に頭がころがり首から鮮血が噴き出した。

わてらは呆然、しかしすぐ身なりを整え…わての財布がない。

「危ないところ、お助けいただき、おおきに。ごつう感謝しとりおすぇ。でもその男から財布をとられましたんぇ」

「さようか」といいながら首なし死体の懐《ふところ》と袂《たもと》から財布五つ、笄《かんざし》、螺鈿《らでん》の櫛《くし》、帯留などが出てきた。

財布はわてのものを返してもらい、装飾品もわてがもらうことになり、財布が四つ残った。平編笠の顎紐《あごひも》をとかれ素顔の凛々《りり》しい顔立ちの青年武士が一つをわてに、残り三つを自分のものにされおした。

「これって、まずいかのぉ、手間賃のつもりじゃが」

ニコッと笑われ、いやあ、可愛かったわ。

「では、ご免」

笠を手に一礼され、立ち去ろうとされ徳子がすぐ対応、

「待っておくれやす、これからどちらへ？」

「美作《みまさか》から宍粟《しそう》をへて、京に上るつもりじゃが」

「あてらも京から出て、京に戻る予定、是非ご一緒を。お母はん、何してはるの」

「ええ、わてらも今のことがまたあるといけまへん。ぜひご一緒を――」

「しかし回り道をして墓参りなどしていくが、よいのか」

わてらが名乗り、年齢と目的を告げた。この武士は、

「拙者は宮本武蔵と申す。京の鷹峯にいる眞理という、拙者の娘に久しぶりに会い、少し遅れたが、その母の七回忌供養に向かうところだ」

徳子が昨日、本家で話が出たばかりで、

「いやぁ、あの武蔵はんどすか？　舟島の決闘では傷も負わず勝ちはったんどすなぁ」

「負けていたら、ここにいるのは幽霊《ゆうれい》――うらめしや」

彼はふざけて、両手を前に左右の掌を下げよろめいて、徳子にせまりおした。

徳子はキャッ、キャと騒ぎ、抱きついたりした。

「おったまげ――武蔵はんの身体、ほんまもんの材木や、固いわ…」

「徳子はん、初めてお会いした武士様《おさむらい》に失礼でやんすよ、あきまへんぇ」

「そうどすな、やんぺしますえ、かんにんね」


武蔵はんが、わての小さな荷を持ってくれ、ゆるゆると鞆《とも》の浦に着き、旅籠《はたご》で二階の部屋二つをとり、念のため明日、堺に出発する船の予約を聞いてもらい、二人なら乗れる――少し考えたが、それを断りおした。

夕食はわてらの部屋で三人でとり、いろんなことを話し合い、楽しく過ごし、お風呂は武蔵はんが先にしてもらいやした。

その際、憲法染めの木綿地の合わせに血がついており、その部分の洗濯を申し出て、徳子と風呂をつかい、木桶にその木綿地の血のついた部分を浸《ひた》し洗い、乾いた手拭いでそこを叩き部屋で吊るし二つの蒲団《ふとん》に入り、しばらく待った。

わては、今年の秋か冬までの生命。―帰り船を断ったときから決め…あの武蔵はんと出会うための厳しい納骨の旅でありおした。神様は、わてに男の中の男である宮本武蔵さまをあてがってくれおしたのだ。徳子が寝入り、わては寝間着の薄着一枚と懐紙を持ち、静かにこの部屋を出て隣の部屋に入り様子をうかがった。武蔵はんの軽い寝息――帯紐《おびひも》をとり、薄着をつけたまま蒲団に入り抱き付き、身体をこすりつけ…彼の身体が反応。

「なぁんも、お礼ができませんよって、せめて」

「よせ、よせ、そんなつもりで…」

彼の下のものが、わての右手に反応。固くなり口で身体をなぞり、それを降ろしていき、夫にはしたことのなかった絵画でみた口遣《くちづか》い、彼のが大きくなり、張形並み。上に乗り、きつかったが…三回おしげり、精を受け「ヒイッ…」と声が出たりした。

こんな激しいのは初めて。動悸《どうき》が鳴り、彼の材木ではない鋼鉄《はがね》のような筋肉の身体の横にのびてしまい、しばらくじっとして呼気を整え後始末をしおした。

隣の部屋の蒲団《ふとん》に潜《もぐ》り込み、顔は見えなかったけんど、徳子が声をかけ、

「お母はん、久しぶりのまぐわいで三回もいきはったのか」

「あんた、のぞいてはったの?」

「いやや、あてそんなことしまへんぇ。お母はんの大きな声が三回…いいなって」

「徳子、ご免ね。男はんとまぐわいした大人の女は、どうしてもしたくなるんよ。まして武蔵はんは素晴らしい男はんどすしなぁ」

「お母はん、あてもしたらあかん」

「あんたが女になりはったのはわかっとるけど、子供の身体ね。まだあきまへん」

「そうどすなぁ。お母はんは無理せんで、しっかり楽しんで」

翌朝、三人で朝食、少し照れくさかったが、徳子は昨晩のことを何も言わなかった。

昨夜のやりすぎ？　わての身体が大儀でこの地で馬市《うまいち》がたっており、三人で相談。出発を少し遅らせ二人にあの浪人からとった財布の金で仔馬と女鞍《おんなくら》を買って来てもらい、わてが仔馬に乗り、武蔵と徳子が交替で手綱《たづな》を引き、ゆるゆると満開の桜の木々の薄紅色が濃くなった津山に回り、一泊し今晩は休み。

美作《みまさか》で宮本家先祖の墓参り。四里ほど離れた宍粟《しそう》で若くして亡くなりはった武蔵の姉様の墓参り。ここで一泊、またまぐわい。ゆっくり時間をかけ二回にとどめて楽しみおした。

武蔵はんのことを知り尽くし、彼も徳子ともじゃれ合い親しくなり、神が与えた時間をつかって京を目指した。その途中、徳子が五歳のときに一年間「神隠し」にあい、驚くような能力を持ち戻ってきて、それを開花させようとしていることを話した。

大坂《おおざか》に着き、淀川沿いから伏見、京に入った。

七条の家の近くを素通りして、武蔵はんの亡うなった妻の眞亜さまの墓参りの了承をえ、五条の旅籠で一泊、桜の残る京を北へ連台野から鷹峯の光悦村に入った。

本屋《ほんおく》で本阿弥光悦殿とご挨拶。武蔵さまの娘の眞理はんが、久しぶりのお父はんに纏《まと》わりつき、徳子より子供っぽかった。五人で昼食予定どしたが、急に光悦殿の母御の妙秀尼《みょうしゅうに》（このとき七十三歳）はんが出席されることになり、六人の席になりおした。

賢母といわれる妙秀尼はんに三人が丁寧に挨拶。和顔でニコニコされていおした。

三人ずつの対座の席で事情を話し、

「わては昨年、余命一年以内と予感し多分、来年の正月は迎えられない。残されることとなる七歳の娘の徳子を、八歳前に六条三筋町の林家に奉公に出す予定―」ひっそりと、武蔵はんにも告げてなく、仰天させ驚かせ、食事の合間に話しおした。妙秀尼はんが、

「武蔵はん、あんたはん知られなかったようどすなぁ。あんたはんが大木になれたのは、わかりおすぇ。でもなぁ言葉、厳しいけんど朴念仁《ぼくねんじん》や。光子はんとおっしゃいましたなぁ、美しい方やのう、亡《の》うなった吉野はんによう似とられますなぁ。武蔵はんは、かつて吉岡一門を決闘で滅ぼし、西国でまた決闘しやはったとか。そして二人の麗人の死にかかわられ、吉野はんには、そこの眞理を残させ、光子はんには徳子はんとかかわる。あんたはんの一生は、死を新たな生で補っていかはるのかのぉ」

「妙秀尼様、お言葉を返すようですが、二人の女人、拙者が望んで死と生を求めたわけでもありません」

光悦はんが言葉を出した。

「武蔵はんは、わしもどないして美人で、薄明な女性ばかりを好まれるのか、けったいなことやなと思うとりまっせ」

「どうも巡り合わせで、拙者が進んで望んだことではない――いや、これは言い訳。事において後悔せずを信念にしておるのですが…」

わてはずーっと顔を伏せていた、徳子が、

「お母はんや武蔵はん、責《せ》めないでおくれやす。あてらが二人の浪人に襲われたのを助けてくれはったんよ…」

徳子がしくしく泣き出し、光悦はんが慌《あわ》てて、

「いや、泣かんといて、ご免やっしゃ」

妙秀尼はんが立ち上がり、徳子のもとにいかれ、

「徳子はん、ご免しておくれやす。さあ眞理はんも一緒に外で気晴らししまへん」

妙秀尼さまからここ光悦村の由来、眞理はんが漆工芸の絵師、塗師《ぬりし》を目指し、ここで修業に入ったこと…道野辺の春の草々、土筆《つくし》、菜の花、たんぽぽ、野蒜《のびる》、蕗《ふき》などの万物に生命があり、それを認め慈《いつく》しんでいくことが仏の心と教えられ——徳子と眞理はんも同じ法華の心を教わること、あしあらい供養の後に五日間のご講義を受けることになりおした。


少し後、武蔵はんは光悦様に預けてあったらしい「太夫技芸書」と文を、わてに渡され、徳子を連れて小さな仏御堂《ふつみどう》に赴《おもむ》いた。子を抱く慈母観音像があり、清潔に保たれ、何も説明されずに引き出され意見を聞かれた。わては母親として、

「優しいお顔のお母はんどすなぁ。わてもこの徳子を抱いてたときにこんな立居でしたんかのぉ。しかし美しい観音さまと思いますぇ」

徳子は元気よく裏に回ったりして、

「この観音さまは、裏の袂に十字架があられる隠れキリシタンはんや。それに二天の銘《めい》…これ作りはったの武蔵はんどすか」

「さすが徳子じゃ。わしが彫ったけんど赤子は眞理、まだ言わなかったと思うが、その母親は誰じゃと思う」

「さっき、吉野といわれはったなぁ。もしかして吉野太夫はんどすか」

「そうじゃ。吉野偵子こと白川眞亜、二十七歳で眞理を産んで亡うなった」

武蔵はんは、続けて、戦いの後で武家の両親とはぐれ、人買いに拐《さら》われ八歳で林家に売られ禿に。特別扱いはあったものの苦労。諸芸を極め、十六歳で太夫。両親との再会…。二十五歳で事実上の退楼、技芸書を完成、退楼して死亡したこと。

その技芸書と文は、わてが徳子に預けた。彼は、郭は自由が制限され身を削ってやっと生き残れる苦界、華やかさは外見だけ。林家の禿になることにはっきり反対された。

徳子の返事は、少し遅れた七回忌供養の二十日後になった。

三人で、七条木屋町の自宅にゆるゆると歩き午《うま》の刻すぎ（午後一時ころ）につき、武蔵はんは門かぶりの松のある小さな瓦屋根の木組みの門の前で、ハッとされさらに間取りを見て、何やら驚いておられたが、わては休み、二人が清掃して中食。

酉《とり》の刻（午後五時ころ）、三人揃って近江屋に裏門から徳兵衛夫妻へ帰京の挨拶をした。帰京の途中で暴漢から助けてもらったと紹介した有名人の剣客・武蔵はんに驚いておられた。わてと武蔵はんは同じ部屋、今夜は疲れていて休み、徳子はあの技芸書を読み、小さく声を出し身体を動かしていた。

丑《うし》の刻すぎ（午前三時）、武蔵はんから起こされ寝ていた徳子を起こした。たしかにお隣で人の立ち騒ぐ声、武蔵はんは、襷《たすき》をかける紐を求め、わてらに戸締り、外に出ないことを命じ、玄関から出て行かれた
わては着衣し静かにお茶、徳子は灯明の明かりで熱心にあの書を読んでいた。

一刻（約二時間）弱して、玄関の戸を武蔵はんが叩いた。

「やはり盗賊だったが、わしが退治した。危険はないので後始末を手伝えんか？」

三人で一緒に向かった。所司代のお役人はまだ来ていず、顔見知りの林家の若い衆五人が棍棒を持ち正面入口を警戒。筵《むしろ》に浪人風の首の離れた死体が二つ。

中に入り軽傷者が何人かいて手当、そこに与次兵衛はんと、徳兵衛はん夫妻、美江ちゃんの三人が固まっていて怪我はないようだった。

土蔵前で二人の奉公人が斬られ、武蔵はんが応急手当をしていたらしい。やっと外科の医師が到着し手当を始められた。土蔵の前にも賊四人の死体、菰《こも》がかけられていた。

六人の賊が侵入、家人を縛り上げ武蔵がその六人を一太刀ずつで殺害。やがて到着し検分された所司代の与力、同心の方々が感心。

郭《くるわ》入り選択

奥を片づけ、明後日この屋敷で昼膳をいただくことに。

昼膳には、与次兵衛夫妻も来ておられ、光子が挨拶する前に、武蔵はんは徳子が林家の禿になることに反対、芸だけの芸妓《げいこ》を要望されたらしい。

豪華な昼膳のなか、徳兵衛から「お礼を差しあげたい」。しかし武蔵はんは、「わしはいらん、わてと徳子に何か着物でも」であり、この方の無欲、あの太夫はんの文にあった、まっすぐな青竹のような心をお持ちであることがわかりおした。

その昼膳のなかで十八日後に光悦村で故・吉野太夫の七回忌供養をするとの話が、武蔵はんから出た。それに対し与次兵衛が、

「光悦はんとは昵懇《じっこん》でありご了承をとりますので、参加をおたの申します。それに林家には、あの吉野はんにお世話になった者がまだおり、それらの参加をお願いしおす」

武蔵はんは了承されおした。

徳子はこの後、驚くべき行動力で徳兵衛はん、与次兵衛はんと連絡をとり、三人で食事中に、あの返事が和紙の連歌で、わてにも示され武蔵はんは、唸《うな》っておられ、

「これは徳子が一人で作った結論なのか」

「ええ、あてが一人で作りましたんぇ」

「それなら何も言わん。ただ自分でこの道を選択したことを忘れないでおくことだな」

「はい苦しい、嫌なことがあると、この選択をあてがしたことを思い出して、いましめにしおす」

わては、この詩をみて厳しい顔になったのがわかりやんした、娘に嫉妬《しっと》、いややや。「徳子、わかりやんした。武蔵はんもよう聞いて…わてが生きているうちは、このことは許しまへんぇ」…声が引きつっているのが自分でもわかり、悔《くや》しかった。

光子は、やっと落ち着き、徳子と林家にいき太夫はんらの音あわせ、踊りの打ち合わせをし、武蔵はんは光悦村に二日前から入村され、何やら木座像を刻んでおられていた。

七回忌供養が供養塔前（お骨は琵琶湖に散骨）で実施。場所を変えて、あしあらい供養が、光悦様お屋敷の庭に移された吉野観音像の前でなされ、少し移動した。光悦様は法華宗の信者として生涯を清貧で物欲を求められなかったが、この日は特別で、朱毛氈《しゅもうせん》が敷かれ、三本の野点・茶会用の大朱傘が出され、野外料理の供養膳が出されおした。

主座には、光悦様、妙秀尼《みょうしゅうに》様、縁者佐野家の養子にすることにされた佐野三郎さん（五歳、以下、三郎）それに武蔵はん、近江屋夫妻と林夫妻、それに光悦様ご友人、高弟の方々が合わせて約三十人くらい。

林家の退郭《たいろう》が決まっている鈴音太夫、若い肥前太夫はんの踊りが歌曲に合わせてあり、次に了承を得て白拍子《しらびょうし》姿の徳子が飛び入り。

すぐ、光悦家の家人から、朱毛氈のなかの三十三人に、和紙に書いた文が配られ、その中身は技芸書を少しつくりかえ連歌にした美しい女文字の返事でありおした。

宛名　吉野観音御像様…　差出人　きこだなりしこと、松田徳子

徳子がアッと驚く衣装。舞扇（これらは近江屋からの贈り物）で顔を隠し登場し、木像に座礼、振り返り主催の光悦殿、武蔵はんらに座礼、決まっていた。

光子が琴、林家の歌曲芸者の一人が鼓《つづみ》

徳子は白拍子・水干《すいかん》の衣装、立烏帽子《たちえぼうし》を被り巫女《みこ》の朱の袴《はかま》に薄化粧

張りのある高い声で歌いながら、静御前になりきり舞扇をつかい踊り、恋人の源義経との別れを凛《りん》として演じながらあの返事を歌で返し唖然《あぜん》とさせおした。

しづやしづ　しづのをだまき　くり返し
昔を今に　なすよしもがな
吉野山　峰の白雪　ふみわけて
入りにし人の　跡ぞ恋しき
木公田《きこだ》なの　林弥《はや》し吉野《よしの》に　徳《な》りた子《し》く
吉野《よしの》つくりに　忍《しの》ぶ恋《こい》して

口上—

あては木公田（きこだ）徳（な）り子（し）こと、松田徳子と申し、まもなくりん弥という禿になり、修業して、えらい吉野太夫はんの名跡《みょうせき》をいただき二代目になりたいと思うとりおす。前と後の詩の

意味はいかようにもご解釈を、だいじおへん――

光悦さまたちは、七歳の小娘の恋の告白の詩に仰天

わては徳子の着替えを待っていると、徳子が普段着《つねぎ》になり戻って来た。そこへ主座にいた小柄な男の子が、

「わし三郎いうて、ここの縁者の佐野家の養子になるんや。あんたのような綺麗な娘《とう》はん、初めて見た。わしの嫁はんになってくれへん」

「はあ、あんた三郎はん言うの。かいらしい、ちっこべのおんたやんか。あて恋人いるんよ。もっと大きくならはって、言いなはれ。考えんでもないわ」

「約束やで…」、二人は顔を見合わせ、その子が本家のほうに戻るのを見守った。これから五日間、妙秀尼はんの法華の講義にこの子も参加したという。

＊　＊

今という時間は、観念上のものであり、すぐ過去になり、人は、非または秘で連続する時を歴史となってとらえている。光悦も妙秀尼もその歴史の駒の一つである。

はるか後の時。白川真亜は、クリルシティの透明ドーム内にある元首公邸でマリアから両手で柔らかに頭を抱え込み念気を入れられ、頭脳・細胞が念気により活性化させられ、三回繰り返すことにより階梯を上げていた。このとき、N・Yの大統領・公邸にいた秘書兼SPから、白砂庭に飛来物あり、テロではないが至急帰られたい――

第二　りん弥の郭生活

母の死・禿《かむろ》

洛北の鷹峯で光悦様の母御、妙秀尼による五日間の法華経の教えは、徳子、眞理、それに三郎重孝の三人が寺子屋でいう筆子《ふでこ》になり、行儀作法から言葉づかいまで、人生の体験も交えた厳しくもあったお話を教わり、楽しく成長を促していた。

あては眞理はんと気が合い、いつも二人連れのつもりが、三郎重孝はんに付き纏《まと》われ、

「あんた、あてに付き纏《まと》うの止めてんか。あては恋人のいる大人の女なんよ」

三郎はんは、しょげて元気を無くされはったようどしたんで、眞理はんが、

「可哀想やんか…」あてもそうかなぁと思い当り、

「かんにんね、あてらの邪魔せんようにしやはってたら、一緒してもいいわ」

―大奮発して、おでこに口づけ、三郎はんを喜ばせやんした。

たまに、眞理はんと二人きりになったとき、

「徳子はん、恋人いるって言いはったなぁ。その人ってもしかして、あてのお父はん?」

「そうや、武蔵はんどっせ」

「ひゃーあんた、あてより一つ年下なのに、お父はんとまぐわいしてはるの」

このときは、母が生きており、許しませんえときつく言われていたので、まだやったが、

「それはヒ・ミ・ツ、眞理はんのお母はんになるかもね」

「それって、何か変やね…」で終わらせたが、暫《しばら》くしてそうなってしもうた。


そのあいだに光悦様に呼ばれた。

「松田家と本阿弥家は四代前を供にする親戚であり、お母はんが亡うなった後、徳子を本阿弥家で引取り養女にしてもよい。いかがかのぉ。わしの母は賛成しとる」

あては少し考え、

「お申し出はありがたく、郭入りは既に決めたことどすえ。申し訳ありまへん」

「徳子は頑固やな。わかった」

何という縁。広島の松田本家に亡き父の納骨に行き、その帰り道、暴漢から武蔵に助けられていなければ、母が女として、武蔵はんに仕掛けをしていなければ、本阿弥家と行き会わなかったはずと思い至った。

七条木屋町通りの自宅に移り、武蔵はんと母は夫婦のように生活——。

宴《うたげ》のあと六月が過ぎ武蔵はんは大坂へ行かはってて留守。母は町医師がとっくに匙《さじ》を投げていた

ので、あてがずっと看病し、この時寝床のなかから、しっかりした口調で、

「あんたが武蔵はんを山陽路の道中から好きだったの気付いとったんよ。彼は男の中の男、そいでも一ヵ所に定住して妻を求められないはず。あんじょう考えなはれ」

「ええ、それはわかっとりおす。でもなあ……」

「徳子、それもわかっとるえ。あん人を知り、わては、ほんまもんの女になったんよ。短いけんど、ごっつう幸せどしたえ」

お母はんは思い出しやはって、眉《まゆ》が寄りゾッとするような細い目の艶《えん》な女の顔をして、

「武蔵はんのこと…あんじょうな」

ふーっと息が出ると再び吸うことはなかった。

安らかな死に顔に白布をかけ、枕元に三方をおき、線香を立てた時、武蔵が帰った。

ささやかなお葬式、火葬、納骨—初七日をつとめ、四十九日まで二人で精進《しょうじん》しおした。


次の日の夜。精進が終り風呂をたて、山くじら（猪）肉などを買い求め酒も用意し、あての手料理を食べながら、母の思い出や、あの覚書や広島から届いた古今和歌集などについて語り合った。あてが林家に入る三ヵ月前、寝間着に薄化粧をして、心の臓がドキドキし、少し落ち着いてから、彼の寝室に柔らかい和紙をもってそっと入りおした。

「お母はんの許しを得てますよってなぁ」

彼は戸惑《とまど》っていたようどした。——あては、あの覚書の性技・床上手は熟知していやんしたが、お

ぼこで経験なし。こういうときは男はんに任せるべき。

「しんきくさ、はよしいや」

布団の中に潜《もぐ》り込み抱きつき、身体をこすりつけおした。

少ししてあての熱るなかに、大きな彼のものが…ゆっくりおぼこを失い痛い。

少し出血していやんした。少し休み、あと二回、血の付いた紙がちらばり、あては未通女《おぼこ》でなくなり、覚書のとおり、ぬるい風呂の残り湯で下を流し、手拭二本を湿らせ、彼のものをつつみ綺麗にしていきおした…それから毎日まぐあい。

三日目であては頭が真っ白になり、稲妻が落ち身体が痙攣《けいれん》し女になりおした。

覚書のとじ込みの秘をふくめて書いてあることの実験、四十八手の裏表、曲取《きょくど》り（変わった体位）までしましたんえ。しかし太夫が主導する、太夫の身体を痛めないためのおしげり技法は充分に理解できまへんどした。

武蔵はんに、二枚のとじ込みの墨絵を見せて驚かせやんした。彼は「言わなかったが、ここは吉野の元自宅であり、ここで書いた。なんか不思議な繋《つな》がりがあるのぉ」

十一月末日晴天の寒い日に光悦はんに挨拶。二人きりのときは「光悦おじさん」と呼ぶことの了承をとり、次の日も寒かったが本阿弥家家令と武蔵はんが付き添ってくれ林家に入楼。二代目の林与次兵衛はん夫婦、三人の太夫はんらが迎えてくれ、あて（りん弥）は「本阿弥光悦の娘分・後見人宮本武蔵」とされ、イジメ対策で林家の全員にそれぞれの地位等に応じ寸志が光悦様名で出され、実際は近江屋はんが出されはった。

楼主はんは「借金なし、大事な預り人」を宣言──。

特別扱いは嬉しいけど、入楼してからの六日間の苦行は普通にやらして欲しいという希望を出して、明日から六日間、新たに入楼した娘四人と生活するため小さな荷とあの覚書を持ち、一階の八畳の間の隅に置いた。

二階に上り、七日後から付くことになる肥前太夫はんに挨拶。退楼が決まっている野風太夫と鈴音太夫はんにも挨拶。お二人は初代・吉野はんに鍛えられた禿であった。

八畳くらいの部屋に五人。四人はいずれも十年の年期奉公。

二人が貧農の口減らしの娘、きくとつぎ。二人が下級武士、浪人の娘で身体の大きな文江ちゃん、小さな幸代ちゃんは少し字が書け。四人ともつぎはぎだらけのボロ衣、あては一番粗末な地味着でやんしたが…。

様々な酷《ひど》い方言、なまりで質問され、答えてあげ、四人ともおぼこのようどした。

翌朝、卯《う》の刻（午前六時ころ）まだ陽の上がる前に起こされ、凍るような水で洗顔し先っぽを崩した竹べらで歯磨き。

外はやっときた初雪で少し霜柱にかぶり積もり、部屋に置いた荷から首かけ布をつけ、持っていない娘に「外は寒いえ」、乾いた手拭を首に巻かせて庭に出た。

身体の大きな中年の遣り手のいちはん（後に市里という元振袖芸者であったことがわかった）が、大きな雪かき用の竹箒《たけぼうき》を持ち、あてらに雪かきを命じられやんした。

広い庭の植木や植込みを傷つけないように霜柱を砕き雪かきをして、小半とき（約三十分）で終り、手が悴《かじか》み息を吹きかけた。

焚火《たきび》に当たり「遣り手のいちじゃ」自己紹介。あてらも、それぞれ名乗りやんした。

朝陽が昇り出して雪は止んでいて、通りに出て続きの雪かき。他の楼で同じように娘たちがしているところもあり、やはり小半ときで終り、焚火の火種を消して室内に入り、温かいお茶を飲み一息つきやんした。飯炊き専門の女御衆《にょうごしゅう》が、釜土《かまど》に火を入れ朝食の用意――あてらはその横で少しその暖かさを身体で受けやんした。

いちはんが、あてにむかって、

「りん弥、お前は吉野太夫はんの名跡をえたいと公言したそうやな。太夫はんは亡うなって七年余り経ったけんど、それは綺麗な人で諸芸の達人、和歌と書の名人でもあった。お前、この庭の風景を詩にしてくれんかのを」

「へえ、わかりおした。何で書にいたしやんすか」

「おお、そうじゃのう」

袂《たもと》から古びた矢立《やたて》、懐から和紙数枚を出され、あてに差し出された。朝陽の白い庭を、

林家映《りんやは》ゆ　師走《しわす》　初雪《はつゆき》　白銀《しろがね》に
りん弥《や》の道《みち》も　朝陽輝《あさひかがや》く

「うーん、林家楼を自分のりん弥にかけ、白銀が朝陽に輝くのか―見事じゃのう。ところでりん弥、その筆は使いやすかったか」

「へえ、男物でやんすが使いやすい、いい矢立と思いますえ」

「そうかえ。それは吉野はんの愛用のもので、わてにくれはったもんや。わてがもってても宝の持ち腐れ、お前にあげるが、どうや」

「ひゃー、これは何ともありがとうはんどす。宝にして使わしていただきますせ」

あてはおし頂き、署名を命ぜられ、「禿　りん弥」としおした
稗《ひえ》入りのお粥《かゆ》と京菜《きょうな》のつけもの、焼き味噌が朝食。とにかく温かいものにありつき、広大な室内の清掃、男衆も加わったりした。


楼の仕組み、禁止事項、あては殆《ほとん》ど知っていたが、頭の中に入れていった。

楼主を忘八《ぼうはち》という理由が示され、あて以外は震え上っていた。

　仁　義　礼　智　信　忠　孝　悌

つまり人としての八つの徳目を失った人非人《にんぴにん》で傾城屋の主人。ここの与次兵衛はんが「よい忘八」になろうと、他と違うことを採り入れられていることも知っていた。

ここでいちはんが童唄《わらべうた》のゆび切りを皆に歌わせた。あてはそれが下級遊び女の折檻《せっかん》のしかたであることを知っており、頭を下げ歌わなかったが、四人は嬉々《きき》として歌った。

ゆびきり　げんまん

うそついたら　はりせんぼんのます
ゆび切った

あてが歌わないのでいちはんは、

「りん弥はこの歌がお前たちの折檻じゃと知っているようだな。意味を述べてみや」

「へえ、これは遊び女が悪いこと、例えば嘘をついたりしたときに食事を与えない、寝かせない、水責めなどの折檻の方法の一つ。ゆびきり、きった—文字通り指を切り落とす、げんまん—げんこつで一万回なぐる、はりせんぼん—針を千本、体に打ち込むこと。この他、荒縄で縛り素っ裸の逆さ吊りにして回転させ、若い衆の牛太郎が滅多打ちする、ぶりぶりがありやんすなぁ」


そしてあの女陰の検査検分。

あては、その部屋で見ていていい、あて自身の省略を言い渡されておりやんした。

文江ちゃん—二寸四分　下品、幸代ちゃん—二寸六分　上品、きくとつぎ—二寸三分　下品。敷布団に寝かされ忘八の十回の浅い出入れで、四人ともおぼこを失いはった。

あては亡うなったお母はんから、酒を飲まされ寝ている間に測られて、二寸八分の上品といわれていやんしが、

「夫がいる。おぼこではないが、検査検分」を望みおした。

立ちしょん姿で裾を捲り、尻が出て恥ずかしかったが、いちはんが測定し二寸八分。

布団に寝て両膝を立て開いて白い棒を挿入されたが、ほぼ真上に—

いちはん、忘八はんは顔を見合わせていた。

少し後、親しくなったいちはんから次の会話があった、と聞きおした。

「先代のおやじから聞いとった、万人に一人の先代の吉野太夫はんのこと。りん弥のぼぼも上付きの極めつきの上品で、同じじゃなぁ…二人に血の繋《つな》がりはないよなぁ」

「へえ、わては吉野太夫はんが六歳のときから二十八歳で死なはるまで近くにおりやんした。りん弥は全くの他人どすなぁ、しかし驚くほどの能力も似てますのぅ」

この後に四人の禿名が決まり、あてが矢立を用い書で示し、それぞれに読み聞かせて渡しおした。

いちはんがたまに泊まる通い、控えの小部屋があり、あてはそこを使うことになった。

あては諸芸を深め、特に踊りと謡《うた》いを教わり覚え、さらに深めつつ肥前太夫はんの付き禿として太夫の客あしらいを学びおした。

このころから自分が他人にはない能力を持っているのに気付きおした。それは近づくと相手が考えている、心に思っていることが分かり、さらに相手を従わせること、その力は弱いものでやんしたが、段々強くなっていく予感がありおした。

武蔵はんのような強力な精神力を持つ人には狼の前のひよっこ、しかし禿のたつ弥のような娘は操れるようになっていて、秘匿《ひとく》し決して気付かれないようにしおした。

太夫や天神、鹿恋はんらに、あてへの親和《しんわ》を組み込みつつ探り、その結果、皆があてを怖《こわ》がっているのがわかりおした。それはあての男が京の名門・吉岡一門を滅し、西国の小島で巖流という剣客と決闘をした本人で、ここの若い男衆の剣術を教えていること。

あては自分で言うのも変でやんすが、武蔵はんを夫におしげりする立派な女。開花し華となった故の、羨望《せんぼう》と妬《ねた》み―に気付き、これは危ない、それを一人ずつゆっくり消し、地味で目立たぬよう、太夫道中の付き禿でも背を低く猫背《ねこぜ》にしてやんした。

武蔵はんは、その間、絵姿で示されはった大御所はんの木座像に取り組まれたが未完（御目に光がないとのこと）。しかし法華宗の門徒はんを中心にしたさまざまな美術工芸人交流の村、洛北・鷹峰・光悦村の完成が近くなりはったとお聞きしおした。

大御所家康

慶長十九（一六一四）年三月、板倉勝重（このとき六十四歳）所司代はんのお役所を通して、光悦はんに大御所はんから命令が届いたと聞きやんした。

一つは、武蔵はんが少し前に彫刻した未完成の大御所はんの木座像の完成

一つは、あてが少し前に舞った静御前の舞。当時と同じに、場所は変わって光悦村

光悦はん家令から楼主の与次兵衛はんに伝えられ、林家は大騒ぎになった。すぐ楼主はんが、番頭と市里はんを連れ所司代の指示受け、次の日、肥前太夫はんとあてを連れご挨拶し、板倉はんか

らお言葉をいただき、踊りは肥前太夫が先、あてが後で前のとおりにやること。天海大僧正はんと次の日、あてと武蔵はん、眞理はんとの中食の会。

謹んでお受けし、帰路、肥前はんが、ぶりぶりに怒っておられ与次兵衛はんが宥《なだ》め、あては俯《うつむ》いて黙っておりやんした。禿の前座を太夫がすること、前代未聞……この一点であり、楼の自室に戻られて一服。あてが、

「太夫はん、今日の所司代はんの申し出、楼の掟《おきて》破りやと思いやんす、かましまへん、あてが責任取って前で踊らしていただきやんす。武蔵はんも何やら大御所はんのお仕事されとられますんで、打ち首にはならんと思いやんす」

「そうかい。じゃあ、りん弥が先にやってもらいやんすえ、すまんのお」

何とかご機嫌とり。しかし次の日、楼主はんと相談されはったのか—前のとおりとなり、期日があまりなく衣裳合わせや音合わせなどをし、口上を少し変え、あてが詩を書にして百枚ほどつくったりしやんした。


三月下旬の日、一日前にあてらは若い衆に荷を持ってもらい、肥前太夫はんや林与次兵衛はんなど光悦村に到着。

踊り場、三弦などの位置確認しやんした。本屋の離れ家で、秘かに武蔵はんと泊り。

板倉所司代を中心に厳重な警備のなか、未《ひつじ》の刻（午後二時ごろ）騎馬約五十騎で大御所様ご到着され、お出迎えのあては武家娘風、同じような太夫たち。

家康公は本屋で執務。その間、武蔵はんも木座像の目に精気を入れ大御所さまから、「武蔵は武も芸も日本一」と称賛され、大御所はんらはすぐ二条城に引き上げられた。

翌日は開式の直前に季節はずれの薄雪。早咲きの桜がひとひら、ふたひら、散りだし、大朱傘が多く立てられた。大御所はん側近の名のある方々がそれぞれに別れた。開宴の直前に、大御所はんの座を一段高く作っていたが、大御所はんの命令で、それをとりはらい前と同じ座椅子にさせられた。その間、大御所はんに石川（後の石川丈山）と板倉（後の重宗所司代）という若侍が付き、三人で十字架のついた吉野観音像を表裏から充分にみられて、しまった―しかし、何もなし。肥前太夫はんによる舞と踊り。

あての女文字の和紙が配られ、白拍子姿で舞扇で顔を隠して登場。二座礼―しずやしず…始めた。桜がヒラヒラと舞い散りあても舞い、時が停まっていやんした。

音もなく、座礼―静かに前と少し変えた口上も終わり、夢を見させましたんえ。

「いや、素晴らしい。光悦から冥土《めいど》の土産に見ることをすすめられたが、太夫もりん弥もまさに日の本一の名妓たちだ。りん弥は禿で九歳と聞いたが誠か」

「はい、あては九歳でおます」

「何か褒美《ほうび》をとらす、何なりと」

「そいでは、あんしときまして、一つだけ。りん弥は、太夫はんに比べるのもおこがましゅおす、修業はまだあきまへん、少し後、諸芸を収めますれば、吉野太夫はんの名跡を得たいと思うとりおす。大御所さまにあんじょう御計らい頂きますれば……」

「そんなことか。板倉勝重よろしいな……りん弥、少し後に吉野太夫の名跡をさし許す」

薄雪がやみ、抜けるような晴天になった。

「この書は、りん弥の直筆か……うーん、天は二物も三物も与えたようじゃな。ところであの忍恋《しのびこひ》はどうなった？」

あてはハッとした。大御所はんたちは目の前の吉野観音の木像の十字架と二天の刻《こく》をみておられ、忍恋の相手が武蔵はんと気づかれたはずで冷汗が出やんした。

あては覚悟を決め鼓と琴の芸者と、すぐ打ち合わせして
「では、連歌と踊りにてお返事申し上げおす」

イヨッ……ポン、ポン、ポン─鼓が打たれ琴が弾かれ、

鷹峯の　春に降る雪　桜散る
りん弥《や》の恋も　この雪桜《ゆきざくら》

あてが即席で歌い舞い、桜がちらほらするなか、左手うちの桜花一つを示し、陶然《とうぜん》とさせやんした。前と同じ、三方に料理、おざぶも出され宴会。主だった者五十人、二列にし祝宴。あてらが武家娘風に着替え、太夫たちも同じように接待。

大御所様が、立ち上がり、

「待て、りん弥の連歌・舞踊りも見事。それに宮本武蔵、昨日の座像といい、この立像といい見事じゃのを、褒美を渡すのを忘れていた。何か望みはないか」

彼は末席で立ち上がり――「昨日のお褒めのお言葉で充分でござります」

「光悦といい、武蔵といい無欲であるな、よし、これをとらわす、すぐ着衣せよ」

彼は葵の紋入り陣羽織をいただき、謹んで着衣。御礼を申し上げ宴が始まり、あてが大御所様に、すぐ取り寄せた舶来《はくらい》の羅紗《らしゃ》の羽織を石川はんとともに着せやんした。

宴がつづき、少し後、光悦殿、林与次兵衛はんや太夫はんらに声をかけられ、縁者の水野勝成こと「鬼日向《おにひゅうが》」はんが、近くにおられ疾風《しっぷう》のように騎馬で二条城に帰られた。

この後――十一月、大坂冬の陣があり、お城は堀を埋め立てられ裸城《はだかじょう》に。

秘の離れ家で武蔵はんと寝物語して過ごした。

翌日、本屋の座敷に移り、天海大僧正とご令室の眞抄尼はん、眞理はんに武蔵はんとあての五人で会食。吉野太夫はんは、天海大僧正ご夫妻の実子で戦いの後の混乱で拐《かどわ》かされ林家に八両で売られはった……何回も救出・退楼の申出を断られていたとのこと。

眞理はんが、お祖父さま、お祖母さまと言い目を細められていた。そこで最上まやさまからの献歌の披露――女文字の美しいものでありんしたが、吉野つまの二字が不明。

あては吉野はんとまやはん、楼内のお人形、男と女であられたんやなぁと思い当りやんした。天海大僧正ご夫妻、あてのこと、吉野と似ておるし教養と知性も同じように輝いておると誉《ほ》められおした。ただ、あの吉野はわしのことを、「南海坊はんは腰抜けや」と罵《ののし》るような気の強い娘じゃった…披露があったりしやんした。

中の刻《さる》(午後四時)ころに武蔵はんと二人でとことこと下り、歩いて帰り、楼主はんにも誉められ、年が明けたら鹿恋にすることが告げられた。肥前太夫はんにもご挨拶。大御所はんから見事と褒められたことでご機嫌であられ、二人で飲むことになりんした。


少しして、あてにあの宴席にいた水野勝成はんから差し紙。相手は大御所ご一門の大名、あては禿であり対応に苦慮され、与次兵衛はんが肥前はんを説得。まだ裏だが望まれれば床入りもとなった。幇間らが先行楽しく遊ばれ、肥前はんの太夫道中。あても従い、揚屋桔梗屋に到着。太夫は湯流し、あてはお座敷にすぐ出やんした。


鬼日向はんは大喜び。幇間らの合間をぬって踊り……呼ばれて近くでお酒の相手。あては飲んだふり。あてに床入りを……「禿はできませんのえ」ゆっくり拒否。太夫はんが入場し踊り、長歌の披露―鬼日向はんの横にあてと入れ替わりご不満だったが、近くに行ってゆっくり親和の気、太夫はんを口説いておられ、太夫はんが納得されやんした。

あてらはすぐ寝間の支度。部屋を暖かくした。肥前はんが手を取って入ってこられ、そこで抱きつかれ口吸いから始まった。

「鬼日向はん、先は長うござんすえ。わちき逃げも隠れもしませんえ」

ハッとされ、あてらが手を取り片着、衣裳をとり、寝間着一つ。まだ少し寒いので羅紗の首巻をつけお酒を出してお酌。

太夫はんは見せつけながらゆっくり脱いでいかれ真っ赤な腰巻一枚、薄衣一枚になりはったが寒く、羅紗の首巻をつけ両端を薄衣の中に入れやんした。

お二人で酒を酌み交わし、暖かくなり首巻をとり、鬼日向はんは、太夫はんの裸を望まれ、立ち上がり薄衣をとられ腰巻も……長い黒髪が少し身体にからみ、白い肌に薄紅色が染まりあてから見ても美しい。すぐ薄衣をつけられ、着座。酒のやりとりがあり太夫はんが、乳房をチラッと薄衣から見せられて挑発、いきなり抱き着かれ口吸い。

あてらは身体を入れ替えさせ、しごき、手で包み揉んだ。病はなく、馬マラでもない。太夫はんに合図。しごきを早め、大放出、あやうく顔にかかるのを防げやんした。

「いやぁ、面目《めんぼく》ない」

「まだ、これからでやんすよ」あてらはお側で待機―酒が酌み交わされ、少しして太夫はんがにじり寄り右手が何やら動き、多分あそこを刺激。鬼日向はんに抱きつき、口を合わせ押し倒し、口で身体を舐り下へ……。あの技芸書のとおり。

あてらはすぐ頭のほうに移り、下から腕がのび、あてを引き寄せられ、あてに口吸い。あては止めさせようと頭をふろうとしたが、「りん弥」太夫はんの咎《とが》める声。あては初めてでやんしたが、覚悟を決め、口を開き受け入れ、少し酒臭かったが気にせず、あての特技の舌を長くのばし絡め、たつ弥はんが右腕をとき耳に息を吹きかけ、太夫はんは馬乗り、すぐ終った。あてらはお二人に温かいお湯に浸かった手拭《てぬぐい》で後始末。

あてらはこれで退室して二人で林家に帰った。

改元で慶長が二十年で終わり、元和《げんな》元（一六一五）年一月、あては十歳で鹿恋に昇格し禿が一人ついた。控室つきの部屋が与えられ、これも異例のことでありおしたが、諸芸を深め経験を積みおした。――五月八日、夏の陣で秀頼はん、淀君自害、豊臣家が滅亡――秀頼はんは、六尺五寸（約二メートル弱）の色白の大男で、父（？）秀吉はんは五尺くらい、母の淀君はんも普通の体系であり、不思議に思った。

次の年の四月、大御所家康公ご逝去。ご縁で一日喪に服しやんした。日光東照宮の大改葬があり、武蔵はんが製作された座像が眞理はんらの工芸人によって加工塗りされ、ご本尊になったとお聞きしおした。

あてはおしげりをしない芸だけの鹿恋として有名になりかけており、肥前はんの手伝いをしたりしておりやんした。武蔵はんとはまだ続いており、武蔵はんの妻。しかし二月、三月と修業の旅に出られ女の身体がうずきどうにもならず、二つ下の禿のさち弥に手を出してしまった。さち弥の身体は歳の割に成熟し応えてくれ、張形でおしげりを教えつつ楽しんだりしおした。

つまのまや・囲碁

元和三（一六一七）年一月、あては十二歳で天神に昇格し異例ながら三室、太夫なみの室に移り、さち弥の他に武家出の禿ゆき弥（九歳）が付き、二人の禿の給金はあて持ち。諸芸だけでは中々うまくいかず悩みおした。正月は太夫はん、他の天神はんの手伝いでしのぎ、久々に御所へ上がったりしたが、諸芸の披露のみ。

このとき、山形からあて、りん弥、つまりわてに三月後予約の差し紙が届き、差出人は最上まやはん。遣り手のいちはんにも文が届いており、上の娘が十八歳で婿《むこ》をとり孫もでき、下の娘を十六歳で嫁に出した。主人が流行り病で急死。余生を京で送りたい、娘たちも了承してくれ、相談したいであった。

吉野はんが生きていたら四十歳、その三つ下で三十七歳のはず。

天神のりん弥こと松田徳子が謹んでお受けしおす、丁寧な文を出した。

四月十日、満開の桜花の下であては桔梗屋に天神道中、といっても禿二人、若い衆が一人付くだけの簡素なものでしたが、優雅に行いおした。

幇間《ほうかん》たちが前座。賑《にぎ》やかに始まっていて、さっと汗を流し部屋着に着替え、座敷に出て丁寧に挨拶。まやはん、中年の女性と思っとりやんしたが、何と、あてとあまり変わらんような美しい女。幇間の間をぬって、あてが踊りを披露——隣で酒の合酌。初会でしたが、会話、あての年が十二歳に驚き、おぼこでないことでも驚かせた。

「あんた、りん弥はんは、お客はんとおしげりしないと聞いとったけんど」

夫がいることで仰天させ、

「あんた吉野はんと同じように綺麗で形も決まっとるけんど、吉野はん十六歳でおぼこなくされたんよ。わてのこと市里（これから、市里）はんから聞いとるでしょう」

「ええ、少しだけでおすが」

「わては吉野はんの秃、振袖芸者で四年と少しの期間、楼のなかでのつまだったんよ。別れはつらかったわ」

「へえ、四年と少し、そんなにどすかぁ」

「そうや。ところでわて、今日が初会、あと裏と馴染みにならないとおしげりは無理ね、わてが仕込まれたこと教えようと思ったけんどね」

「えっ、女と女の楽しみも、おしげりというどすかのぉ」

驚いていたが、わては二人の秃に目配せ、

「まやはん、別の部屋にいきおすかのう——」

寝間は整えられており、まやはんと裸の見せ合い、奇麗な身体をしてはり二人用の使い込んだ張形を出され……夢幻《むげん》のひととき。あてが声をあげ、まやはんも、ともにのたうち回った。それを三回、お互いに満足、女同士のおしげりがこんなに凄いとは…。

まやはんは、今日の昼すぎ林家を訪問予定、六条三筋町の簡単な地図を渡していた。

昼過ぎに風呂敷包みを持ってこられ、楼主はんに昨日の揚屋、ここのあて天神の床花代の八十両を支払われ、市里はんがまやはんをあての部屋に案内されやんした。

お茶をまやはんにたて、何やら事情がありそうで禿と市里はんを下らせ、にじりより、口吸いをし昨晩のことを思い出したが、

「まやはん、何やら事情が……あんたはん、あての母であり男どすえ。遠慮のう、どうぞ。あてに出来ること何でもさしてもらいおすえ」

まやはんの話――。

父の義光《よしてる》が三年前に六十六歳で死去。わてに財産を少し残してくれはって、二人の娘が片付き、わての夫も死んでしまった。最上五十五万石の家中にお家騒動があり、危なくなり、わては思い出の地、京であと十年くらい仕事をし、余生をここで過ごしたい。

昨晩のおしげりで、りん弥天神はんとは、身も心も合う。わては若く見えるので天神つき振袖芸者になりたい。書、和歌、連歌、立花、香道、茶道、囲碁それに琴と鼓ができる。

身につまされる話でありおした。

「まやはん、よう決心されなましたなぁ。あんたはんの身体が若いのはあてが経験済みや。でも二人っきりのときは別として、あて付きにならはるということは、あての使用人どっせ。それはよろしゅおすのか」

「ええ、覚悟《かくご》してまっせ」

「とりあえず決めんといかんのは、給金と住まいやな」

「ええ、おまかせいたしやす」

少し考え、給金を月に三両、食事は林家もち、住まいをあてが少しつかった市里の楼内の泊り場と考えた。禿を呼び、お相手をさせ、市里はんのところにいき、説明しおして二人で与次兵衛はんのところに交渉。驚かせたが了承。

すぐにまやはんを呼ぶと、丁寧にお礼をいわれ、手持ちの風呂敷包みを開かれ綺麗に装丁された二枚の肉筆浮世絵を出された。

吉野太夫が一点、吉野太夫とま弥が一点であり、太夫のほうに一点の滲《し》みがあり「吉野はんの死を山形で知り、不覚にもわてが流した涙でやんす」


まやは、市里はんが手伝い、宿に置いた荷を、りん弥の部屋にとりあえず移した。

今日は予約がなく、仕出しをとり禿と四人で会食し色んなことが話された。

酒をあげさせ禿を寝かせ、納戸から朱盃二つ、固めの盃《さかずき》とした。

「夫はいるけんど、まやはんは、あてのここでの夫で男や……よろしゅな」

「りん弥はんは、わての妻で女や、よろしゅうな。ところで夫って？」

武蔵はんどすえ。吉野はんの最後の男で眞理っていま十三歳の娘を仕込み中…

「そう、それは風の便りで聞いて、浮世絵の涙…」

「まやはん、女のアレ、あては七歳だったけど、まだありおすのか？」

「えっ、早かったんやね。わてはまだ女よ」

「そうか。あてが男だったら、仕込んで産ませるけんどね、こればっかしはね」

酒盃を重ね目が潤み合い、求めているのがわかり薄衣一枚、まやが装着。あてをねぶり……ゆっくり楽しみ合い、頂点に。お互いに拭き合って綺麗を認め合い、そのまま抱き合ったりしていると、禿二人が「ご免やっしゃ」声かけてきて「りん弥天神はん、あてらもたまらんわ」まやと顔を見合わせ、応えてやった。


まやはんを天神りん弥の振袖芸者にしたが、三両の給金がやっとであった。あては与次兵衛はんと交渉し、若い禿や鹿恋の教育担当、週二回の授業をしてもらい、楼から月二両の給金としてもらえるようにさせた。市里はんも賛成し、十七人の禿に目標を与え熱心に指導していきはった。このころ、徳川家の支配になって第二回目の、朝鮮通信使節団が来都。二条城での宴席にあてらも出て華をそえ踊り歌った。あてが、その中心にあった。

その正使、副使の近くで警備にあたっておられた片言の南蛮人、天無人とおっしゃったのでハッとした。武蔵はんが話しておられた方じゃったが、知らんぷり。

その時、天無人はんから差し紙。この初会で遊ばれ、それで終り。

まやはんの荷が牛車一台、あて気付けで届き、市里はんと禿二人にも手伝ってもらいやんした。あての部屋にも少し……その中に二面組立式の一寸（三センチ）の碁盤と「争碁秘技・義光」という手書きの本。碁石とともにあての部屋に運びやんした。

あては、亡うなりはった父と母から、少し教わり「生き、死に」が、やっとわかる初心者。まやはんは亡うなった夫から十年以上仕込まれはったとか。

林屋の倉庫の一部を借り、荷を収納。今日差し紙がなく、まやはんに囲碁をすぐ教わり始めおした。あてが、黒で九子の置き碁。半刻（一時間）もしないうちに、中押し百三手で投了《とうりょう》。しかしあては物覚えは極めてよいほうで、碁面《きめん》を戻し白の一手から、黒の二手……投了まで並べ、まやはんに悪手を指摘させた。

少し後で五子の置き碁、同じようなこと。次に三子の置き碁、少し時間をかけたが、同じようにまやはんを感嘆させた。少し後の四局目は黒先で打つ、持碁《じご》。

あては、まやはんの頭の中を読み、まやはんが次に白石を置くところを探り、そこに黒を打ち慌てさせ終局までいきおしたが、二目の敗け、後は勝ったり敗けたり。

「りん弥天神はんは天才や。わては夫から教わりおした。少し後でわてが白で二目置かせて打ってまして、父とは持碁でしたね」

囲碁は、遣唐使に加わった吉備真備《きびのまきび》が我が国に伝えたといわれており正倉院にも碁盤があり、平安時代は貴族のたしなみで、この時代に続いていた。

枕草子、源氏物語にもその場面があり、本因坊算砂《ほんいんぼうさんさ》が、信長、秀吉、家康に五子置きで師として打ったといわれている。

算砂は名人碁所を家康公から下され、争碁が普及し、本因坊家、井上家、安井家、林家《はやしけ》の四つが碁の家元となった。少し後に本因坊道策が出て棋聖といわれた。

亡くなられた義光はんが本因坊算砂はんから教わった争碁の十の棋譜《きふ》が綴じ紐で括られ本にされていた。碁盤の縦横の十字の数字で示された上に石を黒白で置いていき、ところどころに付記がなされていた。

付記の意味などを教わり、後であて一人で石を黒白で置いていき、付記で考え……一局を一刻（約二時間）くらいで理解。次は本をみないで、三百二十手余、全て打ちわちきが解説し、まやはんを仰天。

七日ほどで十局を全て頭の中に入れ、まやはんに黒石で四子置かせ、それでもあての勝ち——まやはんは言葉もなかった。

しばらくして、それが市里はんから若い衆（牛太郎）頭・夫の金次はんにもれ、持碁対局、半刻（約一時間）で投了。つぎに与次兵衛はんと対局。あての十目勝ち。与次兵衛はんは囲碁家元の一つ、林家《はやしけ》と何と親戚。

林門《はやし》入斉（このとき三十歳）はんの紹介を受けおした。

揚屋《あげや》の桔梗屋《ききょうや》はんが知り、客集めの一つとして「囲碁・林家元《はやしいえもと》対りん弥天神、三番勝負」がなされ、会場はお昼時であったが、無償提供。

このときの囲碁は、原則、時間無制限。しかし、これではあてのお仕事に差し障《さわ》り……一局につき二刻（約四時間）として、林家《りんや》で若い衆などへ四子置・三面打を行い圧勝。

それがまた評判を呼び、対局の盤面の四倍くらいある盤がつくられ見物できるようにされた。家元はん、脂ののりきった打ち手。コミ（ハンデ）なしにしてもらいやんした。

第一局……家元はんの頭の働きに合わせて彼の手を読み、算砂名人の十局の手筋と検討。打っていき結局あての二目敗け。

第二局……あての三目勝ち。第三局……あての一目敗け。

対局場は余裕で涼しい顔のあてと、家元はんの脂汗《あぶらあせ》を流すような苦しみ……あては勝とうと思えば簡単。次の一手のなか、百数十手のうちから選ばれた悪手を誘導して打たせればよかった。だがこの好青年、少しホの字になりやんして苛《いじ》めず、あての一勝二敗─それから都の話題になり、広がっていきおした。

門入斉はんから、玄人の碁打ちになることをすすめられやんしたが、立会の与次兵衛はんが慌てて止め、近々に太夫になる─。

これが禁裏、所司代に聞こえたらしい。

御所に上り、御前で対局を命ぜられた。相手は本因坊算砂（このとき五十八歳）はんで先にも示した名人御所。あては恐れ多い、二つの理由をつけご辞退。

一つ、まだ十二歳の無位無官の遊び女、天神であること

二つ、名人御所様の十の棋譜《きふ》で勉強し棋譜《きふ》を覚えた素人であること

この件は、近衛家に仲介していただきやんして、徳川和子さま、入内の女御御殿の造営や、女官の四辻与津子《よつじよつこ》（お与津御寮人）はんの皇子の賀茂宮《かものみや》はん出産もあり、延期となり、ほっとしやんした。

このこともあり、与次兵衛はんとあてで近衛家の諸大夫（家令）はんを通じ、お手間に対する御礼に伺い、帝のご実弟の近衛信尋はん（このとき十九歳）とご友誼《ゆうぎ》をえました。

京都所司代の板倉勝重はん、大御所様の宴で御一緒させていただいており、そのことを覚えておられ、秘で対局。あての五目勝ちどした。

さらに算砂《さんさ》はんが光悦はんの紹介で、あの石川丈山はんを連れ、桔梗屋で清遊。その前に秘で一局打ち。あての二目敗けでしたが誉められ、これが都の碁打ちに広がりおした。

まやはんとはあの関係が続いており、あての地位の急上昇…まやはんの申し出で盃を返し、仕切り直し。あてが夫（男）、まやがつま（女）の盃のやりとりをしおした。

時のつなぎて

年が明け、元和四年、あては十三歳。

与次兵衛はんから、来年吉野太夫の襲名を言い渡されおした。

しかし、市里はんからその襲名に先代で三百五十両かかったと言われ、ご辞退。もっと後で―を申し述べ、それに対し太夫披露費用の大部分が都合できたら、それを来年に受けてもらえるかの確認があり、あては、

「ええ、ここ林家に、反対を押し切って禿で入楼したのは、吉野太夫はんの名跡を得たいためであ

り、そうであれば喜んでお受けさしていただきおす」

与次兵衛はんは、書棚の中の鍵のかかる木箱から百両包み三包と、和紙包みの封書を出しはって、初代はんは気風《きっぷ》のいい女人でしてな―あての前に並べられやんした。

与次兵衛はんは、吉野太夫はんの「二代　吉野太夫はんへ」の封書は遺書（慶長八年十二月付け）で、それは次のような美しい草書体の女文字どした。

―二代　吉野太夫はんへ
吉野太夫襲名おめでとうはん、謹んでお慶び申し上げます
お祝いに三百両さしあげますが、ちびっと足りないと思いやんす
これは、天神はんの才覚でなさりませ
わてが死んで何年目か、氏素姓のわからぬ女人はんへ文を出すのも異なものでございますのお、でもしっかり諸芸を極めとられやすと思いおす
条件は何も付けまへんが、できれば三代目はんにも同じようになさいますことを期待しておりますす
そこで一首を祝い、献歌
吉野花《よしのばな》　都《みやこ》に咲《さ》ける　夢《ゆめ》かざり
時《とき》をつなぎて　美《うつく》し競《きそ》ふ

追記
あなたはん、これを見とられるということは、林家の楼主の林与次兵衛はんが、わてとの約束を守られたということどすな、お互いに感謝しましょうありがとうさん
ほなお先に
かしこ
慶長八年十二月　初代　吉野太夫

あては涙が出るのをこらえ、

「与次兵衛はん、初代の吉野太夫はん、ありがとうはんどす。感謝し謹んで来年に名跡を受けさせていただきまなます」

お金は与次兵衛はんに預け、市里はんを呼び、まやとともにその文を見せた。

市里が「白川眞亜はんこと初代の吉野太夫はん、こういう人だったんじゃ。吉野太夫は都の花になって美しゅうないといけませんのお」

まやが「あの人らしい、でも嬉しゅうおすな。あては脇役じゃけんど、二人の夫・吉野太夫はんの時のつなぎ手や」と言ってくれやんした。

十四歳で吉野太夫……しかし東照神君はんの認可は秘とされた。林家内で、まやを講師に囲碁教場が開かれ、興味のある天神や鹿恋、禿その他らが三十数人参加して始まり。少しして所司代から楼主はんにあて、りん弥天神の呼び出しがあった。

中座敷に通され所司代の板倉勝重、後継者の重宗はんと与力衆がおられ、要件は昨年の禁裏での算砂はんとの三局中止のこと。二つの理由をつけご辞退したこと。その後、桔梗家での対局で二目敗け、正直に話した。

堅かった場が和みやんして、板倉勝重はんが口火を切った。

「その前じゃな。わしが対局して、こてんぱんに敗けたのは」

「いやー、恐れいりやす。あても元は武家の娘。勝負は厳しくと思うとりおす」

「うん、それでよい。ところで来年一月に吉野太夫を襲名するそうじゃが、あれは特別に東照神君さまの御認可があったものじゃ。今回は形を整えることを命ずる。……何、内緒だが箔《はく》を付けるためじゃ。細かいことは、そこの家令とな。もう一つあるぞ…」

その家令はん、与力お二人との三面打ちであり、立机の椅子四脚、三碁盤の別室が用意されていた。あてから条件、三十数えるまでに打つことであり了承され、数読みの若い武士が指名され、あては立ったまま、板倉はんと対局相手は座され、大勢の武士が取り巻き、まやを介ぞえにし始まる前から三人の心を読んだ。

家令はんは算砂はんの弟子で、二目置き。与力お二人は遊び女、天神などと馬鹿にしていて所司代はんと同じくらいの技持ち。あては、遠慮なく打つことにした。

与力はんは百手前後で二人とも投了。家令はんは強い。一対一になりあても少し時間をとり、相手の嫌がるところに白石を置き延々と続き三百四十手で終局。あてが三目の勝ち。

「りん弥天神はん、姿形も綺麗な美女はんやが、厳しい手を打ちはる。本因坊家元はんと打っているような気がした。敗けじゃ」

三人に親和の気を入れ、この役所であてのことを知らぬ人がないようになりおした。

二条城にも呼ばれ、六尺近い長身の藤堂高虎はんとも打ち、あの九歳、禿のときの大御所様の歌舞にも出ておられ、それも話題になり、あては囲碁でも有名になりおした。

この後、あの優しそうな高虎はんが禁裏ですめら尊を恫喝《どうかつ》。与津子はんの追放、出家を強要。実兄の四辻秀継はんらは配流（およつ御寮人事件）されおしたようどす。

本阿弥妙秀尼はんの病が重い報せが入り、与次兵衛はんの了承をとり、まやと男衆のお伴も一人、なるべく地味にして鷹峯までお見舞い。その後、九十歳で安らかに亡くなり、光悦はんから、母の遺言として「りん弥が華々しく動いとるが信仰を忘れんように…」振り返り反省しおした。天無人はんもおられ、あてとまやに驚いておられた。

まやは、あてとの夜の中で「子が欲しい」と少し前から言っており、ひょっとしてこの二人と思っていた。四人で帰路、二人で話しながら歩いたがまやのほうから天無人はんを口に出して望み、天無人はんに歩きながら告げ、不安でやんすが異存なし。

ただ、天無人はんから「朱印船貿易をしており、子ができても父親として定住はできず、責任は持てないけんどよかっぺー」彼は驚くとどこかの方言が出た。

まやにも、それを伝え、それを納得。

二人を紅葉の秋深い、三千院近くの割烹を二泊、天無人名で予約をとり、休みを与え、二日後、天無人に送られ帰ったまやは、輝いており上首尾のようどした。

十二月の初め、まやから紅絹がこない、今後のことを二人で考えやんした。

師走になり、いよいよ近づいてきやんして、あては不足分の五十両を与次兵衛はんに支払いおした。これは近江屋はんへ貸していた家の賃料で原則として残しており、不足分を支払った後も三十両ほど残っていやんした。

このとき近衛家の諸大夫はんから連絡。あては禁裏に秘で上ることになり(仮に正五位となったようで)お付きは二人と言われ、まやと禿のふみ弥を連れ、念のため、長烏帽子、立君《たちきみ》の衣裳など持ち向かいやんした。

諸大夫はんから、御所内をぐるぐる回らされ、女官はんに引き継がれ、十畳ほどの部屋の前であてだけが入ることを許された。そこには碁盤があった。あては下座。

すぐお若い貴公子が入室、上座に座されたので平伏。

「まろは近衛家の親戚のものじゃ」

「天神のりん弥と申します」

すぐ対局、真っ直ぐで筋はいい。しかし……しばらく遊び大石を一つずつ潰し投了。

次の次の部屋、まやと禿がいて、あてが次の間で長烏帽子、白拍子にすぐ着替え―静御前の舞をまった。「いや、素晴らしい」手を叩いて喜ばれ、女官はんから御酒。あてがお酌して、大股をみせ少し挑発。お行儀よく、手も出しはらん。

少し離れて警備の者がいやんしたので、お一人になら秘の踊り、名付けて立君の舞をいたしやんすが…すぐ人払いされ、あてが次の間で立君に着替えてチラッ、チラッと見せて「せきしろはーん」にして歌舞いー反対側の間へ手を取られ、寝所があり…。このころには、あても馬鹿ではなく、もしかしてこの方は？　二回あり、湯殿に案内され、また……お別れに貴人はんに感想を聞かれ、「囲碁が弱い割に、あちらが強く、驚きやんした」

これから秘で三回ほど。少し後、ご成婚で途絶えやんしたが……板倉はんにこのことを後で、しつこく聞かれ「弱いけど、強い方どすえ」で煙に巻きおした。

＊　　＊

ずーっと後、アメリカ合衆国ニューヨーク（NY）州ロングアイランドに設けられていた大統領公邸の白砂庭は、白砂が飛び散り、直径三メートル深さ一メートルほどの穴。その中に二十センチメートルくらいの真円球が少し土に埋まっていた。

推進装置も放射能もなく…マリアはこれを知っている五十三名をここに集め、フリーズさせ、この記憶を削っていった。真円球を自ら取り出したが、呆然。これはあのα星人から自分に当てた通信機で、鋼鉄とも硬化炭素繊維とも違っており、途中の長旅・重力波の影響・太陽系の公転・地球の自転もあり、その技術力の高さに仰天。

これは、十年ほど前、小惑星帯の岩石に囲まれた状態でクリル科学者が「秘」にして発見した巨大円盤型宇宙船（ミステリアス・フライング・ソーサ　M・F・S）と関係あるのか、クリルシティの地下大倉庫に秘にして格納してあり、クリルで研究を急がせることにした。

　この真円球の中には、人類の生存に係る二つのメッセージがあり、二つ目は長く長く、あの侵略防衛戦の近くまで解けないものであった。

　防御ドームに囲われた虹の楽園（クリル共和国）の首都・クリルシティでは、徳子の教育に参画し終わった白川眞亜は、教育H・Aから世界の変化・日本歴史を学び、空を飛ぶ円盤（フライング・ソーサ　F・S）機械に乗り、コンピュータ機器に苦闘していた。

　まるで「浦島太郎はんやな…」と思ったりしていた。

第三　二代・吉野太夫の襲名

太夫襲名

吉野太夫襲名は、元和五（一六一九）年一月一日となった。

前の月の中ごろに「吉野太夫の襲名を認可する」。板倉勝重所司代はんに役所に呼び出され、口頭で通告され、続いて江戸幕府の武家伝奏の三条西家の実条はんに御挨拶し、「正五位を賜り、吉野太夫と名乗るべし」と告げられ、謹んでお受けした。

大御所はん認可の件は秘で、二代の吉野太夫をあてが望んだと公表—。

元日は休み、紋日になりわちきは十四歳になっておりやんした。三日に二代吉野太夫の襲名披露を桔梗屋で与次兵衛、市里はんらの支援のもと実施することに。わちきが禿四人（二人は応援）を先導。左褄《ひだりづま》をとり帯の前むすびで、まやが脇の振袖芸者、一ツ巴の定紋入りの大傘持ち一人、男衆三人を従えて貫《ぬ》けるような浅緑の空のもと太夫道中。

十四歳の太夫は京では初めて。囲碁のこともあり、話題をさらい大勢の遊客が集まり、「吉野太夫、吉野太夫」の声が途切れなく続き、天無人はんを見かけおした。

小半刻（約三十分）かけ、約五貫目の衣裳をつけて姿かたちを保ち到着し、着いた時には汗びっしょり。百余人の招待客で既に始まっておりやんした。控室に落ち着き、さっと一風呂、汗を湯流しして一服。すぐ薄化粧して髪を整え腰巻から順に着衣しおした。

禿四人が祝宴の座敷に入り、太夫が着いたことがわかりどっと湧きおした。

少ししてまやに手を引かれ入室。わちきは赤と金糸青糸などを纏った絢爛豪華《けんらんごうか》な太夫衣裳。長い黒髪のおすべらかし。鼈甲の大簪《かんざし》は二本、首の後ろで白の綿布でくくり、そこに梅一輪、自分で輝いているのがわかり、末席で正座、隅々にとおる声で、

—りん弥天神、松田徳子十四歳。二代・吉野太夫を襲名しおした。皆さまがたのご支援を持ちまして精一杯つとめさせていただきおす。どうかご贔屓《ひいき》よろしゅうお願い申しあげなます。これは、初代・吉野太夫禎子はんが亡うなるときに作りはった、わちき宛の献歌どす。曲にして舞い、他二曲をご披露いたしやんす—

琴、小太鼓、鼓、三味線が鳴らされ二種の和歌が配布された。

吉野花《よしのばな》　都《みやこ》に咲《さ》ける　夢《ゆめ》かざり
時《とき》をつなぎて　美《うつく》し競《きそ》ふ

もう一回繰り返し――お馴染みはんを中心に招待客を陶然《とうぜん》とさせおした。控室に戻り大急ぎで着替え、長烏帽子、白拍子姿になり、イヨッ、ポンポン……廊下を舞扇で顔を隠し、静御前になりきり

しづやしづ　しづのをだまき　くり返し……――

吉野山　峰の白雪　ふみわけて……――

そのまま控室に戻り休み、立君の扮装をして少し待った。市女笠《いちめがさ》で、歌曲組に合図。わちきがよろけながら市女笠を被り、歌い踊り、朱の腰巻をちらっと見せて驚かせ、もう一曲。大店の元気のいい馴染みはんを引き出し、相対し二人で踊り、続いて幇間に引き継ぎ、まだまだ続いた。天無人はん、遅れて加わり、まやの懐妊《かいにん》を知ったようどした。

わちき二代の吉野太夫は、おしげりをしない太夫として色街に定着。馴染みはんも芸事で納得され、そのかわり、ただ踊るだけでなく静と動、聖と俗を組み合わせた歌舞をつくり評判をとりおした。ただ、まやが天無人のもとに去り、わちきの女の身体がまた男はんを欲しがるようになり、付き禿では満足できんようになってきおした。

まやに岩田帯を送った後のころ、わちきの二代吉野襲名で遅れおした母の七回忌になり、与次兵衛はんの了承のもと三日ほど休み、鷹峯の光悦村を訪れ―文でお伝えしてやんしたが―簡単な忌祭《きさい》の打合せをしおした。

何回か泊まったことのある離れ客家に落ち着き、常照寺のお坊はんとも打合せした後、一人で夕食の支度。そこに何と武蔵はんがひょっこり姿を現しやんした。

「あんたはん、何や、三年もわちきをほっといて、もう知らん方どすな」

「すまん。徳子が二代目の吉野になったのは知っとった。九州にいて色々あってのお」

「文でもくれはったら……もう知らんわ」

「まあ怒るな。しかし綺麗になったのお、もうわしなど手の届かん高嶺の花やの」

「その花をさかせやんしたのは、どなたはん。ええもういいわ」

わちきは彼に飛びつき、口吸い、応えてくれ、敷布団を敷くもの急ぎの床入り――

三年ぶりに茶臼《ちゃうす》から始め激しく楽しみおした。

一戦が終り満足、もっとやで、また致そうとしていると、玄関で、

「今晩は、いやはるでっしゃろ」眞理はんの声。すぐ飛び起き、

「はーい、ちょっと待ってや」…自分でも驚くよう…神速で着衣
薄暗い玄関先、眞理はんが佇《たたず》んでおられ、

「光悦伯父はんが、大事な御用もあり、夕食をご一緒にと言うことどすえ。お父はんもいらはるんでっしゃろ」

「ええ、わかりおした。すぐ後で……」

「徳子はん、えらい御髪《おぐし》が乱れとられまっせ。整えられたほうが、では」

手鏡を見ると、おすべらかしは崩れ、ほつれ髪が打ち掛けに絡んでおり戦いのあと……。

光悦はんは、苔むした庭に丸石を配した八畳くらいのお茶もできる質素な小屋で待っておられ、上座。奥に武蔵はん、わちきがその横、前に二席が空いており、お茶をたてられながら、眞理はんの婚姻のお話どした。それはおおよそで、

―白川眞理、いま十五歳。漆工芸の絵師で塗師として、わしの弟子じゃが一流に近い。母の眞亜との縁もあって引取り娘同然、嫁になどやりとうない。しかし三歳年上の村上信兵衛という兄弟子、わしが保証する腕の持ち主で気が合い婚姻を望んでいる。

一年くらい花嫁修業させここで夫婦に―まず信兵衛と会ってくれんかでありおした。

ここで抹茶をたてながら会うことになり、二人が入室。眞理はんが美少女なのは、わかっとりおしたが、美しい女性になりかけておられた。

信兵衛はんも体つきは細っこいが、中々の美青年で作法も決まっており好印象。

武蔵はんもそのようで、わちきのことを「いま都で有名な二代吉野太夫や―」と紹介されおして、眞理はんの前で「わしの妻や」といわれはるのが恥ずかしゅうて、それを防ぐために勝手に喋《しゃべ》りましたんどすえ。

「眞理はんとは友だちどっせ。眞理はんのお母はんの名跡、吉野太夫を、継がさしていただきおした。その初代はんが、ある偉い方に、関白・藤原道長はんの和歌……望月の　欠けたることも　なしと思へば……を引用されやんして、満月の円は必ず欠けるとご指摘され、聚楽第の金銀に囲まれ

た華美な生活を戒《いまし》められやんした」

武蔵はん、光悦はんがほぼ同じに、

「なるほど……それで」

「武蔵はんの剣は円明流とか。わちきは剣のことはようわかりまへんが、真円を目指されるのが極意なのどすかのう。そうであれば」

「うーむ、確かに。じゃが少し待て……」

武蔵はん、真剣な表情で考え込まれ、皆がハッとして武蔵を見つめ静寂の時の中——

（人の行うことで、真円・完を求めていくことはできよう。それを保ち続けることは無理。欠けるを補っていくことこそが修業であり、さらにもっと高い境地を目指すのが「道」じゃなぁ。円明流は間違っていたのか、しかし…）


この張り詰めた静謐《せいひつ》の時に耐えられず光悦はんが、

「茶の道にも、その戒《いまし》めがあるんかのう」

「わちき、まだ十四歳の若輩もの。間違っていおしたらお許しを。この茶室の佇《たたず》まい、質素で侘《わ》びの心意気が伝わりますのお。しかし、その明りとりの窓、真円どすなぁ。茶室はお茶の作法に従い、心を平らかにして、自らの生命のもとを看《み》て心を磨くものと思っとりおす。すなわち、果てしない完に向かって修業する場と心得ており。ここに真円による完を示さるるのは、少し違うように思えるのどすけどなぁ」

「うーん。徳子、いや吉野太夫なら、どういらうのかのを」

「せやなぁ、ご免しゃんして」

わちきは立ち、後側の真円の窓の下の部分に手で横へ線を示し、真円でない窓を示した。

「うーむ、もっともじゃ。限りない上昇、真円に向かって欠けることの多い至らない、あるがままの己を見つめ、己の反省、謙虚の場とするのじゃな。吉野、それを詩にしてくれんかのを」

「そうどすか、これは、ちと難しゅうおすな…」と語りつつ、和紙をもらい。

苔《こ》け愛《め》でる　侘《わ》び寂《さ》び庵《いえ》に　お茶あるも
望月《もちづき》の窓《まど》　心《ここ》ろ沁《し》みらず

二代　吉野太夫

素早く三部作り渡したが、光悦は「うーん」と、それを見やっておられやんした。

わちきが主役のようになりおして、会食の場へ向かい、楽しく過ごしおした。

彼と二人で離れの家に向かおうと家を出た時、眞理はんに追い付かれ、少し離れて、

「徳子はん、お父はんとあんときまぐあいしおしたんやな、でもあんたはんのこと見直しをしたえ。年下のお母はん」

目から火が出るように恥ずかしゅおんしたが、それはそこまで。円明の剣のことで考え込もうとする彼を奮い立たせ、何回も……三年分までいきまへんけど、取り戻しおした。

翌日、常照寺にて七回忌が身内だけで質素に行われおした。あしあらいは光悦邸で、お坊はんも出席いただき、ご講話を受け感動……法華宗信徒としての質素な食事どした。わちきが歌い踊りをご披露し、昨晩と違う小さな茶室に移動、にじり口から入る三畳ほどの土の香りのする侘びさびを基調とする茶室どした。

丸窓の下が横に切れていて、主人の光悦はん、一晩かけて作製されたようで「吉野窓」と命名され…何と吉野窓とは—

ただ、光悦はんから、このことについてまた創詩を望まれ…

茶《ちゃ》の庵《いえ》　半月《はんげつ》の窓《まど》　身《み》にあまる
光悦《ひかりえつ》なり　吉野窓《よしのまど》とは

二代　吉野太夫　徳子

眞理はんと二人でお話があり、別の離れに座をつくってもらいおした。わちきは床の間、正座して厳しい顔付きに—。眞理はんも雰囲気を察して、緊張。

「眞理はん、わちきはあんたはんのお父はんの妻や、ということは、あんたの義理の母どすせ。母として聞きやすが、正直にお答えしやんしてなぁ。あんたは、おぼこどすか」

「ええ、そうどす」

「彼、信兵衛はんに、せまられたりしてまへんか。正直に…」

「へえ、そんなこと……なんでどすか」

「真面目に答えなさい、なんでどすか、とは何んや」

わちきは楼の謡《うた》いで鍛えられ続けた太夫。少し迫力を出し口調に力を入れおした。

「すんまへん、抱き着かれて、胸など触られ、あては拒《こば》んでおりやす」

「胸などって、他はどこでやんすか」

「裾から下へ手を入れられ、下の方にちょっと—あてはすぐ嫌がって拒みおした」

わちきが冗談なのか、まだわからないでいてはる、なんとも良い娘や、しかし、

「信兵衛はん、嫌いなのかえ」

「いえ、嫌いじゃありまへんどすが、初めてなんでなぁ」

「眞理はん、お父はんははっきり言やはらんだったけんど、明日婚姻の了承をされると思いやす。

そしたらまぐあいもあるかもね。あんた避妊の方法を知っとるんどすか」

「いややわ、知りまへん」

「せやなぁ、わてが母親として教えてやらんといかんかのう。こっちへおいで」

眞理はんが、おずおずと近づき、わてはいきなり抱きすくめ、体が固まった眞理はんに口を合わせ、震え出したけんど、口を開かせ舌を入れ口吸い……少しして離れ、

「あんたはんの初めての口吸い、わてや、年下の母親がしたんどすえ」

思わず改心の笑い……眞理はんは呆然としおしたが、

「いややわ、あてをいらいこにして、てんごやったんか」

泣きだしたので座を変え抱き寄せ、肩を優しく叩き、

「あんたが年下のお母はんなんて言うから仇討ちや。でもな眞理はん、男はんとの最初のまぐわいが上手くいくかどうか、女の生き方を決めることもありますんえ」

眞理はんは泣き止み、薄い化粧が乱れ、わてが直してやりやんした。

「あて、そういうことで相談できる女子はんが、どっちにもいやはらんどすやろ」

「そうどすなぁ。わてでよければ、色んなこと、避妊の仕方も教えてあげまっせ。式前に花嫁はんがぼて腹じゃ、かたちとれへんもんなぁ」

眞理はん、小さい声で「お願いしますなぁ」と言いつつ抱き付いて来て、口吸いをしかけられ、充分に応えてやりおした。


眞理はんと清兵衛はんの婚姻式は、来年五月吉日を選び、ここ光悦邸で実施。

そこで光悦はんから意外なこと、故白川眞亜はんから眞理の養育費などで千両余預かり、特別な芸事などもあり二百両ほどつかったこと。できれば白川の家名を残してもらいたいこと—清兵衛はんは三男坊で父母も亡うなっておられ了承されていおした。


その後、眞理はんから連絡があり、わちきは二日の休みをとり、かつてまやと天無人はんを紹介した三千院に宿をとり、友人としていろいろ話し合い、春画、笑画ともいいますが、これを用い性の教育をしやんした。

実技をせまられ、念のため用意した黒鼈甲《くろべっこう》で少し角度のある二人用張形の比翼型《ひよくがた》（たがひかた）でおぼこを喪失させ、女にし、彼とまぐあいの初手の受け方、避妊の仕方もしっかりと教え込み、別れの朝には、頂天をつかませおした。

武蔵はんの精を全身で受け入れたわちきは、女として輝き出し、吉野窓のことが光悦はんのお仲間や、常照寺からも広がり、茶道も深めおした。

しかし武蔵はん、また武者修行に—わては武蔵はんを求め続けるのは、女の業で渇愛《かつあい》・煩悩《ぼんのう》につながっていく。もう止めよう。わてから別れはしないが、あるがままにと心を少し成長させやんした。

九月中ごろ、まやの伏見の家で娘が産まれた連絡があり、禿を連れお祝品を持たせて訪れた。誕生は一月ほど前、赤子は透き通るような色白の鼻筋のとおった美しい娘で、目の瞳が濃青、すでに首が据わり、徳眞《とくま》と名付けられていた。

旦那の天無人は、この子が産まれてすぐご朱印船で中国からルソンなど九州で貿易をしているらしい。帰京は二～三年後、二百両を生活費として置き、この家の処分もしていい—どうするか、やっぱり無理だったか、不安で一杯のようで相談にのりおした。

「天無人のこと、こうなって申し訳なく思っておりやす」

まやは素直に切り出して来やはった。

「いや、天無人のことはいい。こうなることはわかってやんしたけんど、わちきが認めたんや。わちきの許に帰るんだったら、その娘も含めて全面的に支援し、つまと娘にするけんど、次は勝手なこと許しまへんえ。その覚悟はおありどすか」

「へえ、生命かけて誓いおす」

「せやなぁ、じゃあその娘、とくま可愛いらしいよって売るっていったらどうするんえ」

「えっ、そんな……太夫はん、わかりおした。そんときは、わても含めて一緒に売っておくれやす、従いますよって」

「うーん、わかりおした。あんたの覚悟を確かめただけや、わちきがそんなことするわけないどすえ。さて、これからじゃなぁ」

「太夫はん、前のように通いで付き芸者と、禿たちの師匠になれませんかのぅ」

にじり寄って来た—その必死さがわかり、目で合図。はっとして下女を外に出し、わちきも禿を外に出し、すぐ比翼型を用意させ、赤子の横で男と女……絶叫をあげさせたが、これで終わらず、まやは天無人に仕込まれた後の衆道を望み、まずそこを綺麗にし、なにやらを塗り込み、丸いおいどを—。

わちきは初めてどしたが、あの覚書にも示されており、唾液でそれを濡らし、ゆっくり行いおした。全く違う感覚を味わい、満足してお互いに後始末をした。好奇心旺盛なわちきは、まやに教えられ、わちきの後ろにも…

まやは伏見のここを貸し家にし、林家近くの貸し家に引越した。乳母を雇い、わちきの付き芸者になり、わちきは性的な満足を充分にえられるようになりおした。

春日局《かすがのつぼね》

元和六（一六二〇）年わちきは十五歳。太夫になって一年たち、おしげりをしない太夫としてやっと自信が出てきやんして、碁友、茶友も広がり、踊りを深めて輝いていおした。このあと所司代はんの代替わりがあり、先代の父御の推挙で板倉重宗はんが就任。

その後、所司代の碁友の家令はんから、楼主とともに呼び出しがあり、まやと警護の二人の若衆を伴い普段着《つねぎ》で訪問。用件は二日後、江戸から上京される、あの明智光秀の重臣だった斉藤利三殿の三女・斉藤福（春日局）さまの二条城でのご接待であり、目立たないよう秘を仰せつかりおした。福さま、四十一歳。三代将軍への御就任が確実な家光殿（このとき十六歳　わちきの一つ上）の乳母であり、そのことかなとも思いつつ、様々な準備――指定期日の酉《とり》の刻《こく》（午後六時）少し前、西裏門から入城し、控室で少し待ち。

このころ、徳川将軍の政権は松平信綱殿、柳生宗矩殿、それに斉藤福さまの三人が「鼎の脚」（かなえのきゃく）と言われ始めており、間違うと大変。

わちきだけ、十畳の間に案内され、そこに福さまがおられはり、深々と平伏。

「江戸大奥取締り、福と申す」

「京・傾城林家所属の吉野太夫どす。今日はお呼びいただき、ありがとうやんした。謹んでお礼申し上げおす」

「面《おもて》をあげよ。ささ、近くに……」

わちきは目を伏せ、近づき頭を上げ、思わずあっと声が出た。

中年の遣り手女性を想像――しかし女盛りの賢そうな、まだ女子はん。

「おや、何か驚かせたかのう」

「いいえ、失礼いたしやんした。もっと恐い方かと……美しい女子はんどしたのお」

「太夫は流石に口がうまい。でも嬉しいぞえ」

続いて先代とのかかわり、縁戚など聞かれ、どうせ所司代はんから情報は届いているものと思い正直に申し上げ。初代の娘の白川眞理はん、来月に婚姻式があり、わちきが母親かわりにいろいろ相談にのり、指導していること。

「いろいろって、どういうことなんや」

「眞理はんはおぼこの嬢ちゃん。床入りや、まぐあいのしかたどすえ」

「ふーん、太夫は御所で確か四回、お上といたしておるとか。お上の床入れはどうや」

「春日局さま、どこからそれを知られはったのか、わかりまへんけんどなぁ、わちきは京の太夫どっせ、申し上げられまへん」

「うーん、そうか。太夫の倫理じゃのう、では今日はわてとは初回じゃが、わてがまぐあい―楼ではおしげりというんじゃな。望んでも無理か」

「へえ、おきまりはそうでやんすが、あなたさまほどの方なら応じても。ただし裏、馴染み分をいただくことになりおすが」

「わかった。では一通り楽しみ、それを望む。しかしわては女御。女がおしげりを望んでも不思議がらんじゃったのう」

「へえ、滅多にないことでやんすが。性具の比翼型を使うことになりおすえ」

すぐ控室に戻り、踊りとおしげりの用意。

隣の室に案内。その隣に寝間の支度があり、大御所はんから聞かれた、ご要望の静御前の舞とともに秘の踊りも望まれ——この間、ずっと親和の気を入れおした。

静御前……静やかに凛《りん》として—悲しみを込め
立君……動き、ひょうきんに猥雑《わいざつ》に
わちきは最近用いれるようになった淫の気を入れて刺激。上座で一人でちびちび飲んでおられた横に移り、お酌し酌み交《く》わ《か》した。淫気を強くし、抱き合い口吸い。

二人の禿とまやが寝間に移り……わちきらも移り、また抱き合い口吸い肌襦袢《はだじゅばん》に
——しかし、わちきは何かしら違う意思を感じてましたんえ。

でもなぁ、どうにもならへん流れの中で比翼型をわちきが装着し押し倒し、激しく動いて…ほとんど同じくして絶叫、二人とも稲妻が落ち、激しい息遣《いきづか》い。

わちきと福はんの腹が波打っており、福はんが、抱きついてこられ、

「徳子、お前はわてと同じ能力者やな、ようわかったわ。気を二つわてに入れたのう、二つ目は効いたわ。それに三つ目も」わちき、ハッとして、

「やっぱり、あんたはん、わちきと同じ力《ちから》お持ちどすか。悪気は無かっとですえ、ご勘弁なぁ」

「わかっとるわ、それくらい、でも良かったぞえ。それにのう、これ（淫具）で後、菊座に使えるのか」

「ええ、別のものをつかいおすが、福はんがお望みならできまっせ」

わちきらのおしげりを隅でじーっとみていたまやに、目で合図し、後ろ用の比翼型の装具をわちきの下に入れ締め、わちきはその片一方の内側の筋肉を小さく大きく動かしてみせおした。

「いや、やめた。わてには無理や」

福はんの顔に恐れの色が窺《うかが》え……まやの下半身を裸に、うつ伏せにしおいどを上げる形をとらせゆっくり—まやに絶叫をあげさせ、一応終り、禿二人に三人の始末をさせた。

三人で福はんをはさんで肌襦袢に打ち掛けをつけたまま酒を酌み交わし、その間、福はんの恐れの心を削り…。

まやが少し離れ、わちきは福はんに抱きつき口吸い、充分に高め、敷布団に移り、ゆっくり寝かせ装着して、中に入れて動きしっかり抱き付き反転して、福はんを上にし、後を指で刺激。ゆっくり広げ……。

まやが福はんの後ろを清め、丁字油をゆっくり中まで塗り込み、後ろ用の比翼の小を装着しゆっくり侵入させ、その間に動きを止めた。

福はんは「いやや、やめて…」であったが、下の前と、上の後でゆっくり動き—

三人が律動……少しして頂天、…後始末、禿二人が動いた。

酒を酌み交わし歌曲組を先に帰し寝込み、また一回。

早朝に床花代とは別に充分なご祝儀をいただき、警護がつき林家に帰り、まやに五両、禿と歌曲芸者に一両ずつ渡した。

次の次の日の予約、歌曲芸者は不用で戌《いぬ》の刻（午後八時）からで、その意図を察しやんした。前と後の比翼型の二つを温水で暖めた濡れ紙で包み温灰の中に入れて保温し暖め厚布で包み、弾力を持たせて、福はんといたし、予想どおり……。

二回戦を終わった後で、禿を遠ざけられ、わちきとまやに秘を誓わされ。

目的を二つ示された。

一つ、家光はんの衆道が武士の菊花の契《ちぎ》りを超えており、江戸で直したいこと

二つ、和子はんの入内が近々あり、お上とうまくいくよう付き添い手助けをすること

わちきら二人、ことの重大性に宴《うたげ》の酔いが一挙に醒《さ》め申した。

わちきは素直に疑問を申し述べてよいか、了承をとりやんした。

「福はん、家光はんの衆道を直すの、あんたはんが、やられたらどうなんでっしゃろ」

「うーむ、そうじゃなあ。あることについて言うのでもう一度、秘を誓いなさい」

わちきら二人、改めて秘をお誓い申し上げおした。

「竹千代改め家光は、わての子じゃ。実母が実地に指導するわけにはいかんじゃろう」

わちきらは呆然としやんした。

「いややわー意外なことをお聞きしゃんしたが、これまでのご政道の謎がとけおした」

「実直と素直に父の言いつけを聞く三男が、将軍になれたこと。それでも実子の国松を次代に望み、ひと騒動あったことじゃな」

「そうどすなぁ、それにあの関ヶ原、天下分け目の合戦に三万八千人を率い五日も遅れられ、大失態された方が…不思議に思うとりやんした」

「そうじゃ。義弟の竹千代を、長男ということにして次代という約束があり、家と光という名乗りも、光秀はんへの深い感謝を示したものじゃ」

「このことは、信綱さま、宗矩さま、それに家光さま、ご存知で」

「当然じゃ。それにわてと女と男のまぐわいをした、そこもと二人じゃ」

「そうどすか、正直言って、聞かなければ良かったと思っとりおす」

「そうじゃろうな。ところで太夫のことは調べがついておるが、そこのまや、卑《いや》しい生れとも思えぬが、わからん。わても外に洩らさんので教えてくれんかのう」

「ええ、まやよいな——元は最上家の駒姫はんどすえ」

「何と、たしか殺生関白の側室として、三条河原で大閤によって処刑されたとか」

「ええ、身代わりはんがおられ、それを事前に憐《あわ》れに思われて、先代の吉野に匿《かくま》われるように指示されたのが、秀次はん……あの殺生は全て大閤、色猿がつくりあげた偽計事件と聞いておりやんす。まや、そうじゃな」

まやが答えた。

「へえ、間違いありまへん。わて先代はんの禿、付き芸者で四年と少し、お人形として楽しく暮らさせていただきおした。そして父の義光が家康公の御下命で東北平定の一つとして…」まやが、それまでのことを話した。

「そうか。関白秀次と色猿か、あ奴にはいろいろあるが……そのことは差し置いて、まやは最上のお家騒動のことは知っておるのじゃのう」

「はい、承知しておす。それも山形を離れる理由の一つになりおした」

「そうか、最上のこと危ないぞ。幕府の警告に双方が耳を貸さんようじゃった。わても、このこと聞かなければよかったのう」

「春日局さま、父義光の功に免じて何卒《なにとぞ》、最上の家名が残るようにお願いを…」

「うーむ、そちのことは、家康殿もご存知じゃったなぁ」

「はい、そうと聞いておりやす」

「わかった、あまり期待するな。家光の三代襲名は三年後、秀忠はん、大御所として実権を保たれる準備、まだわての力は弱い。しかし江戸行きは了承してもらいますよ」

　春日局はんが、「二人そろって…」と言われなかったこともあり、まやが江戸に下り大奥に入ることになった。この後、白川眞亜はんの婚姻式が、光悦村で身内のみで実施。

　わちきも、祝舞で、古今和歌集（詠み人知らず）の有名な「君が代」…を歌い踊り、続いて祝い・創歌としてこれを書にして、渡しおした。

おおやしま　成りて成り合う　キミの末
永遠《とわ》に輝《かがや》く　漆如《うるしごと》くに

二代　吉野太夫　徳子

この詩は、事前に眞理はんに清書して渡しおしたが、ジーッと眺《なが》めておられ…、

「徳子はん、あて和歌のことなあんも知りまへんのえ。この〝成りて成り合う　キミの末〟って、どない意味がありおすの」

「そうどすかぁ、失礼いたしおした」

あては眞理はんを傷つけないように、ゆっくり言葉を選んで説明。

「原典は、記紀（古事記と日本書紀）に示されております、ヤマトウの国産《くにう》み神話で、男神・イザナキと女神・イザナミ（キミ）の二柱《ふたはしら》の神が、成熟し成りて成り合う身体になり、男神の矛（ほこ）を突き立てて掻《か》き混ぜて子をつくった、とされてありおすのよ」

「ひゃー…神様のまぐ合いどすか」

「そうどす。そして平安時代の前期、今から七百年ほど前に最初の勅撰和歌集として、古今集が出され、その中に『キミが代は、千代に八千代に…』があるのどすえ。眞理はんの問いかけの答えは出たと思いおす。…成熟した男と女、つまりキミの神々の子孫が、このまほろぼの国を、千代・万年にわたって創っていく寿の、目でたい歌なんどすえ」

「知りまへんどした。この国の国産みの神々のことまでふくんでおったのどすなぁ。おおきに、あ

りがとさん」

祖父母はんは日程があわず、お祝いだけ。市里・金次夫婦なども出席し、武蔵はんも来ておられ、あてらは二日間、夫婦として生活。

このころ広島の福島藩改易が決まり、近くの福山藩主となられた旧知の水野勝成殿に、本家の松田三左衛門の召し抱えをお願いし叶えられおした。

徳川和子《まさこ》

六月上旬、二条城で春日局と会い、十日ここに和子はんが入城。十六日に入内されるということで藤堂高虎はんからも、一部の女官たちにいじめがありそうで、その首謀者と思われる女官の氏名が示された。近衛信尋卿、三条西卿とも調整。吉野が秘で付き添うことになりおした。長い女行列で徳川和子（とくがわかずこ。入内で濁音を忌み嫌う宮中の慣習に従いまさこに改名。以下　まさ子。十四歳）が入城され、わてらは春日局のお付きとして出迎え。二日目までお休み。三日後に御所で和子付きになる女官が二人をつれて到着。吉野と会わせることになった。

志麻女官とともに、わては打合せ通り、宮廷女官の姿で御挨拶。「よしの」と名乗り、志麻とよしのが担当することを報告した。志麻は二十八歳の下級宮廷官吏《かんり》の娘で、いかず後家。容貌は普通。頭は悪くなかったが、もてあましており淫具愛好者。

吉野は泊まることにし、二人の若い付き人を帰らせた。

夕刻、まさ子はん、春日局はん、板倉所司代はん、藤堂はん、志麻女官、わちき、それに江戸から付き添った中年寄《ちゅうとしより》はんの七人で会食。

わちきだけが若く浮いており、お福はんが説明、なんとなく納得。

まさ子はんが反応、

「春日局さまから、よしのはんのことを先にもお聞きしていまして。あなたが九歳のときに、大御所さまの前で踊られた禿はんどすか。ご苦労かけますのう」

「はい。あんときは、九歳でまだ子供でしたけんど大御所さまから誉めていただき、二代吉野太夫の名跡を継ぎ、ここにおいでの板倉さま、藤堂さまもそれ以来、ご昵懇《じっこん》でご指導いただいておりやんす。まさ子さまのお心遣いありがたく思いありおす」

板倉、藤堂はんが、わてに囲碁で大敗したことを述べられ、支援されおした。

まさ子はんが、

「あて、何も芸がありまへん。しかし押絵を少し、囲碁も並べ方ぐらいは、お互いに教えっこしません」

「これは、ありがたい言葉を……、御意にそえますればと思いおりやんす」

それまで黙っていた志麻はんが、

「あの……わては中和門院さま（お上の母御）お付きでやんしたが、まさ子さまお付きで精一杯お尽しするようい われておす。ご門院さまのご趣味は囲碁と茶道でやんすよ」

まさ子はんが、素直に、

「これはまた、ご門院さま、よしのはんから二つを学びとう思いやんす」

ここでお開きとなりおして、まさ子はん退席。春日局が、わちきをまさ子さまの居間に案内され、二人で話し親和を強めおした。その後、志麻はんの居間で酒を出させ酌み交わし、淫の気を入れ――二人で三回楽しみ、いじめ首謀者の情報を掴みおした。

志麻はんは、宮中の作法を教えられ、わちきは、まさ子はんの信頼をえていき、囲碁も少し教え、反対に押花の絵づくりを教わり、小さな押絵をいただきやんした。

春画をお持ちで、まぐあいの仕方なども教え申し上げたが、おぼこの聡明で明るい美少女であり好きになりおした。

十六日、まさ子さま一行は二条城を出発、入内――。長い行列でお城と御所が繋がったといいます。わちきらは春日局さまお付きとして、御所でお迎えいたし、志麻女官らとご案内…まさ子はんへは親和の気を入れ続け、ご信頼をえておりやんした。この後で、伊賀・忍びの者「きり」という三十前の女性が警固とつなぎの連絡のために付けられた。


春日局との秘密の夜が終わった後、志麻が動き、春日局とともに、ご門院さまに御挨拶しおした。そしてわちきのことを算砂名人から聞いておられたようで、対局を…。

美しい布石の碁でやんしたが、雄大な布石にしてわちきの五目勝ち。

ご門院さまにも親和……お上とまさ子さまのことが御心配で、この後、まさ子さまと対面され励まされおした。ご門院さまの御意向もあり、お上とご対面しおした。

わちきもなるべく近くでお上にある気を入れおした。お上はわちきが官女姿でいるのに驚いておられた。その日の夜、わちきのもとに御渡り、五回目どしたが…その最中でまさ子さまの心情、「可憐で初《うぶ》な乙女心を持った娘」を強く組み込みおした。

二日後、まさ子さまに御渡り。わちきが、まさ子はんを励まし……付き添い、無事に終わり、わちきが後始末。血の付いた紙を処分。痛みを取り除きやんした。
ただ次の日の昼、お上からお召があり、二つのこと
一つは、お世津ご寮人はんらの処置の緩和
一つは、まさ子さまはまだ子供であり、女として成長させること
それらを命ぜられ、すぐ春日局に報告し、志麻とも協議。

ご門院さまから御呼出しがあり、すぐ駆けつけると、御前になんと、あのいじめの中心二人の女官がいて、碁友だと言われはって、対局を望まれやした。
二人は、あのお世津はんの付き女官で、志麻と同じ年齢。碁力はご門院さまより下。準備中、二人に最大の親和心を入れおした。そしてご門院さまに断り、まさ子はんに観戦に来てもらうことにしおした。少し準備が手間取り。
算砂名人と三百二十手、わちきが打った局面を黒の小ゲイマ打ちから、白黒と一手も間違えず、途中でまさ子はんがこられ、門院さまに丁寧に挨拶されたが―続け、白・黒……はねの選択誤りで二

目敗けたことを指摘し驚嘆《きょうたん》させおした。

「まさ子さま、このお二方。ご門院さまの碁友のかたで、わてがこれからお相手致します。ご門院さまのお許しをえて、来ていただき、お勉強になると思いますえ」

まさ子はん、すぐ反応され、

「あてのこと、お心にかけていただきありがたく思い、しっかり勉強させていただきやんす。お二方もよろしゅうなぁ」

ちょっと端の欠けた古めかしい碁盤二面が用意され、二人を相手に打っていきおした。

この二人は心境が少し変化し始めていたが、親和心を強めながら、雄大な男の碁を打つことにして布石をし、徹底してたたき、七十二手、もう一人を九一手で投了させ、二人とも初手から黒石、白石を置き、敗因を指摘し驚嘆させ心に介入、まさ子はんに好意を持たせるまでにした。

「まさ子はん、ご門院さま、このお二人、志麻はんもいらっしゃいますえ。碁力を上げて、また打ちましょう。それに珍しい押花のこと…」

ご門院さまが、

「押花とは、何でおじゃるか…」和やかな話し合いのきっかけをつくりおした。

このこともあり、少し後にまさ子はんは、わちきと打ち解け、ご本心を告げてくれはりました。――女子の一生、お世津はん、越前・北ノ庄城で自害されはった祖母お市さま、母の姉になる大坂《おおざか》城の淀君さま、いろいろあり、平穏な人は一人もいない。皆はん、この悩みをどう解決されたのか……あては、そういうとき――

まさ子はんは縁側に出て大空を見られ、今日は青い空がどこまでも続く蒼天《そうてん》。その時に春日局はんが来られて、まやに茶を出させわちきが、まさ子はんに「どうぞ、先程の、それ…」発言を促した。

「あてはそんな悩み事があると、この空を見て、この青空は東に続いており、父も母も越えてきたんだ。あてはその二人の娘や、越えるぞって思うことにしてますのよ」

この娘はいい娘だ。でももう少しと思い、春日はん、まやを見たが頷《うなづ》いている。

「まさ子はん、あんたはんのこと少しわかりおした」

「少しだけでおじゃりますか」

「あらご免なんしょ。軽んずる気はないんどすが、女の性《さが》は業《ごう》とも言えやんすよ。

わちきが八歳。大御所家康公に静御前の踊りをご披露した少し前、本阿弥光悦はんの母ご妙秀尼はんに法華のお話を五日間にわたりお教えいただき、そこで地獄に生える刀葉林《とうようりん》─男と女の執着する愛を表す針刀のような葉を持つ木を示されやんした。樹の上に美しい女子、下にそれに近づこうとする男。刀葉は下向きで男は血だらけ。それでも上りきると娘はいつの間にか下におり、刀葉が上向きになり男は血塗れになりつつ降りる。この繰り返しが、男と女の業《さが》であり、愛の執着《しゅうちゃく》の地獄と思っとりおす」

少しの沈黙…。

「妙秀尼はんはその答え、そこから解脱《げだつ》の方法を示しおへんどしたが、わちきは少し時を経ましたが、このように考えておりやす。男はんを求め、求めていく愛し方を止め、一人の女として、心だけでも自立し、伴に、異なる道かも知れまへんけど価値観を高めていこう。そのために自分を磨こうと…」

「うーん、いや、あてはまだまだどすな。近くでその例をご存知かのう」

「わちきは、静御前の詩、あれはお腹に義経の男の子を宿し、生まれて由比ヶ浜の海に捨てられる。その後に静はんは行方知れず。女の業に生きた悲しい歌と思っとりおす」

そして先代吉野太夫のこと、武家の出ながら八歳で拐かされ傾城家に八両で売られ……心の自立をお話ししやんしたが、もっとと言われ、まやを見た。まやは頷《うなず》いていたが、春日はんが割り込んで「このまやのこと、わても少し前に知ったばかりですが、いまの御政道にも少し絡《から》みますので、話のことの秘をお誓い頂きたい」

まさ子はん「お誓いします」であり、まやが淡々と話した。十五歳のとき京の関白秀次の側室になるため……長い話になり、わちきは、それを受けて—

「まやは女の業を越えようとして、わちきからみてまだ越えられないでいますのう。さあ、まさ子はん、なるべく明るく今までのことを詩にしまへんか」

まさ子はんの詩

ちちははも　越えて来たのか　この悩み
東《ひむが》しむかひ　蒼天《そうてん》しのぶ

わちきの詩

東《あづま》はや　父母を忍べる　愛《いと》乙女
都《みやこ》にありて　花《はな》ぞ咲《さか》せん

それぞれ署名し短冊にして持ちあい、信頼できる人のみに見せることとしやんした。
この後、まさ子はんは女御《にょうご》になられおした。

十月一日春日局様御一行とともに、まやが江戸に下ることになり旅奉行が決まり五十余名の同行となりおした。この時まやの二人の子、眞亜と理亜の現況を秘かに春日はんに頼み、忍びの者を使い調べてもらっていやんしたが、その結果が届きおした。

最上眞亜（このとき二十一歳）、お家騒動に巻き込まれ夫は自刃、二歳の娘は病で死亡、仏門に入る準備中。最上理亜（このとき十九歳）、同じく騒動で離縁され、姉の眞亜のもとで居住。春日はんの了承をえて、まやにそれを伝えると、涙のなか「わての責任じゃ、山形に帰る」と泣きながら言い出した。

少しして、姉の眞亜は、母から聞いていた京の都に憧れを持っていたが、政治はもうこりごり。できれば京にいき、然るべき商家の方と再婚したい。妹の理亜は、母とともに江戸におり、大奥で御奉公したいであり―春日はんの部屋子となったことが伝わった。

五月中旬、二十人の小行列で、江戸大奥御用・葵の御紋を立て眞亜が二条城に到着。
眞亜としっかり話し合い、特に商家は、小商人から大店まであり、大店の主人の何人かは元武士。

中山という八百屋の元締めのことを例に出しつつ林家の勘合（経営）をやり、教養も高めること…それによりわちきが支援することを告げやんした。

この少し前の三月。肥後の国、宇土郡江別村で色白の男の子が産まれ、四郎と名付けられ―後の天草四郎である。

とき花は二度ちる

ずーっと後、N・Y大統領公邸でマリアは真円球に手こずっていたが、やっと気で包み探り念気で開き、最新型量子コンピュータ（A七）に接続、少し情報を得ていた。

クリル共和国では、白川眞亜が、この世界に連れて来られて一年たっていた。

基礎能力はマリアの念気であげられていたが、語り合う友人が一人もおらず、美しく広い海の見えるペントハウスの部屋に―美女H・A（ヒューマン・アンドロイド）も付けられていたが、言いつけを守り、作業する人形―と思っていた。美麗なこの部屋にこもり、頼りのマリアは超多忙で会えず、少しずつ精神が壊れかけていた。

この状態に最初に気づいたのは、クリル総合病院のマリアの大勢の秘の妻の一人である女性院長だった。眞亜の頭に「秘」で付けられていた極小個人認識チップが小さな異常を示しているのに気づいた。この院長は、マリア自身の遺伝子・DNAを本人の勧めで研究、特異な遺伝子（後に長命化遺伝子）が、老廃遺伝子・細胞を排除、入れ替わることを発見。論文、実用化してノーベル賞（医学生理学）を受賞していた。

すぐ眞亜に訪問を連絡、看護（ＮＳ）Ｈ・Ａを伴い十分くらいで到着。

眞亜は元気で「異常なさそう」。切り花にする生花と巻紙、筆、墨などの書道具一式を院長である自分に望まれた。

院長は「おや…？」と思った。眞亜に付けられたＨ・Ａは最新万能型でありこんな簡単なことをと思いつつ、「市里《いちさと》（眞亜が付したＨ・Ａの名前）、今の指示わかったね、すぐやりなさい。どれくらいでできるかな」

「わかりました。一時間前後でできます」市里はすぐに外出。

「眞亜さん、マリアさんから言われているけど、貴女の望むことは何でもしますからね。何でも言ってね、明日また来ます」


一時間と少し後、市里は満開の花々と和紙十数枚、毛筆、墨壺を持って帰った。

眞亜はＨ・Ａの限界を悟ったが、「ありがとう、お花は花瓶に入れてね」と指示。テラスに椅子を移し赤い夕陽が沈みかけたオホーツクの海をジーッと見ていた。

翌朝、朝食をパスし、豪華な花々の中からまだ咲きやらぬ百合を一輪取り出し、小さな花瓶に入れ、和紙二枚に何やらを書き、それを裏返して、一輪挿《ざ》しを重しに置いた。

テラスに座し、朝陽が、ゆっくり背後から登ってくるのをジーッと待ち、これまでの人生を考え、やはり―わてが、こんなに弱い女だったとは―が結論。

「市里、少し散歩をするので、あんたはん休んどいて」と言い残し、ゆっくりバリア・ドームに覆われた海に向かったが、バリアを通して小雨が降っていた。

ドームの中、クリルの海岸に人がいないことを確認し両足を膝のところを紐で縛《しば》り、冷たい海にヨチヨチと入り細長い石をさがししっかり抱きついて沈んでいった。


いつものように早出の出勤をして、眞亜の認識チップが点滅、すぐ病院長が気づいた。「シマッタ」と思ったが、すぐ東京・新帝国ホテルを出ようとしていたマリアに連絡、マリアは「急用ができて、会議の延期」を秘書に告げ、トイレに入りゆらぎ消えた。

病院長は市里Ｈ・Ａに、概ねの場所を告げすぐ向かうように命じ、自らの個人用Ｆ・Ｓ（フライング・ソーサー）を引出し操縦機と自分の頭に認識装置を装着、操縦した。

マリアは、東京でゆらぎ消えて十秒後、眞亜のチップが点滅するクリルの海上に実体化。躊躇《ちゅうちょ》せず、そのまま飛び込み、二メートルくらいの冷たい海底に沈んでいた眞亜に抱き着き、海中で激しく気を入れつつ引き上げた。

脳死の寸前だったが、海岸の岩陰で蘇生術を施《ほどこ》しているときＨ・Ａと病院長が到着。気を入れつつ両足を縛った紐をとき激しく海水を吐き出させた。眞亜の手を握り、「ご免ね」…オウム返しのように眞亜が「ご免なさい」…それぞれの意味は違うものだったが、同じような言葉になり、二人とも頬《ほほ》がゆるみ、眞亜は気を失ってしまった。

眞亜は生命はとりとめた。しかし脳の一部に損傷。それより心に大きな傷を負っていることがわかった。小雨は止んでいたがマリアは衣服が濡れたまま、身体を振って水分を落とし首相府に在る特別個室で着替え、眞亜のペントハウスの部屋に赴き飛んだ。

豪華絢爛《ごうかけんらん》の花々と一輪挿《ざ》しの小さな花があり、H・Aと繊細な心を持つ人との違いにすぐ気づいた。そこに敷かれていた二枚の草書体で示された和紙。一枚はマリア宛の遺書「ご免なさい。わてが、こんなに弱い女だとは、許して下さい」

もう一枚は、次の辞世であった。

花《はな》みつる　虹《にじ》の楽園《らくえん》　はらいそに
ひとりとき花《はな》　寂々《さびさび》と散《ち》る

マリアは、眞亜の心に慎重に入ることによりこの辞世とともに、この世界の孤独、寂しさが痛切にわかり、情のかよわぬ、知識だけの詰め込み教育をしたことを深く反省…。

そして市里H・Aを、ここのクリルシティ地下にあった大工場で大至急、自分そっくりに改造させ、しぐさ、声の質、発言の仕方を真似させ自らチェックし、できあがるまで眞亜のベッドに付き添いながら一体化し、ゆっくり階梯を上げさせた。

脳の手術は比較的簡単にできたが、心の病はかなり前に開発されていた深層睡眠療法により、目覚め、やすらぎの深い眠りを繰り返させる治療により時間をかけさせた。

マリアは来年、大統領二期目の改選で全地球の人口比例別の代表者による選挙があり、「勝つ」のはわかっていたが、各国につくって活動している「マリアの会」から、来訪の要請を受けており、五か所にまわる予告をし、まずN・Yの大統領府で雑務を済ませた。

ロンドン・モスクワ・北京そしてニューデリー、一日ずつ演説、親しく交流。ロシアと北京では、支援してトップにしていた(秘)の娘に父親としての勤めを果たした。

ただ自ら作った連邦憲法で四選を禁止しており、次に出馬、当選はするが、この後の、この世界に自分を見出せないでいた。

そこで死ぬのではない。初日のロンドンで「存在」を呼び出した。意外なこと、「アベ・マリア」としては、あと三年。そして英国貴族の少年となり、少し後にこの青年貴族が大統領となり星間の防衛戦争を指揮するを示され、その深い意味がわかり了承した。

「存在」から「汝が素直に従ったので、眞亜を助ける」が告げられていた。


六日ぶりにクリルシティの眞亜のもとへ。彼女は退院して自宅ペントハウスにいた。

入口付近で実体化、ドアがマリアを認識し自動で開けられ、眞亜の笑い声が聞こえた。

眞亜は、百インチの三次元ホログラム立体TVで、マリアの演説のフリを市里H・Aにさせて「ちょっと、ちがったね…こうするのよ…」また二人の笑い声。

マリアは呆然としたが「本物登場」に驚かせ、さっとTVの横に移り、大袈裟な身振りで誇張《こちょう》してみせ…笑いをとった。

眞亜が抱き着いて来て、はっきり「もう大丈夫、ご免ね」であった。

そこで眞亜から、着物一式（春・夏・秋・冬用）の用意、その夏着物で、クリルシティの和風高級旅館「レインボー」につれてってって、大女将《おおおかみ》さんと会食―を望まれた。

明日のディナー宴会の予約を取り、大急ぎでそれらを整えさせた。

翌日、昼過ぎから着付師らにより着付け。髪はおすべらかし、マリアはポニーテールの変形、この後、飛ぼうと思っていた江戸の青年武士、阿部四郎兵衛政之の若衆姿になり、眞亜から「女達があなたに惚れるのは無理ないね。私も好きよ」

長命化遺伝子治療を受けて、まだ若々しい大女将は、マリアの子の女将たちとともに玄関先で迎えてくれ、マリアに抱き着いて来た。

マリアは、妻の一人クリルの女性のミミ・フロンダル首相や、子飼いの部下もよんで大宴会―このあと雅美、ミミと久しぶりに交歓し深い性の喜びを分けあった。

ミミ首相に、過去から連れてくる、あと二人の女性のための和式、三家屋共用利用できるスペースと、その奥に日本式庭園をマリアの資金でつくること、イメージで示した。さらに、三人の氏名でアメックス・ブラックカード（使用無制限、保証人マリア）、それぞれの預金口座に一億円ずつ、自分の口座から移すことを命じていた。

その後市里H・Aと帰宅。ペントハウスの部屋で身体を清め待っていた眞亜は、マリアに子供が欲しいといって抱きつき交わり、三回歓喜の声を上げさせ放ち受胎させた。

マリアは、期日を図り、代々・阿部家に伝わる備前長船の大・小二刀を差し、光悦紹介の「差し紙」の筆跡を真似てつくり、「存在」の力をかりてゆらぎ江戸に飛んだ。

二代吉野太夫徳子と馴染み、禿のとく弥を連れてくるのには失敗。江戸初期の様々なもの、眞亜が作った「太夫技芸書」と大勢の遊び女のＤＮＡサンプルを持ち帰った。

そのＤＮＡサンプルなどにより、眞亜の意見を聞きつき三タイプ六種の女性と男性Ｈ・Ａの遊び女(男)のモデルを制作していた。

ただ全てを(特に女性)上品《じょうぼん》すると地女は見向きもされなくなり、結果として人口の激減に繋がるのではという眞亜の意見により—中品以下の女(男)性器に絞り、ファンタステック・ラブ・クラブ(Ｆ・Ｌ・Ｃ)と仮称。ここで試作し、ブラジル基地に、次にニューギニア基地に設置。ＤＮＡサンプルや他に蓄積してあった白人・黒人のＤＮＡにより、百種類くらいの遊び女(男)Ｈ・Ａ、警備Ｈ・Ａなどが試作品として製造。遊び女(男)のルーティーンワークや「サド・マゾ」対策のシステム化が、クリルの地下でつくられていた。

さらに別チームでは、大統領府最新の量子コンピュータに、例の真円球の通信機を解読させていたが、不充分な、一部ながら情報をえていた。

第四　都花《みやこばな》の吉野

お世津《よつ》御寮人

わちきは、政事《まつりごと》には、かかわり合わないつもりどしたが、これはまさに政治そのもの、もう逃げられない。そのなかでどのように動くのか考えおした。

大御所さまの晩年、「禁中並公家諸法度《きんちゅうならびにくげしょはっと》」が公布されていたのは知っていおした。

そのヤリ玉にあげられたのが、お世津御寮人事件であり、わちきは、その前のほうの真ん中に、ただ権威者のお上（天皇）、公家と、権力者の将軍と側近の大名たちの走り使《つか》いか…ただお上とは女として深くかかわり、秘めごとも知っている。

政治に対しては、見ざる、言わざる、聞かざるの、三猿のアホに徹し、慎重にすること―これが基本とわかりおした。

松平信綱殿が上京されており、二条城で昨年代替わりされた所司代の板倉重宗殿（このとき三十四歳）と、藤堂はんとともに大赦をお上に申し上げること。その協議の場に連なり、近衛信尋卿の了承を得て、お世津はん母子を庇護《ひご》すること。さらに、

「お世津はんは、いま二十二歳でまだ女の盛りや、お上との仲が復活すると困る―よしのが金とあっちでもしっかり面倒見ること、わかるな…」春日はんが謎かけやはった。

資金は、とりあえず二条城で千両余。あと必要なことは、重宗はんと相談してやることと命ぜられやんした。わちきは必要なときは「大奥御年寄よしの」を使ってよいと言われておりやんしたが、しくじると大変で命にかかわる。これから、お上の弟御の近衛信尋卿と板倉重宗殿とのかかわりが多くなることが推測されおした。

続いて藤堂はん、板倉はん、それに志麻女官はんと打ち合わせ―

お世津はん対策で、わてに千三百両が与えられ、禁裏御所で、お上、近衛信尋卿、三条西卿、鷹司卿などに報告――。この後でお上と秘かに五回目の睦事《むつごと》があり…「お世津のこと、しっかり頼む」と言われ、わてからお願いごとも一つ、その準備をしおした。

御所に入内《じゅだい》。自室で女官風に髪型などを整えおした。江戸から届けられていた、お土産と囲碁一組が重く、小者、三人に分けて持たせた。

御所の隣、近衛邸の離れにお世津はんの家があり、志麻の先導で、きりも付きその家にむかい、そこは四間くらいで小さな茶室があり、吉野窓が付いていた―。

小さな式台で老女が待っており、十畳くらいの部屋に通され、信尋卿がおられ、まず立会のお礼を申し上げた。御寮人はんすぐ入室。なんと赤子を抱いとられ…。

慌《あわ》てやんしたが、かねての役割を語るべく平伏し、

「江戸・大奥の御年寄よしのと申し上げます。お時間おとりいただきありがたく…」

赤ちゃんが泣き出し、あやされ、…わては、ごめんと言いつつ近づき、親和の気を入れ、さらに近づき、この赤ちゃん、右足に虫さされに痛がっておられやんした。

「よろしゅおすか」…返事も聞かず。

右足の衣をめくると赤く腫《は》れており、「ごめんなんしょ」そこに口をつけ舌で柔らかく揉み、気で痛みをとってやり、こちらにもらい抱きかかえ、ゆっくり揺らし「さあ…いい子じゃ、少しねんねしましょう」ゆるい調子で眠らせおした。

乳母が飛んできて「申し訳ありまへん」赤子を渡した。すぐ下座で座して、

「さて、どこから、どうしたのでっしゃろうかのう…」

「もういいわ、おおきに。堅っくるしいこと止めましょ。あんたはんのこといろいろ聞き、恨《うら》みごとなど言うてやろうと思うとりましたんえ」

「お世津御寮人さま、恨み言、批難など、わてが一身にお聞きしおす。どうぞ」

「いややなぁ堅苦しい。その御寮人さまというのもやめてくれまへん、まずよしのはんの来られた趣旨をお聞きしとうおます」

「はい、既にお聞きおよびかも知れまへんが、お世津さまの回りの方々などに関してなされた処置、処分をお上の大赦《たいしゃ》をもってなしになさること。正式には松平信綱殿ほかがお願いなされますが、わてがその前座として内々にお伝えにきおした。先日、お上にも内々にお伝え申し上げてありおす」

「やはり、そうでおじゃるか。配流《はいるい》、出仕停止は許されて元に復するのじゃな」

「はい、そのように伺っておりやんす」

「よしのは、わてのこと言わなんじゃが、まさ子女御はんが入内されており、すぐ中宮（皇后）になられるじゃろう。わてが元に復することはないのじゃな」

「申し訳ありまへん。ご賢察《けんさつ》のとおりであり、そのためにわてが参りました」

「損な役割じゃなあ。はっきり言って欲しいわ、どれだけのことできはるのか」

「わかりおした。まずお上と二度とお会いされないようお願いします。それがお約束いただければ大概《たいがい》のこと…」

「大概のこととは」

「はい、お金のことで申し訳ありまへんが、わての裁量でとりあえず千両つかえます」

「ほかには」

「はい、お子様のこと。お土産に南蛮羅紗、黄八丈の反物、それに囲碁盤一組をお持ちしており、よろしければわてと碁でも打ちながらお慰《なぐさ》めし、と思っておりやんす」

「わての気がかりは、ここの二人のお子の将来のこと。皇族とは言わぬ、しかるべき公家の家へのう」

「当然でござりますのう」

「よしのは話のわかる人じゃのう。そのお土産なるものを見せてくれんかのう」

すぐ志麻ときりに命じ、ここに並べさせると、碁盤に目を奪われ、

「いやー、立派な柾の六寸もので、碁石は那智と蛤じゃなあ。打ってみたいのう」

持碁でわてが黒をとろうとしたが、算砂はんとのことを知っとられ、黒をとられた。

ここで信尋卿が退室され、わてらは充分に囲碁を堪能《たんのう》。美しい布石、鋭い突っ込みがあり油断禁物—しかしよもやま話、本音も出たりしおした。五目のわての勝ち。

その間、親和の気を入れ続け、帰り際、和紙に「酉《とり》の刻すぎ(午後七時)、茶室、一人」、頷《うなず》きおした。

その時刻、わちき一人で小物を持ち訪れ…、酒の用意があり、酌《く》み交《か》わしやんした。

「なあ、まさ子女御はんにもしとられるじゃろ」

抱き付いてこられ口吸いから…装着、充分に満足させ、あと二回、秘の関係をつくりおした。次の日、また囲碁勝負。そこで、お要望を述べはりやんした。

「内裏《だいり》・御所《ごしょ》にはいかない、約束する。しかし賀茂宮《かものみや》、梅宮《うめのみや》にしかるべき地位。空き屋敷をいただき、できればここを改造し子の成長を見守り、仏門に入る」

しかし賀茂宮はんは病弱でまもなく亡くなられはって、わちきがしっかり慰めおした。

お屋敷の改造や増築で三百両ほどかかり、千両を差し上げ、近衛家から扶持《ふち》が出て、ひっそりと暮らしやはりました。お楽しみは囲碁と茶、それにわちきと秘で会うこと。時々母娘を連れてきりの警護のもとに野遊びをしおした。

もう一人のまさ子女御はん—今少し、このままの指導を望まれ、深いところで結びつくようになり、囲碁もかなり上達されおした。

少し後、松平信綱殿、板倉重宗殿、藤堂高虎殿が参殿され、お上にお世津さま、兄君の四辻秀継殿以下に下された処置、配流の大赦の発令のお願いがなされたようどす。お上から、きついお言葉もあったようどすが、お三方は謹んでお受けになられたようで、このあとにわては秘かにご迷惑料を別にいただき、お世津はんにお渡ししおした。

そこで御三方にわての御用が終わることの了承をえやんした。

お上はわてとの約束を覚えておられ、立会人として信尋卿、鷹司卿、持碁で対局していただき、わては思うところあり、勝ちにこだわる匹夫の碁を打ち、お上の布石をズタズタにして中押し勝。この汚い碁風に鷹司卿が怒って退席されやんした。続いてまさ子女御さまに来ていただき、鷹司卿の空いた席にわちきが座し信尋卿との立会―まさ子はんは、勝ち負けを超越した美しい布石の碁を優雅に打ちはりやんした。

勝負はお上の八目勝ち、お上は何かお言葉をかけようか迷われおしたが、静かに退席。女御はんも信尋卿とわてに立会のお礼をいわれ退席されやんした。

二人だけになり信尋卿が、

「これは何の意味があるのか、よしのを随分《ずいぶん》と傷つけたように見やんしたが」

「へえ、わてが勝ちにこだわる汚い碁をわざと打ち、女御はんが勝ち負けを超えた美しい碁風を示されやんした。お上はこれで二人の違いが、おわかりいただいたかと思われおす。わてとは、これでお別れどすなぁ」

「なんと、お上に愛想《あいそ》づかしをさせるためだったのでおじゃるか」

「へえ、それもあり、これからお上にはお会いしないほうが、その分を女御はんへと思うとりやんす。わてのここでのお勤めは終りやんしたのう」

「そうか、よしのの心情、深くわかり…麿《まろ》が望めば会えるのじゃろう」

「へえ、おおきに。それにお世津はん、まだすこしの支えが必要であり、引き続きしっかり勤めを果たしおすえ」

夜、まさ子女御はんの部屋に一人で赴き酒を酌《く》み交《か》わし、例のものを装着、お上になって奉仕を求め、男と女になり夢の時間を過ごしやんしたが、まさ子はんは性に関して立派な女になっておられやんした。


朝方、警護のきりを従え荷を少し持たせて御所を出て、二条城に入りやんした。

御殿・中奥に藤堂はんがおられ、退所いたしたこと、預り金など書で報告をし全て使い切ったことを告げやんしたが、藤堂はんから、

「ご苦労であった、礼を申すぞ。ところでこの者、承知しておるな」

そこに儒学者風の三十半ばの男性ともう一人の武士がおられ、

「はい、石川丈山はん、わちきが九歳のときの踊りで、大御所さま付き、それと光悦はんと一回だけでやんすが郭で清遊されましたのう」

「吉野太夫はんに覚えていただいといて、光栄じゃなあ」

石川はんは、紀伊の浅野家に仕官されていたが儒学を学ばれるため、浪人となっておられた。

お連れの方は、浅野藩の元同僚の渡辺式重という医官であると名乗られ、少し言葉に外国人訛《なま》りがあった。それをただすと、文禄の役で明軍医官であったが、毛利軍の捕虜となり、日本に入国し帰化され、武家の日本人妻を娶《めと》り渡辺治庵と名乗られるようになった。石川はんが明の言葉で了承をとられ、治庵殿の身許を示された。

中国浙江《こうせい》省杭州《こうしゅう》武林村出身―孟子《もうし》六十二世後裔　孟二官

「渡辺治庵はん、何と孟子のご子孫であられますか、いろいろ教えていただきますか」

「何か堅苦しいのぉ、治庵とでもよんでくれんか」

「わかりおした。では治庵はん、朝鮮・李王朝は、中国・明の属国だとおもっとりますが、明と李王朝の国の主従はどうなっておるのどすか」

「そういうことか、日の本は独立した国じゃからのう。明が朝鮮の軍事・外交の大宗を行い、代わりに朝貢を求めている。近くでは秀吉軍の侵略排除が例じゃな」

「朝貢とは、どのようなものでありおすのか」

「原則として毎年、宦官《かんがん》と美女の貢女《こうじょ》というが、馬などを明に献上すること。李国王は、明の使節に三跪九叩頭《さんききゅうこうとう》の礼《れい》で迎える…」

「三跪九叩頭の礼とは、何んで、どのような意味がありおすのか」

「国王自らが臣下の前で三回ひざまずき、九回頭を地面に擦り付け、顔は血だらけ」

「臣下、皆の前でですか。それは一種の刑罰ですね」

次の日、お礼に吉野太夫として桔梗屋に招待し清遊…。この国に宦官《かんがん》（男性器を切り取った官吏）やてん足（女性の足を布で縛り歩き方を変え陰口に変化）、それに科挙《かきょ》がない、何故か…答えは出ませんどした。その中でも明の軍人でアフリカまで船団で遠征交易した鄭和《ていわ》が宦官であったこと―この国と全く異なる文化（？）を知りおした。

都の花

葉桜が濃い緑に、日隠げ恋いしくなりかけた五月一日に、林家に復帰。快気祝いは照れくさくてしないことにしおした。林家・遊び女の主だった者から挨拶を受け、丁寧な挨拶書を馴染み客などに送りおした。

楼主の与次兵衛と相談。禿にきく弥、みず弥（いずれも九歳）を太夫付きとし、中国人で中国語が喋れるわてと同い年の鹿恋のれい華を付き芸者としおした。

眞亜はいずれ商家に入れるため、林家番頭の補佐をさせ、勘合（経営）を学ばせ、仕入先の交渉などもさせ熱心に取り組んでいた。

復帰初日と二日は、差し紙がなく三日目から実働。与次兵衛にことわり自室で新しい吉野組の小宴…青い瞳で色白のちっこいとくまが異彩《いさい》をはなっていおした。

上座のわちきと市里はんが挨拶、酒を酌み交わし交流を深めおした。

「わちきは和歌・連歌・立花・書・謡い、それに囲碁は一流で性技も一流と思っとりやす。新しい組では中国詩の演技と踊りにも挑戦しやんすので皆、明日から鍛《きた》えるけんどついて来て欲しい――」

と挨拶、市里はんは、

「日本一の名妓といわれはじめた吉野太夫の名を汚さんよう、わても鍛えるえ――」であり、翌日、衣裳合わせから琴・管弦・胡弓（二胡）の演奏、市里はんのおしげり指導など一日かけやんした。

漢詩は、飲中八仙歌のほか、李白の「月下独酌」、白居易の「長恨歌」それに項羽の「垓下《がいか》の歌」、虞《ぐ》美人の返歌を勉強――わちきは物覚えは極めてよく、全文を暗記し振りをつけながら歌ったが、れい華から発音を少し直された。

そして基礎からやり直した。ピンインというアルファベットを使った記号と四百五音（日本語は五十一音）、四声という声調を組み合わせるが、れい華が一回やってみせ、わちきもやり二回目の発音で全て理解、漢詩をみて中国語が発音できるようになり、これも二回目で完全になり、貴人の発音も教わり、「天才！」と褒《ほ》められおした。

そしてわちきの紅絹のとき林家で一日に五面打ち、勝てたら次月に昼膳の無料招待、五目以内の負けは、太夫の立花の贈呈としおした。お馴染みは年一回だけ無料、ほかは審査して一両として始め、名付けて吉野囲碁日。

三日目は桔梗屋での昼膳の清遊。相手は近江屋徳兵衛以下十人で、吉野の快気を兼ねた娘の美江《よしえ》の婚姻披露…自分に精気を入れ輝かせ、太夫道中をして二人を先導させ座敷に向かった。

幇間の祝い踊りが終わってざわついていたが禿を下がらせ、静かになり視線が注がれるなか下座で座礼し、口上を述べた。周囲を見渡し、口調を高く――。

「本日は婚姻の祝い事に御指名をいただきありがたく御礼を申しあげおす。

吉野太夫でござり…（五歳のときからの縁、美江との友人関係を述べ）静御前の舞は、この席で不釣合と思われますが、近江屋はんとの繋がりを示すものとして用い踊らしていただき、さらに少し成長したわちきを見ていただきたくお願い申し上げおす」

座を下り、歌曲組と入れ違い、わちきは静御前の衣装に着替え、すぐ舞扇で顔を隠し、座敷にむかい、口上を省略、静謐《せいひつ》に踊り感動させおした。

楽器が二胡二組と琴、楊琴、笙の和と中国風に変わり、祝い歌の演奏をさせ、その間、控室で中国娘風の華やかな服、髪を二編にし、中国娘に変身。大きな中国舞扇をもって曲に合わせ踊りながら登場、仰天させせ―静謐静々状　繰返糸巻哉…

五言《ごげん》にした歌を中国語の完璧な発音で歌いつつ舞って、本邦の公開。

れい華は中国の長江・河口近くの商家に生まれ育ったが、拐《かどわ》かしにあい、ここに売られてきおした。わちきが身の立つようにしてやると約束をして、れい華を中心に中国演舞を改善して独自の境地をつくりおした。

囲碁は、わちきの連戦連勝、一人だけ五目以内で収まるわての勝ちをつくり、わちきが季節花の立花をつくり、それを翌月に渡しおしたりし、都で評判に。

お仕事も順調。秘で、お世津はん母子と、こちらはとくまを連れ、眞亜、れい華を誘い、紅葉と濃い緑に染まる中での三千院で野遊び。とくまが一つ上の梅宮はんと仲良くなり、お世津はんには眞亜の再婚先をお願いしおした。

元和九年、わちきは十八歳

徳眞は四歳、早熟で六～七歳にはみえる美しい娘になり、三代吉野太夫になりたいと口に出して言うようになり、与次兵衛はんと相談、禿見習いにしおした。

江戸のまやから文が届き、最上家は近江一万石から家名の残る五千石の旗本になったこと、娘の理亜が御奉公、家光殿の手が付き側室、おりあの方に―。

御所に三条西卿から呼び出し。

まさ子女御はんが懐妊、卿とともにすぐ参殿しお会いし祝意をさせていただきおした。

そこでわちきに鷹司卿のご息女、孝子はんの教育の推薦をしたところ、「駄目じゃと言われた。何かありおしたのか」返事に困っていると、信尋卿が、お上との囲碁のこと、まさ子女御はんに対する思いやりを話していただきおした。

わちきも多分そのこと「汚い、勝ち負けにこだわる女」の印象があられ、お上とまさ子さま、今が大事なとき、わちきは表に出ない方がよい―。

その三条西卿から、眞亜の縁談が示されおした。

中山仁左衛門（四十歳）という元武士で妻子を病で亡くし後妻を探している。仕事は御所・貴族などに野菜を収める八百屋の元締め、重要なところは自ら働き納入したりしている。一回会わせてみることにしやんした。

林家にも納入があり彼の店に眞亜を吉野のお使いとして、京野菜を買いに行かせた。二人とも少し相手を知っており、お互い気に入ったようどした。林与次兵衛はんを仲人にし、三月後に自宅（店）で式を挙げさせ、わちきは後見人として式祝いに参列しやんした。

この後、家光殿が三代将軍に就任。

わちきは、春日局、まや、おりあの方、それぞれにお祝いの文を出しおした。


藤堂はんから、第三回目の朝鮮回答兼刷還使が家光公襲封《しゅうほう》祝賀、捕虜返還も目的として大坂・京を通過し江戸に下ることになった。そこで二条城での祝宴の接待を命ぜられ、林家の太夫三名で受けることにしおした。

赤間が関から通訳に石川丈山はんが加わり、彼ら朝鮮の貴族は、庶民言葉の朝鮮語のハングルは用いず、中国語を用いている。秘じゃが明の官史も一部加わっていることが伝えられ、明の歌曲の踊りのご披露もし、板倉はんから太夫道中の許可もえおした。

与次兵衛はん立会で金弥・舞扇太夫と打ち合わせ、トリをわちきが勤めることとなりおした。それに向け二胡《にこ》、楊琴《ようきん》、琵琶と琴の音合わせなどをしていると、丁度、わちきの浮世絵・絵姿（多色刷り版画）百枚が届きおした。

太夫道中は、二条城城内で行路を決められ、大朱傘を用い金弥太夫ほか六名、舞扇太夫ほか六名、吉野太夫ほか十名の順。白い衣の通信使節団や武士たち、女御衆の見物で一杯のなかを華麗に絢爛《けんらん》豪華に行いおした。

汗を湯水で流したあと、宴席にその順で歌い踊り、わちきの番、烏帽子をはずし、白拍子姿で顔を隠し登場、平伏…合図。高い声で二胡に合わせ朝鮮使節団の皆さまを歓迎して、

子曰
学而時習之　不亦説乎。
有朋自遠来　不亦楽乎。
人不知而不慍　不亦君子乎。
（一節を繰り返し…）　有朋自遠来　不亦楽乎

中国語で発声。これから静御前の詩を舞いまする―舞扇を手にして、烏帽子をつけ、楽器が変わり、「静や静づーう…」
その少し前、禿二人とくまが使節団、上座の人中心に五十枚の浮世絵を配り…、静謐《せいひつ》のなかで終りおした
すぐ控室に戻り、太夫衣裳に着替え宴席に出て上座に、金弥はんが空けてくれ、正使・副使に中国語でご挨拶、その横に何と天無人はんがいやはって驚きやんした。

何とかこらえ、正使はんと中国貴人語で会話、緑豊かな日本のことなど、正副使はん、漢詩の歌、もっと聞きたいであり、近くの藤堂はん、板倉はんに、その旨をお話しし了承されやんしたので二曲歌うことにしやんした。

正使は王室につながる両班《やんぱん》であったが、「箸と本」を除き重い物を持ったことがない―中途で「お手間」に行かれるときお付きが肩をかしていやしたなぁ。

少し離れたところに座していたとくまを呼び、禿見習いでやんすがお酌だけさせおす。さあ自己紹介を中国語でしてごらん。

「見習己禿　徳光徳眞　四歳童女」中国語で発言。

近くで、この青い瞳の美しい子の挨拶を聞いて、天無人がガタガタ震《ふる》えだした。

わちきは立ち上がり、れい華と控室へ。中国娘服に着替え、髪はすぐ二つ編みにし二曲、月下独酌と垓下《がいか》の歌・返歌を指示、楽器二胡、楊琴、琵琶など整え始めさせた。

初めに月下独酌　李白を中国語で歌いおす。

花間一壺酒　（花の咲く間に一壺の酒を持ち出し）
独酌無相親　（独り酌んで相親しむもの無し）
挙杯邀明月　（杯を挙げて名月を相手に迎え）

……朗々と詠い、踊った。

次に垓下《がいか》の歌　項羽と虞姫《ぐひ》の返歌を歌いおす。

力抜山兮　気蓋世　（力は山を抜き　気は世を蓋う）
時不利兮　騅不逝　（時に利あらずして騅《すい》―愛馬―逝かず）
騅不逝兮　可奈何　（騅の逝かざる　いかにすべき）
虞兮虞兮　奈若何　（虞や虞や　汝をいかにせん）

（高く低く胡弓の音のように歌い踊り、舞扇をかえて、房のついたもろ刀・直刀の長い刀をとり、虞姫の返歌を歌い踊った）

漢兵己略地　（漢の兵は既に我らの国を攻略し）
四方楚歌声　（四方から楚の国の歌声があり）
大王意気尽　（項王の気力が尽きはてん）
賎妾何聊生　（いやしい生れの私は何で生きるのか）

長刀を首に当て斬る仕草をし、倒れ―平伏し終えおした。

正使、副使を始め使節団全員が立ち上がって好扱了《はをしら》！（最高に素晴らしい）。

天無人が話しかけたい素振りを見せたのが気になり、とくまをどうすべきか考えた。

林家について、とくまを呼び、今日の対応はとてもよかった。もう少しで見習いもとれるので、歌も踊りもしっかり勉強するように伝えた。

「ところで、とくま、お父はんやお母はんに会いたいかえ?」

「はい、会いとうおます」

「お父はんたちが、ここは駄目じゃ、連れて帰ると言わはったらどうする」

「こまります。あては、ここに残って、太夫はんみたいになりたいと思っとりおすえ」

「うーん、そうなるとよいね」

朝方、天無人がお菓子を持って訪ねて来たので、部屋を空けとくまと二人きりに…
天無人、とくま、れい華を呼び、天無人が母のま弥に会わせるため江戸に連れていく。とくまも望んでいた。—予想どおりであり、わちきは、
「天無人はん、江戸行きは、一年以内にここに帰すことで了承しおす。ただし条件が三つありおす。
一つはこのれい華を同行させ、とくまの世話をさせるので手を付けてはならない
一つ、とくまの母は江戸の大奥・春日局さまの下の、御年寄であり権力者になっているので無理なお願い、とくまのことを含めてしてはならない
一つ、とくまに自分の意思を押し付けてはならない、とくまはもう自分の道を選択しかけている。それを壊すことだけはしないで」
天無人、とくまは納得し、正使・副使も天無人の子と付き添いを連れていくことを了承し、赤間関からついていた旅奉行も「特別扱いはできない」ことで了承され、与次兵衛はんも事後承認させた。わちきは料金が五倍にはなるが三度飛脚(三度笠を覆った早や飛脚が、江戸までつなぎながら、

原則五日で到着）で春日局、まや御年寄に文を出しおした。

あの中国の歌舞は都中の話題になり、予約はひきもきらず、囲碁五面打ちも一年近くの予約で埋まりおした。

近江屋の美江はんと、まさ子女御はんの懐妊もあり、わちきは十九歳…そうだ年期契約はしてなかったが、十一年経っていた。

どうすべきか、このときなんと武蔵はんが訪ねて林家に来られはりやんした。あの使節団と赤間関から一緒だったとのこと。わちきは思いきって、

「わても十九、あんたはんの種が欲しい、わてに子をさずけて」

少し話し合った後で与次兵衛はんに、まず年期明け退楼を申し出、必死でとめられ、条件は何でも呑む、あと五年くらい居てくれと言われ、了承し、条件をつめおした。

一年間病気で休みとし、夫と鷹峯にこもり子づくりをし出産後に復帰する予定。

ただし、安定期になったら三ヵ月くらいは、ここで仕事、囲碁も同じにし、世間的には病気―秘にし、武蔵はんに先行してもらい、光悦はんの了承、離れ家の確保。

わちきの警備につけられたきりと病気治療で一年休業を話し合いしおしたが、再来年、家光公上洛があり、それまでと言われておったようで、一年間、二条城に帰しおした。

与次兵衛はんから十一年余分の清算金二百五十両、わちきの貸家代の残金二百五十両余があり充

分。二百両を持ち、きり、若い衆二人に荷を持たせ居所は秘とし三人に五両ずつ与えた。とくま、れい華に資金を与え、天無人の迎えで使節団に入れ出発。

信仰と出産

髪を少し切って地女風にし、地味な普段着《つねぎ》で与次兵衛はん、市里はんに挨拶。若い衆を付けてもらい桜にはまだ早い山路を鷹峯《たかがみね》へ少しのぼりやんした。

光悦村の離れ客家で荷を降ろしたが、武蔵はんはいやはらんどした。お茶をふるまい、若い衆に銭を包み帰しおした。すぐ光悦はん本宅にご挨拶、眞理はんご夫婦もおられ、久しぶりの交流─彼は工房で作画中、夕刻、ここで歓迎の小宴を開いてくれるとのことであり、一旦、戻らせてもらい、片付けや清掃をして─。

武蔵はんが帰り、わちきは飛びつき口吸い、少し時間がありお茶をたて、今後の予定を話しおした。ここに一年弱いる。その間の三ヵ月くらいは林家に戻るが、あなたと生活し子づくり、その間に常照寺に日参し法華の心を勉強する。初日は住職の日乾上人さまに夫として挨拶してもらいたい

─了承

二人で定刻前に光悦宅へ赴《おもむ》き、楽しい一時を過ごしおした。

家に戻り彼を先に風呂、寝間着にさせ酒を出し、次にわちきが風呂、寝間着になり、寝床を整え、

少し酒を酌み交わし、これから夫婦として…確認

彼に求められるまま妻としてまぐあいをし…朝方も、頂天を極めた。わてはその前に下の奥に仕込んだ避妊用の薄い和油紙を取り除いており、あとは神様におまかせ。こうして生活し、目立たぬよう常照寺にかよい教えを深めおした。入口の門は柱二本で、その柱に寺名がかかれており、お粗末。いつかここに山門を寄付させていただこうと思いおした。

彼は日乾上人さまと会い、自分の思うところを述べ、論破されたようどしたが、わてにはなにもいやはらんで、次の月、わての紅絹がこない。嬉しゅおした…やがて悪阻《つわり》、思ったより軽く、しかし苦しみおした。安定期に入り彼に送られて林家に三ヵ月余復帰し、お座敷や囲碁、それに中国の歌曲をご披露―祇園祭りの紋日はしっかり勤めおした。

このとき市里はんから、七条の刀鍛冶《かじ》・駿河守金綱という方のお弟子はんが、わちきを見初め、食うものも食わず小金を貯め、ついに百両を貯めて、初会で紹介もなく郭の作法を知らずにここへ来て吉野太夫を指名、若い衆から追い帰されはったと聞きおした。それは可哀想に「わちきは病気の療養中、ここで会うだけならお会いしましょう」

期日を決め、禿二人に夕膳の用意。

定刻の少し前、礼次はんという小ざっぱりした着物の小柄な男性が市里はんを訪ね、二階のわちきの部屋に案内され、わちきと挨拶、小布に包んだ百両を出されやんしたので固辞しおした。どうしてもであり一両だけ受け取り、残っていたわちきの浮世絵に、年月と「吉野太夫」の名を書き一

枚差し上げおした。

上座で禿に酒を出させ、市里に手伝わせ、静御前の白拍子になり、三人に鼓、琴を演奏、静の舞いを歌い舞いおした。夕膳を出し五人で食し、礼次はんと話をしやんした。

「礼次はん、初会百両のお金でもわちきを上げることはできませんのえ、こんなことができるんやったら、親方のもとで腕を上げ嫁はんをもらって幸せに生きなはれ。ここへはもう立入禁止どっせ」禿二人に大門まで送らせおした。

―礼次はんは一晩をわちきとともにして満足され翌日、桂川に身投げされはり、所司代役所から取調べられ、わちきが京から追放されたと京雀が話題にしているとか。

あほらしい。礼次はんは御近所で英雄になられ職人を続けられた、これが真相―


わちきの腹が大きくなり、付き添い婦をつけてもらい産婆はんにかかり出しやんしたが、順調とのこと。彼の世話ができなくなり、彼は遠出され…わては二十歳になり産み月が来て、無理な動作を控えておりやんした。予定どおり破水、いきみ、激痛があり、大きな泣き声を聞き安心した。美しい女の子どした。眞理はん夫婦に子がなく、乳母を付けてもらい養育をお願いして、眞子《まこ》と名付けやんした。

仁左衛門、眞亜夫婦にも長女が誕生。琴と名付けられお祝いを―。

林家に復帰、与次兵衛はんが百両の功労金を、さらにつけると言われあと五年勤めることになりおした。これ以降は先代吉野太夫はんと、収入支出の同じ条件になり禿と付芸者の給金、太夫などの着物はわちきもちで、収入の三割いただけることになりおした。

使節団の帰国の通過したかなり後、江戸に送ったとくま、れい華が天無人はんと、四人の警備の者とともに馬二頭を引き、戻って来おした。

とくまは成長「三代目を目指しやんすんで鍛えて下さい」。

天無人もまやも了承しており、与次兵衛はんと協議。

れい華は使節団のなかにいた中国の官吏で上海の大貿易商の呉興という男性から旅行中、婚姻の申し出があり、約束でおしげりはしなかったが、帰路・天無人はんの支援で、帰国したいと申し出されやんした。

天無人と母娘、わちきで協議。呉家は大きな貿易をしており、実はわしが使節団に紛れさせ連れて来た。明は中国東北部に興きたヌルハチ（清）に攻められ滅びかけているが、大商人として生きていけるはず、わしが責任をもって二人を送り届ける、であり了承。ただ林家の立替えが二十五両あり、天無人が立替えおしたが、天無人はん
「太夫、この浮世絵に署名してくれんかのう」

「何どすか、えらいぎょうさんどすな、何にしやはるの」

「江戸で買ったものだ。百枚以上ある。明で売るんじゃ」

「何や、わちきの絵姿で商売しやんすのか」

「そうじゃ、一枚の署名付きで二十両ぐらいでは売れるとみている」

「あきれおしたのう、一枚一両ぐらいでっしゃろ―それじゃタダではいやでやんす」
天無人は五十両から百両に上げ…わちきはお金なんかどうでもよかったのですが…結局、百二十枚を二百両で決着。彼の指定どおり左下隅に「京都　林家所属　吉野太夫」と百二十枚に書きおした。彼はその浮世絵を京錦で装丁して、署名の上に「日本一　名妓」と入れたようで、後で知り目から火の出るように恥ずかしくおしたが、わちきは九百両余の金持ちになっておりやんした。

御所の志麻女官と連絡をとり、まさ子女御はんにご出産のお祝い、お世津はんともお会いし―恨《うら》み言を言われおしたが、熱い一夜で仲直りしおした。

吉野の新しい組が発足、鍛えやんした。眞理はんが眞子を抱いて来てくれはり、お乳を与えたり、乳房が張る時は、とくまに飲ませたりし、仕事は順調。寛永三（一六二六）年になりわちきは二十一歳、とくまは七歳になり、禿とく弥にし、わてが女陰検分しおしたところ、未通女《おぼこ》の上品でありおした。

祇園祭りの最中に三代将軍家光殿が松平信綱殿らを引き連れ（春日局、まや御年寄も随行）将軍襲名のお上への御礼ともう一つがなされることになり、板倉所司代はんから、太夫としての接待を命ぜられおした。先行して春日局はんらの入城があり、わちきは城内で普段着《つねぎ》になりとく弥ときりをつれお出迎え。城内で久しぶりにお目にかかり、春日はんと熱い一夜をすごし、とく弥は母のまやに預けおした。

少しして家光将軍入城、春日局の横でお出迎え、お上との面会や関白鷹司信房卿ご息女の孝子さま（二つ年上の二十四歳）のお見合いもありおした。

お上のたってのご要望、将軍、春日局はんのご要望もあり、御所で中国歌舞曲のご披露、前と少し変え、とく弥に日本語・中国語で口上、わちきが中国語で歌い舞い、とく弥が日本語で語り大喝采をえて、「日の本一の太夫と禿」の褒め言葉をいただきやんした。

この後、五年余にわたって、わちきに仕えてくれた、忍びの者、きりが去ることになり昼膳をともにし、五十両と浮世絵を贈りおした。

この後、近衛信尋卿からの差し紙が入り、近衛邸の別邸に出張、香あそびなどもして、楽しい時を過ごし、月に一回が今後も続き、深い馴染みになってくれはりやんした。

寛永四年わちきは二十二歳、とく弥八歳で、お仕事は絶好調。八百屋の元締めに嫁していた理亜に二女が誕生、玉と名付けられ、お祝いの産衣などを贈りやんした。

少し前、中国福建省の呉興（れい華の主人）から二通の文が二条城に届きおした。一つはわてへの恋文、一つはれい華の実家がわかり親戚付き合いが示され、さらに寧波の李湘山という人からの漢詩が書に、朝鮮からも三通の文が届き、これが都中に広がりおした。

このころ何と佐野三郎重孝はんから差し紙が届き、太夫道中し桔梗屋に入りやんした。いつものように、わちきが太夫として部屋に入り、見違えるような男になりはった重孝はんに素直に申し上げやんした。

「重孝はん、あんたとは幼馴染で郭でも馴染みや、それにわちきを好いてくれとるのは嬉しゅおすが無理なされはるな」

「徳ちゃん、やっと百両つくったんえ。わしなぁ、あんたと約束破って、佐野の遠縁の娘を嫁にせんといかんようになったんや」

「そうどすか、おめでとうさん。そんな時に、こんなとこ来たらあきまへんえ」

「うーん、わかっとる。一回だけでも夢を叶えてくれんか」

「わかりおした。娘、あるいは太夫どっちを」

「徳ちゃんに子が出来たのを知っとる、太夫として…」

酒を酌み交わし、禿に合図。少ししてわちきが手を添え彼を寝間に案内…あとはほとんど同じ。経験の少ない彼は、とにかく早打ちで禿の手技で二回、わちきが、少し入れて締め付けただけで放出、また一服酒を酌み交わし、朝までに太夫性技を発揮するまでもなく、もう二回さすがにくたびれはって伸びてしまい、可愛らしい「息子」を握りしめ、三つ年下のこれも可愛い寝顔を見続けた。

ふたなりの客

わちきが絶好調、二十二歳のとき、かねて気になっていた常照寺に赤門一式を寄付《きふ》しようと思い、手持ちは九百両余。見積りは二層門にすると、百両ほど不足、借金するのも嫌だし、三百両は「三代目の引継ぎ資金」で必要—さてどうしたものか。

このとき光悦様ご紹介で「細川藩物頭　阿部四郎兵衛政之」という方から差し紙が届き、指定日が空いていたのでお受けするようにいたしやんした。

全く素性のわからない方でやんしたが、署名は正しく光悦はん。いつものように太夫道中をし桔梗屋に入り、御刀預《おかたなあず》かり所で大小を見ると備前ものの極上の刀、履物はみたこともない美しい女物であり、はて…と思いつつも一風呂浴びてから着替え、禿らを先に部屋にいれやんした。近くで透視、正面に美しい姿かたちの若衆が、胡弓を立ひざにかけて弾き、中国語でわてらの知らない歌曲(後でお聞きして蘇州夜曲《そしゅうやきょく》)を歌っておられ、あまりの美しい調和音声、わちきも客間に入りもきれずに聞き惚れ…

「太夫はん、おいでのようじゃのう、どうぞ」

わちきは、ハッとして、入室し、どうしたことか初回の作法に従わず、正面に座し、

「吉野太夫でありおす」

「おや、初回は話もしてくれんと聞いとったが？」

「あらいやでおじゃるなぁ、あんたはんは女御はん」

「そうでもあり、そうでもない。そうかあの草履か、これはぬかったのう、あの刀…随分と昔じゃが百人以上は切っとるのう」

この人、わての心を読んでる。サッと隠し…

「あんたはんのも、読ましてくれおへん？」

「うーん、もう少ししてから、そうか春日局もか、眞子はまだ三歳か」

この人を読もうとするが、何かツルツルしたものがあって読めない。

「まあ、こっちへおじゃれ。吉野、わたしは初回じゃが馴染みとしておしげりを望みたい。三日間でどうじゃ」

自身満々のこの女御はんに、くやしくって三百両ちょっとだけんど、ふっかけて、

「紋日どす。千両いただきおす」

「ああいいよ、三日分ね。今日はひととおり、まず芸をみせてくれんかのう」

「どのようなものを」

「静御前の舞、立君の踊り、それに使節団に示した中国の歌曲をみたい」

立君を除いて用意してあり、了承を取り踊り歌いやんして、この方を黙らせた。

酒をグイグイ飲んでいやんした。

「素晴らしい、噂のとおりじゃなあ、感激した。まあ飲もう、こっちへ」

酒を酌み交わし「四郎はん」と呼ぶことに。頬がほんのりと紅色になり、わちきの手を取り、自分の胸を触らせ、まさしく小ぶりで形の整った女の乳房をもっておられる。

「ひゃ、女御はんや」

その手を膝の間に入れ奥を触らせられたが大きな男のもの…仰天。

「よしの、どっちを望む」

「お、男はんで」

わちきはやっと気をとり直し、禿に合図、とく弥がすぐ寝間に―わちきが手を取り案内、わちきより三寸（約九センチ）以上は背が高い

背をかがめてくれ、口吸い、何と四郎はんの舌が伸びわちきのをからめ、何とも…

禿が引き離し脱がせ、あれ乳房がない、わちきも肌襦袢《はだじゅばん》一枚ゆっくり倒し、寝かせて口吸い、禿が男の乳首を吸い、とく弥が下を脱がせ「ヒイっ」悲鳴が上がった。ムクムクと起き上った赤黒い馬マラで一尺（約三十センチ）か…天を突き太くなり、呆然。

「四郎はん、わちきの…」

「わかった無理じゃな。半分より少し短く小さくしよう」

みるまに、そのようになり…後は夢―わちきは性技をつかう余裕もなく、何回も何回も頂点、気を失ないおした。朝方、ふっと気が戻り打ち掛けがかけられておりました。禿二人も仲良く打ち掛けがかけられ、わちきの下も綺麗になっており、枕元《まくらもと》に麻袋があり重い、多分千両。お客はんに下まで…恥ずかしゅうおしたが、相手がおられないので、その袋を三人で持ち、林家に帰りおした。風呂にも入らず眠り、昼前にやっと元気になり一風呂。一息ついて与次兵衛はんに三日分、三百両余を差し出した。

次の日の酉《とり》の刻（午後六時）それに合わせて太夫道中。何と背の高い四郎はんが見ており、付いてこられたが、いつのまにか見えなくなり、わちきはいつものとおり。

驚いたことに四郎はんは座して、ちびちび酒を飲んでおられ、幇間の剽軽《ひょうきん》踊りが始まりおした。彼

も一緒に踊り出し、禿を入れると二人ともひっつき、酒を飲み、なんと口吸い、明らかに興奮しており、すぐ立君の支度をさせ、芸者が琴―わい雑に下の割れ口から張り形をちらっと見せつつ終わらせおした。

寝間で薄衣一枚、わちきが装着し楽しみ頂点に。今日はここで休み、何と禿二人が薄衣で寄り添い「おぼこのようじゃが、初穂刈り、いいじゃろ。金はいい値で払う」わちきは「ダメ、あきまへん」…。四郎はん、素直に従い二人の目を交互に見て眠らせやんした。

「吉野、常照寺に山門を寄付したいのじゃが、資金が足りんのか」

「えっ、どこで、わちき話してまへんどすなぁ」

「うーん、吉野の心に聞いた。これだけあればたりるな」

慶長大判十枚、差し出された。

「どちらから、これを?」

「二条城、ご金蔵」

問い詰めようとしやんしたが、引き寄せられ口吸い、絶妙に乳房を触られ、頂点に―。

「吉野、わたしはまだだが―」

寝間に移り、茶臼でゆっくり中に落とし内側の筋肉を段階的に締め上げ、身体を倒し乳首をなめ、首筋にうつり…「うーっ」四郎はんのが大きく一杯になりともに頂点。暫らくそのままにして倒れムチのようなしなやかな身体をたしかめおんした。

そして、朝方、また二回あり熟睡。

しまった、今朝は、ここの大広間で六条郭の太夫の花寄せ（和歌詠みの会）、半刻近く過ぎていやんした。寝乱れ髪を少し整え、薄衣に黒い小袖をひっかけると、四郎はんも起きて事情を察し、わちきの頭を両手で挟み精気を入れてくれ身体が輝き出した。そのまま大広間の主座に「ご免やっしゃ」と断わりやんした。そこにいた豪華・華麗に着飾った太夫十八名全員が、内から輝くわちきにみとれ、溜息《ためいき》をついていやんした。

「吉野太夫はん、えらい上客はんのようどすなぁ」

「ええ、わちきの郭人生で最高のお客はんどすえ」

花寄せは軽く和歌を出し合い、すぐに終わりやんして、わちきもすぐ退席。

太夫はんたち、…わちきの最高の客はどんな人か、田舎の御大尽やろ、からかってやるか…後で聞きおした。

寝間に戻ると四郎はんは着替えが済み、とく弥と何か話し合い、とく弥は抱き付いたりしおしたが、気づきさっと離れ、気まずそうにわちきの着替えの手伝い。

四郎はんが、林家まで送ってくれるとのことで、一階で両刀を差され平笠をつけ、禿二人を率い二人で話し合いながら出おした。桔梗屋の前に太夫十八人がまるで見送りのように並び、わちきは恥かしゅうおした。四郎はんは平然として笠をとられ、丁寧に一礼され、

「おや、こういうことがあるのは知らなんじゃ。お見送りご苦労はん、ありがとはん」

うちの金弥太夫、舞扇太夫も、この美しい若衆に見惚れていやんした。

そのとき、泊りで酔いの醒めない棟梁風《とうりょうふう》の大男がよろめいて来た。相方の太夫がこっちにおり、女のような若衆である四郎はんに目を付けて近づきおした。

すぐ揚屋の若い衆が止めたが、武術の心得があるようで、六尺くらいの警杖を奪いとり打ちかかった。わちきが横に居たので妨げられず四郎はんは、懐に飛び込み手刀で杖を落とし尻もち、太夫たちに笑われ…怒りに火が付き、また杖を拾ってせまった。わちきらは下り、この男、杖を振り回し、四郎はんは身体を少し動かし三寸弱で見切っている。

「よしなさい。お前と私では腕が違うよ」

これでまたいきり立って振り回したが、余裕で見切られ、

「太夫はんたち、この男をどうしようかのう。イ　殺す、ロ　片腕を落とす、ハ　恥をかかせて…終らせる」

わちきを含め全員が「ハ」と答えおした。

「わかった、そうしよう」

四郎はんは電火石火、目にもとまらない速さで左に右に動き太刀が抜かれキラッキラと光った時には残心《ざんしん》の構え、刀は鞘《さや》の中に納まり大男は何があったか分からないでいる。

「さあ、いこうか、終った」

金弥と舞扇も禿とともにわちきらに従い動き歩き出し…後でドッと歓声、笑い声が響いた。振り返ると大男の髷《まげ》が切られザンバラに、着物の帯が切られ下帯もとれた丸っこい素っ裸の男が身をかがめていた。

金弥と舞扇はん、二人から手を合わせ請《こ》われ、格はわちきが上じゃが、先輩であり頷《うなず》きながら下がり四郎はんを譲り、二人が纏《まと》わりつき…耳をそば立たせ聞いた。

「林家にいくのに、お土産がないのう。今の季節で二人は何が好きかい」

「そうどすな、二人ともと言われますと…そうじゃ伊勢の赤福」

「未《ひつじ》の刻（午後二時）に吉野と碁を打つことになっとるが、それまでに取り揃《そろ》えようか」

「えっ、今は巳《み》の刻すぎ（午前十一時前）どすえ、それ無理」

「よし賭けをしよう。わたしが負けたら二人にそれぞれ百両あげる。勝てたら、そうじゃな林家で風呂に入るつもりじゃ、禿を使わず、わたしの身体を洗え」

「乗った。京の偽物はだめどすえ」

わちきは、この二人が必ず負け、風呂場で何が起こるか予想できおしたが、ま…いいか。少し歩き林家で与次兵衛はんの了承を取った。

今日は、日差しが暖かく、庭で囲碁対局をすることになり碁盤一つ、解説用の四倍の碁盤が置かれ準備が整い観戦の遊び女、若い衆、ご近所の方々が集まりだした。四郎はんは定刻の少し前に赤福四十箱を持ち、普段着《つねぎ》の金弥と舞扇はんに渡されおした。

二人は本物と確認、何か言われたようでしたが頷《うなず》き、付き禿に示されおした。

四郎はんが黒をとられた。初手は右上15の七、星から内への大ゲイマで、わても見学の二十数人の碁好きの遊び女たちも仰天。次にわては４の十六左下の星、黒はそこから大ゲイマ５の十三、白は右下の星、黒は13の十五の大ゲイマ、白は4の四の星、黒7の五。黒は見たこともない四つの星のうちに囲まれた天元を中心に菱形・四角形の布石どした。

わちきも観戦者も呆然。四郎はん碁の定石しらずの素人やと勘違いしおした。

まず四隅をとり、それから連絡…そこで反撃され、二線に黒から押し付けられた。布石の意味がわかったときには、白はズタズタに切られ、百二十三手、中押しで敗け。

「四郎はん、何という布石どすか。完敗でやんすなぁ」

「そうじゃのう、太夫が驚いたのも無理ない。これはずーっと後、専門家の若手棋士の二人が考案した全く新しい布石で、風車《かざぐるま》とも手裏剣《しゅりけん》ともいわれているのじゃ」

金弥太夫はんが、部屋で「お茶でも」と誘われ、わちきは知らんぷり、後片づけを指揮して禿らと一刻（二時間）弱、外の空気をすいに出て帰りやんした。

部屋に戻ると四郎はんが納戸を見ておられ、

「こらっ、太夫ドロボー」

「ひゃーバレてたの、二人とも大満足させたよ」

もう、この人は…それ以上は何も言いまへんで、お茶をとく弥に出させやんした。

「吉野もとく弥も気に入った。二人ともわたしの国、遠いところにあるけんど妻にしたい。言い値で身請けするけんどどうじゃ」

夫と娘がいる。とく弥は紅絹のこない子供、お断りしおした。しかし、とく弥が、

「あて、四郎はんのもとにいきとうおす」

「わかった。とく弥が十歳を超えたら、秘かに現れお前の意思を確かめ、変わらなければ連れて行こう。ただし、未通女《おぼこ》はわたしのためにとっておくのが条件じゃぞ」

三回目の日は、別の馴染みはんの予約が入っていたが、わちきが急病の違約金をお支払いして太夫道中もせず、秘かに桔梗屋に定刻に入りおした。

酒を酌み交わし、四郎はん巻紙と書一式を求められ、用意させ…、

「吉野、遥々《はるばる》と時を越えて、お前に会いに来たが満足している。今世でこういう形で会うのは今日が最後になる。そこで献歌を残したい」

（献歌）

いにしえの　都に咲ける　吉野花
　ときをのぼりて　君を愛《いと》しむ
　　寛永四年六月　阿部四郎兵衛政之

（わちきの返歌）

いずくより　都にきたるや　美し人
　吾れが花なら　君も華なり
　　寛永四年六月　吉野太夫

「そうか、自らと比べ、私を華にしてくれたか、それなら女人にならなければのう…皆五つ教えて目を瞑《つぶ》って…」

一…五で目を開いたら、武士の服装の美しい女御に変わっておられ、驚く間もなく左手で引き寄せられ、口吸い。四郎はんは美しい女身どした。下の男のものは体内に隠れ、わちきが例のものを装着、男になって攻めて楽しみ、酒を入れ一休み、四郎はんの男のものが生え出て、後を攻められ、お互いに頂上を、大量の男のものを入れられやんした。

朝・目覚めたとき、わちきに百両、禿二人に十両ずつが置かれ、それっきり—。

三年後、とく弥は成熟し背がわちきを超えた見事な女性になり、未通女の天神になったばかりどすが、三代吉野太夫にしようと思うとりやんした。

わちきの年期明けの退郭《たいろう》(以下、楼に替わり郭)の雑事もあり、阿部四郎兵衛政之のとく弥天神への差し紙があるのに気づきおへんどした。とく弥は初会馴染み、初穂狩りをふくめて三百両、身請金五百両で退郭。その直前わちきにとく弥が涙目で抱き付いてきて、変な娘やなぁ—

とく弥の五百両の身請け請書。身請人は阿部四郎兵衛政之、紹介人はなんと本阿弥光悦。わちき宛の文…四郎はんの妻になりおす、お世話をかけ中途退郭、申し訳ありまへん。父母によろしくお伝え下さい…たしかに自筆、その書を母のまや宛に送りやんした。

天神のとく弥と、持てるだけの荷を二人で持ち、ずーっと後、クリルシティ・防御バリアの外のクリル島の荒涼たる北部・寒風の吹き荒ぶ、マリアの個人別荘に連れてきた。

とく弥は、夢が砕《くだ》けたのか呆然…和《なご》みの気を入れ、八十インチ三次元ホログラム立体TVのスイッチを入れて驚かせた。

＊　＊

阿部四郎兵衛政之を名乗ったあべ・まりあは、白川眞亜に対する稚拙《ちせつ》な対応に懲《こ》りており、とく弥こと徳光徳眞が、早熟とはいえ十一歳の少女であり、眞亜と全く違う対応をすることにしていた。

岩石を積み上げた山荘風の外観と全く異なる、広く豪華な室内を案内。徳眞そっくりの万能H・Aを引き出し会話してみせ、また驚かせたが中学生の歴史（日本史と東洋史）教材により七日間、二人で教育することを告げ、納得させた。

少し後、徳眞によって「まや」と名付けられたこの万能H・Aにより、ドーム効果で常に七彩の虹のきらめくクリル島を、F・Sにより空から案内させ感嘆させた。

マリアは、三時間寝れば充分であり、徳眞を寝かせ時を図りNY地球連邦・大統領府にF・Sで飛び、そこの自分・H・Aと入れ替わった。

当面の課題は、司法長官に命じていた「ヒューマン・アンドロイドによる特定遊興施設の設置および運用に関する法律」（H・A遊興法）のチェックと、あの真円球に隠された情報の解明にあった。

前者は対象施設の限定、料金体系・ルーチンワークづくり、連邦軍で運営する限界があり、時期を見て選別された民間軍事会社への経営委託、その監査などであった。

NYとクリル山荘を行ったり来たりしていて、徳眞がかなりの水準に達しているのを認め、クリル共和国建国に係る本なども示していた。

七日後、徳眞は世界地図と地球儀を求め、ここがかつて蝦夷《えぞ》（えみし、とも言う）の東北の端、「北方四島」と言われ、ロシアにより不法占拠されていたのを阿部眞理亜が秘術をつくし個人で買取ったこと、眞理亜が国家元首であることを理解した。

年齢を十八歳にしたクリル共和国の戸籍、身分証明書、パスポート、アメックス・ブラックカード（A・B）と預金通帳を説明しながら渡した。

七日間の集中教育の終了により、まやH・Aを乗せ虹の楽園クリルシティの繁華街を案内し、A・Bのカードで買い物をさせた。

そして、初代・吉野太夫こと白川眞亜のペントハウスに連れて行き、二代・吉野太夫に仕えたもと「天神・とく弥」こと徳光徳眞を、江戸から連れてきたとして紹介。大歓迎され、当分ここに住むことになりF・L・Cの企画立案に参画せしめた。

α星人の真円球のデータ――身長二メートル余、青白い肌の無毛、酸素呼吸の雌雄の二足人型で

十八の太陽系の支配者、人口は百万人余、言語は二進法

これは、マリアの人定《じんてい》、つまり女性でかつて五人の子供を産み、三百八十人余の子供を女性に産ませた男性の機能を持つ両性具有であること。それに秘で捕獲してある巨大円盤（M・F・S）の船籍と思われる情報の提示。さらに太陽系第三惑星の地球・八十億人余のリーダーの証拠を三次元写真・データで示した後に、どういう仕組みか不明であったが、α星人自身のこれらの情報とともにM・F・Sが二万年ほど前に行先不明となった動植物採取船であり、防衛用の十段階の武器があることが示され、後は不明であった。

四本足の昆虫（β）星人は、「かに星雲」リゲル近くの八つの太陽系の支配者で極めて好戦的、二ヵ所に侵攻《しんこう》し戦いを起こしている。

この戦いの目途がたてば、必ず太陽系への侵攻があり、ワームホールを一部だが使いだした彼らと戦えば、八十％の確率で地球人が敗れる。マリア自身に亡命の意思がないか、千人くらいなら助けられ、こちらで受け入れる――マリアはありがたいが、即「お断り」を告げていた。

「ハッ」としていた。α星人から大きな「ギフト」をいただいていることとともにワームホールの出入り口が、この太陽系の少なくとも二～三光年の近くに在り、α星人が送った真円球は、それを使ったのだ。それにβ星人の侵攻は、そのワームホールを使うはずだ。どうすべきか…

第五　退郭・転生

退郭・重孝との生活

　ふたなりの客、四郎との三日間、めくるめく夢のような中で最高の男を味あわせてもらった吉野は、その思い出に浸《ひた》っていた。しかし、ここの花街の大看板の太夫として、思い出だけに生きるわけにもいかず、仕事も精力的にこなし、手元に千五百両余の資金。二日間、休みをとり、大判十枚と小判二百両を手に持ち、若い衆を伴に常照寺の日乾上人に赤門建築資金として寄贈―。

　帰り道、光悦宅にも寄った。「阿部四郎なる人物を吉野太夫に紹介をしていない。紹介状と身請け立会人の署名はたしかに自分じゃ。それに見事な筆使い、不思議じゃのう」…。

　光悦は、寛永三筆といわれた書家でもあり、そこで吹っ切れ、諦めた。

　白川眞理はん夫婦のもとへ。眞子は三歳よちよち歩きで「お母ちゃま…」と飛びついてきて眞子と一日生活。重孝はんの奥方は病弱で寝たり起きたりの生活になり心配しているとのこと。お世津はんとも月一回お会いし、季節のものを持ち込み二人で料理、梅宮はんも九歳になられ、手伝わせた。わちきとお世津はんで、梅宮はんに出来る限りの諸芸を教え込み、かなりの水準に達しておられた。

寛永五（一六二八）年になり、わては二十三歳。眞子と琴は四歳、玉は二歳になりおした。梅宮に十歳で紅絹が来て、お世津はんと相談。志麻女官を通じ、まさ子中宮（皇后）はんとお会いした。まさ子中宮は皇女をお産みになり、皇子は後に早逝《そうせい》されたがこのときはお元気、であり御所に喜んで迎えられおした。

「お世津はんの生きがいの梅宮はん、十歳で女になられ、利発で教育はしっかりできておりやんす。先に備え、然るべきところに行儀見習いをお願いに上がりおした」

「よしのは、あれから…八年になるかのう。お世津はんのお世話をしていやはったのか」

「はい、たいしたことはしておりまへんが」

「そなた…吉野はんらしいのう。梅宮はんはお上のお子の一人じゃ。粗略にはせんことを誓うので、少し時間をくれんかのう」

「これは気持ちじゃ——」華やかな押絵をまたいただきおした。

この後、梅宮はんはまさ子中宮（皇后）付き、まもなくして文智女王になられおした。

近衛信尋卿は関白になられ、みつきに一回くらいどしたが差し紙が入り、わちきとぴったり心と身体が合い、梅宮はんのことも頼んだりしておりやんした。

寛永六年わちきは二十四歳。このころ重孝はんの夫人が病没——。

八百屋の元締めに嫁した眞亜は、琴と玉という娘を産んで、しっかり躾け、元気に働いており、七五三に、吉野太夫として祝いおした。

ただ夫の健康が良くなく、万が一のとき不安を告げられおしたが、眞亜はまだ三十一歳であり、琴も玉も母の眞亜、祖母のまやに似た可愛い、美人系の頭のいい娘であり、万が一のとき、わてが責任もって相談にのる―ことで安心させせおした。

このときお上が突如退位。二女の興子女王はんが五歳で女皇・すめら命（明正天皇《めいしょうてんのう》）に、ご自身は後水尾上皇となられた。女性天皇が夫をとることはなく、これで「徳川の血」が皇室に入ることはなくなりやんしたが、まさ子中宮はんとは仲良くされていおした。

寛永七（一六三〇）年わちきは二十五歳。この花街に七歳で自ら選択して入り十八年、退郭の月日を与次兵衛はんと協議。

預け金が四百五十から六百五十両、貸家代残金二百五十が増え三百五十両、二百両使い八百両、十年功労金が百両であり、あと一年半まで勤め百両の功労金、丁度千両（それに四郎はんのが別に七百両）納得し揚家の客席に出るのは半分に。お世津はんは一人になられ、わちきと相談。ご本人のご意思―京の郊外で隠棲《いんせい》したい。しかし秘じゃが出家は嫌や。趣味に生き、時々よしのはんとな…であられおしたが世間体《せけんてい》もあり在家で落飾《らくしょく》され後に明鏡院と称された。

その前に信尋卿から先の関白・二条光平卿の家司（家令）の本庄太郎兵衛はんという妻を亡くされた方を紹介され、わちきは紹介状を持ちすぐ普段着《つねぎ》でお会いしおした。本庄はんは、わちきのことを知っておられ、秘でご趣旨を話しおした。まさ子中宮はんや、間接的にお上と春日局はんのこともご承知で、わちきが八年余にわたり関わっていること、ご隠居所をお探しいただきたくお願いしおした。

「八年と少し前、江戸から春日局はんが、まさ子はんと来京されはった。よしのはんが御所に入り何かやっとられ、まもなく大赦がなされた。よしのはんが動かれ、お世津御寮人はんを宥《なだ》められはったんやな、大変でしたのを」

「ええ、そうどすせ。それにわちきの下にいた、まやが江戸大奥の春日はんの下の御年寄になり、まだ続いてまっせ」

「そうでやんすか――お申し出のこと京の西、嵯峨野《さがの》によさそうなのがありますせ」

お世津はんとともに太郎兵衛はんに案内を頼み、見に行きやんしたが、買い代金に二百両、改修費で五十両余ほどかかる。お世津はんは大層気に入られ…板倉所司代はんを訪ね、ご下賜金を求め――千両が小分けにされ、林家に届けられ引越しは無事に終わりおした。眞亜の夫の仁左衛門はんは、この後に死亡。

お世津はん、太郎兵衛、弥兵衛、それにふと思い眞亜と娘の琴、玉（このとき七歳と五歳）を、わちきの奢《おご》りの昼膳に誘い、中国の歌舞などを披露し交流させた。

信尋卿に来年四月末に退郭すること…「麿の内妻で近衛家に来てくれ」と誘われ、心が大きく動きおしたが返事は保留。重孝はんも「妻になってくれんか」でありこれも返事を保留。二人から文など頂き、これが外に洩れ——関白と大店の主が吉野太夫をめぐって争っているという都の話題に…「京雀《きょうすずめ》」が尾ひれを付けて広がっていたようどす。

少し遅れやんしたが、板倉はんにお世津はんのことを報告、使い途と残りの七百両、今後の生活費でお渡しすることの了承をとりやんした。そこでも「関白はんと灰屋紹益が、よしのの退郭をめぐって争い、都の話題になっとるが、どうするのか!」——笑顔で聞かれやんしたが「さあ…」答えまへんというより、まだ迷っておりやんした。

江戸・大奥の御年寄まやから文。忍びの者を使ったりし細川藩の阿部四郎兵衛政之を調べたが実在せず、もう一度人相や知っていることを教えて欲しいと。女のような絵姿と、その間のやりとりを文にしてまやに伝えた。

食材を持ち嵯峨野のお世津はんを訪ねると喜んでくれはり、二人で食事をつくり、酒を飲み、楽しい長い夜、わちきの来年の退郭、信尋卿や灰屋紹益はんから求められており決心がつかない、相談に乗ってもらいやんした。

二人のことは前にも話していて「信尋卿、素晴らしい人やんすが、お上の弟君。その家の側室でも大変どすえ」であり、秘かに決め、七百両を生活費でお渡しした。

二回楽しみ、夫婦の会話で梅宮はんが文智女王として、来年に権大納言・鷹司教平卿に嫁されるとのこと。一回は母として婿殿《むこどの》に会いたい、段取りをお願いされおした。

郭での吉野囲碁会は休会。このとき太郎兵衛はん、眞亜を後妻に求められ、長女の琴は一条家に行儀見習いで奉公。


寛永八（一六三一）年わちきは二十六歳。

この花街では年をとりすぎ。四月末日の退郭を了承いただき、林家の皆に挨拶…。

信尋卿から桔梗屋で差し紙、いただいた物を全て持たせ太夫道中。

しっかり楽しみ二回いたし、夜中に帰られはる時に「いただいた物が全てこの中にあり、お返ししやんす。あんたはんのこと忘れまへんえ、おおきに」で察していただき、伴の者に預け大門まで送りやんした。少し後、紹益はんから差し紙。太夫道中をししっかり朝方まで楽しみおし、大門まで送りやんしたが、佐野家から太夫を落籍するのなら勘当する―。

このことで、お世津はん始め碁友の方々とも相談しおしたが、とりあえず予定どおり退郭。

父母が残してくれはった、近江屋はんの隣の貸家を空けてもらい住むことにし挨拶にいき、四月中旬まで改修してお返しすることに。

重孝はんは、勘当されるかもであり…徳兵衛はんに相談。

「徳子はんは、重孝紹益はんを好きなんやろ」

「ええ、そうだす」

「そんならいいやんか。家は古いけどちゃんとある。あんたほどの芸があれば、月二〜三回、揚屋やお茶屋で歌曲芸の披露だけでも食っていける。わしも紹介できまっせ」

これで決心。

与次兵衛はんに事情を話し、十九年間の功労金二百両がいただけることになりおした。正式に入籍するまででもよいので、禿・鹿恋などへの諸芸の指導を週二回、月五両ですることになりやんした。落籍身請けではないので楼から二百両出すだけ。ただ重孝はんの面子もあるだろうから、身請金は京の郭の始まって以来の千三百両と発表——。

その前に三百両を与次兵衛はんに預託。まだ決まっていない、未知の「三代吉野太夫はんへ」文をつくり、少し修正した技芸書を預けおした。

禿と付き芸者に五両ずつ餞別を渡し、皆が手伝ってくれ牛車一台で自宅に戻り、家には重孝はんがいて荷運びを手伝ってくれやんした——関白太政大臣を振って豪商が太夫を手に入れた——都ではそのように話題に。少しして盛大な退郭・送別会をしてくれはった。

七歳と十ヵ月のときに望んで林家の禿になり、二十年弱の郭生活。周りの人々に助けられ、原則として、おしげりをせず献身して勤め、この時代の一流ともいえる男と女の恋人をえ、諸芸を一流の水準までに高めて、名妓とも。

法華宗に深く帰依《きえ》し、自然界から、世間から、周りの人々から生かされている自分を知り、食べ物、米、稗、大豆、魚、野菜などが生命をささげてくれて己があり、生き物や周りの人・自然により人は生かさせてもらっていること。心残りは三代にしようとした徳眞が、しっかりした話し合いもせずに去ったこと。いま十四歳のはず――。

最も価値のあるものは、未来に繋がる眞子をえたこと、この娘は今では六歳。

退郭した次の日、鷹峯の白川眞理夫妻のもとに迎えに行ったが眞理はんに止められた。

紹益はんと落ち着いて正妻になってからにしたら？　今引き取ると無用の混乱が起きる。よく考えおしたが、まさにそのとおり。眞子と一時を楽しく過ごし一人で帰りおした。

これから新しい人生が始まる、子持ちの二十六歳女、正妻でもないが妾でもない。でも彼の収入は当てにならないので、原点に帰って地味に暮らそうと決心。

佐野三郎重孝こと別名・染め物の原材料となる灰を扱う灰屋紹益（二十三歳）、これが彼の名前どした。勘当され佐野籍でなくなったかも。本人も「よう分からへん」であり、重孝はんには、わてを徳子と呼んでもらいおした。

わての林家での週二回のお仕事、重孝はんも了承してくれはり、自宅に十五歳の下働きの・すぎを通いの月一両で雇い、雑事を。

彼は呑気に俳諧、連歌の会などへ毎日のようにお出かけ。わてが石火を切って送り出し、指導日のない日は、鷹峯の眞子と会い常照寺へ、わての寄付ででき赤門。なんと「吉野門」と名付けられていおした。

重孝はんや、眞亜と玉親子を誘ったり、碁友はんとは月一日、日を決めて打ったりして生活が落ち着き、眞亜は太郎兵衛はんに望まれて再婚がこの後決まりおしたが、文智女王はんは三年目、十六歳で原因不明の離縁。

近江屋はんから、何か自宅で教えられまへんかと言われ、琴、三味線、胡弓、書、立花、香道、お茶、囲碁、詩歌などは可能。ただ重孝はんを「髪結いの亭主」にするのは気の毒。ふんぎりがつかず、小さな茶室に吉野窓をつくり、すぎにお茶を教えたりしおした。

こうして一年が過ぎ寛永九年、わては二十七歳。

主婦が板につき、地味に暮らし、眞亜は玉を連れて本庄家の妻として生活。

京の冬は寒い。とくにこの年は肌をさすような日々が続きやんした。重孝はんとは熱い夫婦になっており、夜・あっちの早打ちは相変わらず、回数でこなしておりやんした。

春は桜、特に京には名所がいくつもあり、嵯峨野のお世津はんの近所も見事な桜花が咲きほこり、散り桜花が水面《みなも》に広がる薄紅の桜川を愛《め》で、二人と眞子で楽しみおした。

梅雨は、この年早くきて…この日は朝からカラッとした晴れどしたが、昼過ぎに翠雨《すいう》が激しい雨になり━。

退屈凌《しの》ぎにあのふたなりの女人はんと打った奇妙な布石の碁を初手から並べていると、入り口の小さな門の瓦屋根の庇《ひさし》、門かぶりの松の下に雨宿りをしている中年過ぎの男の方がおり、雨はやまず半刻（一時間）近く…気の毒に思い、すぎに口上を教え中に入って頂きやんして、玄関の小式台におざぶを出させやんした。

雨はなかなか止みそうになく、すぎにまた口上を教え、

「私どもの女主人がお茶を立てますので、よろしければ茶室で一服さしあげたいと申しておりますが…」

六畳の和室から、茶室の主客の座に案内させおした。調度品をしっかり品定めされたようで恥ずかしゅおしたが、茶室にいき、丁寧に座礼。

「主人が他出しており、女ばかりでございますので、憚《はばか》ってご挨拶にも出ずに失礼いたしおした」

お茶を振る舞い、この品のいい中年の客人は吉野窓に気付かれ、おや明かりとりの下が横に切れておりますのう、意味を聞かれ…さて自慢するのもはばかられ、

「これは本阿弥光悦さまが名付けられたもので、初対面の御方に女人が説明いたしますと、驕《おご》り、嫌味《いやみ》になりおすのでご遠慮させていただきおす」

何とかご納得いただいたようで、雨音が小さくなっており六畳の間から、十畳の床の間のもの押し花に気付かれ、これは…。

「雨の日が続き、鬱陶《うっとう》しいので…ある貴人の方からいただいたものでやんす」

まさ子中宮はんから頂いた押絵でありんしたが、碁面もしっかり見られ…。

雨はやみそうで、小首を傾《かし》げながら玄関先に出られ―丁度やんでいやんした。

このことは忘れていやんしたが、珍《めずら》しく光悦はんから呼び出し、何事かと思い駆けつけやんすと、あの雨宿りの方がおられ、光悦はんが笑って、

「さあ、名乗ってやりなはれ」

「わしは佐野紹由、重孝の義父でござる」

「えっ、そうでおしたか、失礼いたしおした。吉野窓も知らんとよう茶が飲めるのう、光悦はんに笑われたわ。ところで
「こちらこそ失礼した。徳子…松田徳子と申しおす」

あんた徳子と名を告げ、二呼吸あって親御はんの松田姓を名乗りはったけんど、それを佐野に変えてくれんかのう」

「えっ、といいますと」

「そうや、佐野徳子や。重孝の勘当を許す、というよりわしが、つまらない世間体や風評にとらわれすぎてたんや、かんべんしてな」

「待っておくれやす、わてには娘がおりやんす。それをご存知でございますのか」

「かまへん、さっき会いましたよ。可愛い娘はんやのう」

思いがけないこととなり、白川夫妻、眞子も交え会食となった。わては出掛けに、いつものように重孝はんに書き置きして来ていたが、彼が駆けつけて来て呆然――。

大喜びに変わり会食に参加、楽しく過ごし離れ客家で一泊して帰りおした。

重孝はんは婚姻は二回目。わても派手なことは嫌で身内だけ本家に集まり、会食して披露するだ

けに——。

その祝宴のとき、台所をやる賄い婦の一人が急な病になり、わてが主導して地味な服で台所で食事をつくり忙しく動き、お茶を出したりしおした。佐野家の女御はんたちが郭の遊び女の次くらいに着飾り、それが身につかず、おかしゅおした。

重孝はんが呼びにこられ、割烹着を脱ぎ、風呂敷の頭布をとり、彼に従い着座。台所女が前の吉野太夫とわかり驚かせおした。


このころ、また驚くこと——肥後・加藤藩の改易。

藩主の加藤肥後守広忠殿は一代限り一万石で、出羽・庄内藩に預け。

加藤藩が領地する肥後五十四万石は、故ガラシャ様三男の細川忠利殿が藩主となられることが決まり、叔父の松田嘉衛門二百二十石の引き継いだ召し抱えを、隠居されていた細川忠興殿と春日局はんに文で、吉野太夫こと松田徳子でお願い申し上げた。

少し後で、どちらがきいたのかわからしまへんどしたが、細川藩に召し抱えが決まったこと、御礼の文が林家の吉野太夫宛に届きおしたので、忠興殿と春日局はんに近江屋から極上の京錦三人分を御礼・佐野徳子で贈りやんした。

眞亜がわての家、佐野家に玉《たま》を連れて訪ねてきやんしたが、玉はこのとき六歳。

美しく快活な娘でよく躾《しつ》けられ、どこかしかるべき家で行儀見習いを母子ともに望んでいて、その玉が何と、ふたなりの四郎はんと対局碁の中盤の布石のままにしていた碁石を動かしていた。

「玉、その碁盤上の布石の意味はわかるのかえ」

「へえ、これ奇妙な布石どすが、白が危ないでやんすね」

母の眞亜が、

「この娘は、亡くなった父に三歳ぐらいのときから教え込まれ、ちょっと前に持碁《じご》（ハンデなし）で打っていましたわ」

さっそく打ってみると中々いい、この娘の利発さに驚いた。

このとき「嵯峨野のお世津はんが病、出来れば来られたい」言付けが届き、すぐ眞亜と玉を誘い念のため着替えなどを持たせ向かい、道々で由来を話し陽が落ちる頃には着きおした。お世津はんは風邪をこじらせたようで、かよいの付き添い婦が看病、安心させて帰宅させた。碁盤のほか、争碁の棋風解説書がいくつもあり玉は目を引かれていた…夕食の支度をし、お世津はんは喜び、かゆをやっと食べさせおした。


寛永十（一六三三）年。

わては二十八歳、眞子は九歳、玉は八歳になっており、佐野家の嫁・徳子としてやっと落ち着きおした。玉は義父とお世津はんの後押しで西山釈迦嶽・善峯の山腹に在る皇室ゆかりの善峯寺《よしみねじ》へ行儀見習いで入りおした。

善峯寺は、長元二（一〇二九）年に創建されおしたが、応仁の乱で多くの伽藍《がらん》が焼失、荒廃…。しかし、色とりどりの紅葉が微妙に色合いをかえる美しいところどした。

この少し後、皇祖神を祭る伊勢神宮の勧進を務める尼寺・慶光院の門跡に二条家の万さまが入ることになり、玉が侍女に推挙され決まり、わては重孝はんの了承をとり、五条の割烹で本庄一家を呼びお祝いしおした。

玉のことはお万はんも知っておられ、姫は落飾《らくしょく》され伊勢に玉らを連れて入られおした。

およつはんが、身分「お世津御寮人」を明らかにされ、これを調整。

この後に玉には門跡さまとともに江戸下りが決まり、祖母の大奥・御年寄のまや様と会えることを伝え励まし、文で玉のことを示すことを約束しおした。

わては時々常照寺にも連れて行き、全ての生物、魚、犬、馬などにも生命があり、その生命を捧げてくれるからこそ、人が生きており常に感謝すること、食事の際に両手を合わせることの意味を教え込みやんした。

玉が二年余、善峯寺で奉公していたときに、わてが
「ここは昔、五十余の甍《いらか》の伽藍《がらん》が山合《やまあい》に在り、秋深くなると、その瓦屋根の曲線と紅葉が嵌《は》め細工のように輝いておったようどすえ」

「そうどすなぁ、それは、あても聞いてますし、何とか、なりしませんかのを」

このような話し合いもあり、わては、すっかり忘れていおしたが…。

ずっと後に五代将軍・綱吉の生母、桂昌院となった玉は、五十余の甍を再建し、秘かに少数の者とともに常照寺のわて、吉野太夫の墓参りをし、このとき詠んだ詩、

春ははな　秋はもみじ　むすび木は
この世のしやわせ　めでたかりけり

桂昌院

この(法)令は、わてが死んで四十年くらい後に「生類憐みの令」として施行されおしたが、山川《さんせん》草木悉有仏性《そうもくしつゆうぶつしょう》を、わてが玉(桂昌院)に教え込んだもので、人が生きるということは食料となる生物が生命を捧げてくれていること、人の世は生物との共生、つまり生かされている自分を知ることを示すものでありおした。しかし人の命を軽視し犬や猫の保護などが全面に出て、誤った適用がなされおしたなぁ。

何故そんな後のことを知っているかって？　…それはもう少し後で—。

白川眞理はんの懐妊が伝わり、丁度いい機会、重孝はんの了承をえて眞子を迎えにいき、一緒に暮らすことになり、眞子は七歳。美しく素直に育ち、姓はそのままにしおしたが、重孝はんを「お父さま」と呼んでくれ、ほっとし諸芸を仕込みおした。

まさ子中宮はんは、お上が上皇となられ、二女の興子はんが第百九代女帝(明正天皇)となられ、

中宮はんも東福門（東から福が来た）院の御名を上皇はんからいただいてご趣味を活発化されおした。禁中並公家諸法度法の適用に徳川三代将軍の妹として様々な緩和をされた反面、衣裳狂いともいわれ京の文化の向上、装飾品や建物の改修にも実家の家光将軍はんから資金を出させられていやんした。

また寛文小袖を編み出されたり、美麗な押絵をつくられ香・囲碁に通じられ、ときどきわても囲碁でお召しになられ、離縁した梅宮はんを近くに置かれていやんした。

かなり後、享年七十二歳で崩御。その前、寛永十四年二月、光悦はんが亡くなられ享年七十九歳、翌年の十二月に明鏡院（お世津）はんが亡くなられ享年五十歳。

わては、十五歳で大人になりかけの眞子とともに、弔いに参列。

この寛永十四年の十二月、肥前の島原と肥後の天草で一揆

お二人のご逝去《せいきょ》の対応などに心を奪われ、天草四郎という十七歳のバテレンが一揆方の大将で、三万人余の死者が出たと聞き愕然《がくぜん》とし、これは内戦じゃと気づきおした。

細川藩士である松田一族も当然に参戦したはずで文を出し…少しして、戦に行ったが無事であり、勲功をあげ細川家九曜の紋を拝領つかまつったとありおした。

このとき与次兵衛はんから、三代吉野太夫が決まりそう―禿のときに知っていた、武家出の美しい娘の十六歳のりん弥天神であり、「よしなに」と文で報せ、後にお祝いを贈り、襲名披露宴に、先

代として参加し特別なはからいをされやした。

楼の移転が朱雀野・柳町に━。堀がめぐらされた廓《くるわ》（曲輪）になり、何と急な移転、まるで戦いのようであり、先に終わった島原の乱（一揆）にちなみ「島原遊廓」と俗称。

夫とは夫婦になって八年。わては灰屋の勘合（会計）もやり、まぐあいに避妊をしておらなかったのどすが、子が生れず種なしと諦め━島原に遊びに行かせたりしおした。

この頃から体調が悪く、風邪でもないのに全身がけだるく、夫との夜のお勤め月三～四回も、お義理で月一ぐらいになり、自分の生命が長くないこと。

もしものとき眞子は、佐野姓でなく松田眞子でありどうなるのか、かつてわてが七歳のころの母と同じ悩みを持つようになり、不安がよぎるようになりおした。

その前、白川眞理はんが夫と子供二人を連れ、天海大僧正はんの指揮する日光東照宮の改修に関わられることで、自宅を売却され、他の仲間の職能工はんらと出立。

四郎はん

眞理はん家族と別れの宴、寂しい気が続いた寛永十七（一六四〇）年。

わては三十五歳、眞子は十五歳、天無人はんから代筆の簡単な文が届きやんした。

━━四月ころ、美男の阿部四郎兵衛政之十九歳、きこだとくこ六歳を連れていく。会ってほしい。

大刀は備前長船

寛永十五年十一月　天無人

これはなんという文か、文法も礼儀もない。しかし、あの帰化人らしいと思い…彼が気付いてないこと太刀の刃紋をみればわかる…眞子にも見せ「ひゃ、美男はん」会いたい…重孝はんにも見せやんしたが、とにかく歓迎し会ってみようでおした。この文のいろんなことを考えおしたが、近江屋の番頭はんの使いの方がこられ、その内容を聞き仰天しおした。重孝はんも灰屋の商品に係わるお得意先であり、一緒に近江屋はんに行きおした。

徳兵衛はんと奥方、美江はんと夫・娘の五人が二室に分かれてはいましたが、はやり風邪をこじらせ寝ておられるようどした。医師から風邪が移るといけない…近くの枕元までいけまへんで、お見舞い品を置きやんした。このあと、徳兵衛はんを除き四人の方が亡くなり、しめやかな葬儀、灰屋からもわてが指揮してお手伝い。徳兵衛はん、無理もないことどすが魂が抜けたようになり、わてらの大恩人であり励ましおした。

さらに郭が六条三筋町から島原（朱雀野）遊廓に移り商いが減っているようどした。

四十九日が過ぎ、重孝はんに言い含め、徳兵衛はんを誘わせ了承させ、わてが差し紙をつくり二人を新しい桔梗屋で遊ばせ…徳兵衛はん、廓に入り浸《びた》るようになり、わては罪作りをした…反省しおした。

この時に堺の港から、天無人はんは手の者・初老の武士と青年武士の二人が佐野家を訪ねられ、口頭で「徳光天無人が明日巳の刻（午前十時）こちらに一人で訪問」が伝えられ「お待ちしております」と返事しおした。

夫とともに天無人はんと会いおしたが、彼は前と同じ全然年を取らず若々しく不思議。その話の中身は秘を誓わされ、もっと不思議なこと。

「島原の乱に幕府方として加担。しかし思うことがあり天草四郎こと益田四郎時貞を宮本武蔵の支援で助け、わしが阿部四郎兵衛政之の名を与え、療養させ、海外・主としてルソンで暮らさせ、バテレンを棄教、マニラで財を得た。きこだとくこと自称する五歳の日系混血児を買い、秘で天草から此処へ連れて来た。四郎は、マニラで日本刀を手に入れ、その備前長船を差し十九歳の青年である。五条の常宿で妹の万（十六歳）、とくこ（七歳）を連れてきている。わしは、かつて受けたものと異なることを女神に命ぜられ、武州・多摩村の名主で子のない阿部家名跡ごと買取った。四郎をそこに連れて行き落ち着かせるつもり、彼も納得している。ここを素通りして多摩へ向かっても良いのだがどうする」

さらに彼はつづけられ、

「天草四郎は十七歳で死んだことに。家族のうち父を除き全て身代わりが立ち、四郎はマニラで財を得て、資金で困ることはなく、眞子が武蔵の子は承知している」

いくつかやり取り、わてらが知らないことで、あるお宮はんですれ違い、可であれば、八幡宮はんで会い合図し進める。眞子も興味を示し、連れて行くことにしやんした。

翌日、眞子の着付けの手伝い。この娘は十五歳、四郎はんは独身の十九…ひょっとしてと思いやんし、茶室のつくばい・茶道具などを整えやんした。

お宮はんの境内で二人連れの武士と合い、会釈…。この四郎はんは、背が高く色白で総髪を後で結んだ凛々《りり》しくも美しい青年武士。眞子ともども気に入り、八幡はんでまたすれ違い、会釈、笑みで頷《うなず》き、わては、四郎はんに理知的な教養の輝きをみてとりやんしたが、天無人はんからその話がなく、少し試してみようと思っていやんした。

天無人はんに案内され、彼は一人で茶室に。わてら母娘の二人がいてハッとされ、お見合いと感じられたようで、お互いに名乗り合いおした。見事な所作で茶を嗜《たしな》まれ、わてがこの「吉野窓」の茶室で変わっていること…なぞかけをしやんした。

四郎はん、少し考えられ二つのことを示されおした。

「かって宮本武蔵殿に武芸を教わり、完全をめざす円明流から二天一流にすすまれた。その窓はわび・さびを表すこの茶室に合う完全でない人の心の修行を示すものと心得ます。

もう一つ、元薩摩藩主の島津日新斉《じっしんさい》殿が、四十七首からなる日新《じっしん》いろは歌をつくられましたが、そのこの「す」に「**少しを足れりとも知れ、満ちぬれば、月もほどなく十六夜の空**」があり、まさしくこの窓は、この歌を違う形で表したものと心得ます」

雄弁ではない、しかし言葉を選びゆっくり話される四郎はんの教養の高さに驚き、眞子を化粧直しさせ、少し娘とつき合ってくれること、了承をえて二人を外に出しました。


少しして眞子が涙をこらえ帰り、もしか…それは心配のしすぎ、四郎はんが、

「少し前、三万人余を殺し、さらに一人の娘を殺したころびバテレンで、手が血に濡れ、残念ながら眞子はんに合わない」と告げられた。わてが島原の乱のこと、三万数千人が幕府方に殺された天草四郎はん本人であることを話し納得。しかし、一人の娘はんのことは不明、何か事情があるのでは、機会をみて聞きただすことにさせやんした。


春には早い暖かい晴れの日々が続き、夜、自宅で松明を燃やし庭先で天無人、四郎、万、とくこはんらを招き宴会。わてが笙、眞子に琴を弾かせ四郎はんから活精気を入れられ少し元気に。彼がわてよりももっと強い能力者であるとわかりおした。

妹の万はん、従者の五郎はんという青年武士と好きあっており、わてらが仲人、四郎はんは残られ、天無人はんらと武州・多摩へ東海道を下られおした。

その際、四郎はんの荷の中から宝石などをわてらにも分けられた。四郎はんは、この屋敷の離れ家に住み、商家の勘合（会計）を学ばれ、とくこはわて付きの行儀見習い。

四郎はんに勘合を教えたりして親しくなり、太刀を見せてもらい…、正《まさ》しくあの女人はんの美しい刃紋を持つ備前・長船長光でありーわけがわからなくなりやんした。

眞子が思い切って、あのことを聞くであり、けしかけおしたが報告にこない。わてを避《さ》けているようであり、二日目に捕まえやんした。眞子は未通女《おぼこ》をなくし、女になり、開花し輝いており「あてがしかけて…」であり話を聞きやんした。

ーマニラの娼家で十五歳の肥後出身の売られてきた娼婦と馴染み、何と子供のころ天草四郎の説教を聞いており…思い出し、救出を約束し、天無人さんに棄教を条件に金を出してもらい、それが手間取り、楼に着いたときは一日遅れ。この娘、私が逃げたと思い、両足を縛り首を吊っていた…私が殺したと思い、私も自殺しかけた。

四郎はんを慰め、後で気付きやんしたが、わても彼を好きになっており、それを抑え、四郎はん・眞子のここの家で婚姻の儀、町年寄はんに届出、二人の旅行手形が作られ、阿部眞子になりおした。このとき四郎はんは二千両を結納金で出され、どこからどすか「二条城　ご金蔵」ーあの方と同じ、やはり、あの方に近い能力者どした。


初夏の暑い日、久しぶりに重孝はんとまぐあい、例によって早打ち、すぐいびきで寝込まれはり、隣の部屋に酒があり、ちびちび飲んでいました。…まぐあいの声、眞子はんのあの声が高く低く…わてはたまらず、しかしどうにもならず、気をそこへむけやんした。

少しして、四郎はんが寝間着でこられ、何もいわず酒を酌み交わしできあがり、はっと気づいたときには抱き合って口吸い。彼は結界を張り、…充分に、久しぶりにわてを満足させてくれはり、二回も大量に中に放たれた。少しして、眞子とわてに紅絹がこない。

同じ日に受胎、重孝はんは素直に喜んでくれはったが、わては三十六歳、罪つくりをし反省しおしたが、秘にして眞子が産んだふた子にしてもらうことにしやんした。

つわりが納まり、四郎はんは商いをやりたいであり、わての大恩人であり、助けてやって―を前提にし、商いの行き詰まった徳兵衛はんを紹介。彼は何と千両余の言い値で買収し、徳兵衛はんを年寄り指南役にし、月十両を与えたりして、近江屋を活性化させやんした。島原の廓近くに店を移し経営を立て直した後、とくこを連れて東海道を下られ、武州・多摩村で惣名主。吉原で傾城楼《けいせいろう》の経営も、自ら近江屋徳兵衛を名乗り、江戸日本橋にも進出。

わてと眞子は同じ日に出産、夫の名を入れ三徳《みのり》、四眞《よつま》と名付け、産婆はんに金をつかませ眞子の双子の子としやんしたが、二人とも美しい娘どした。

二人の娘を育てた眞子がわての教えをよく守り、四郎はんの女好きに悋気《りんき》を起こさず包み込み、自分も伸ばしていったことにより、正妻として大事にされたようでやんす。

死・転生

これらの前、わては三十七歳で出産、新しい生命をえやんしたが、後一年の生命、どういうわけかはっきり分かり、四郎はんに重孝はん説得をお願いし、たぶん気を入れはって、自由にやりたいことをやることに—。

佐野徳子で三代吉野太夫に差し紙、桔梗屋で楽しく遊んだり、お世津はん、光悦はんたちの墓参り、細川藩の客分となり、熊本・金峰山腹の霊巌洞にこもって、何やら武道の書を書いておられるという武蔵はんに文を出したりやんした。

わては、このとき千六百両余を持っており、眞子に六百両渡し、常照寺、光悦寺、善峯寺など係わりのありおしたお寺はんへ匿名で寄付。灰屋は盛業、多摩を本拠にする四郎はんは信じられないくらいの富を蓄えた大分限者《だいぶんげんしゃ》、墓の中にお金は持って行けず林家の身請けの預金講に寄付。さらに飢饉（寛永）がくるのがわかり、お米や雑穀の備蓄、分配をさせたりして、しっかり使いおした。

少し前から夏の土用に無病で過ごせるよう鰻を食べる風習が広がり、わても少し食べさせられおした。あと、一と月以内、何故《なぜ》かわかる。祇園祭りの廓の紋日の日、加茂川の川床でお気に入りの三代吉野太夫を呼び清遊…川風が心地よく、トンチキチ・トンチキチの音が遠くなり、夢を—ふたなりの四郎はんと、とく弥が身体にぴったりした見たこともない服を着て、

「暫《しば》らく、徳子、もう少しだね」

「太夫はん、とく弥どす、わて二人の子持ちでっせ、こっちへ来られまへんか」

「ああ、四郎はんにとく弥、元気そう。わてダメや多分あと一と月で、そっちへ行くよ」

「徳子、あの世じゃなくて、前に話したずーっと未来のわたしの国へこないか」

「この身体、何にもお役に立てまへんえ」

「いいんだよ、わたしに…」

――閣下、準備完了であります。よし酒でまぎらわしている、この痛みを取り除くのが先だ。後は計画どおり――何やら意味不明のことが…わては酔いつぶれて自宅で寝ていて、朝・夫から少し叱《しか》られおしたが、嘘のように痛みがない。

それから少し持ち直し夢の中でキャンサーとか転移部位の寛解《かんかい》、DNAスイッチを入れ長命化遺伝子投与、再生細胞など…わけの分からない言葉を聞いたようで―また寝床に入り寝たままになり、ああ幸せな人生だった。初めに母の恋人・武蔵はんに惚れ、芸を磨き、望んだおしげりもしやんしたが、眞子を授かり、三郎重孝はんの正妻に、彼は子供のころからわてを愛してくれはり、夫の片諱《かたいみな》で三眞《みつま》にした四郎はんからも授かり。

おや、四郎はんがいる、やっと声が出た「遠いところから来てくれはったんやな、おおきに」誰かが手を握ってくれはってる、夫や「重孝はん、おおきに。あんたはん、まだ若い、今度は丈夫な嫁はんもらいなはれ」気が遠くなっていきおした。

急に騒がしい、わてだけに聞こえているようどした。

――いかん、四郎が気付き始めた。徳兵衛を使ってそこから離せ…よしいいぞ実行。

わては白い光の中にいて制服を着たような男女が動いていて、わてをかかえ、違うわてを寝かせて、わては上の空間にいた。皆が凍り付いたようになっていた。

御臨終です。医師の声がはっきり聞こえ、わては、雲ひとつない夏の盛り、花のないころに死におした。皆の凍結が緩み四郎はんの席にいて入れ替わった眞子が泣き崩れ、重孝はんも、ぼろぼろ涙し、少しして、寝ているわての顔に白い布がかけられ、浮いて見ていたわてに、

「さあ徳子、行こうか」

「えっ…ああ四郎はん、でも四郎はん下にいやはる。あんたどなたはんどすか…そうか、あのふたなりの女人はんやな」

「そうや、あべまりあ、と言うんや、まりあと呼んでね」

――閣下、次へ進みませんと…。待ちなさい、もう少し余裕があるはずじゃ――

おや、この若々しい輝くような銀髪の美しいまりあはん、カッカと呼ばれる偉い人なんや。

お葬式、蝉が煩《うるさ》いほど鳴き、わての葬送の曲を奏《かな》でており、重孝はん火葬したわての骨をそっと骨噛《ほしば》み（食葬）しやはってた。

わての辞世

人の世の　都の花に　なりなれど
いざこととわむ　吾《あ》れの定めを

夫の紹益はんからの献歌（鷹か峰・常照寺の吉野門の前に在り）

都をば　花なき里に　なしにけり
吉野《よしの》を死出の　山に移して

四郎はんからの献歌

蘇芳《すおう》なく　桜《さくら》なきなく　夏訃《ゆ》けど
吉野は花に　常に照り寺ぞ

はあ、幸せじゃった。

わての一生の成果は、未来につながっていく生命となる二人の娘を残したこと。父・母その前の過去のご先祖さまから、わてにつながり、わては未来につながる娘二人により、生命をつないだこと。人の一生は過去から未来につながる生命の連ながりの結び目（連結環）や。これは先代の吉野はんも気づきおした、前締めの五角（心）結び帯であり、その心結びの帯を男はん三人、武蔵はん、重孝はん、それに四郎はんに解いた。

それぞれから違うかたち、太夫ではなく一人の女子として愛されおしたなぁ…幸せどしたなぁ―まりあはんに手をとられ、光のなかをゆっくり進みおした。

この物語は、ここで終わりにされ、雨女の初代と、晴れ女の二代と思われる二人の吉野太夫の儚《はかな》き人生に、想いをはせられてもよいと思います。

（ふたりの吉野太夫　完）

エピローグ

新らしき始まり

手を繋いだまま、まりあはんに三つだけ、了承をえて教えてもらいやんした。

「一つ、あんたはん、アベとおっしゃいましたのぉ、わての子孫の方なのどすか」

「おや、どうして、そう思うのかえ」

「あんたはん、わてというより、眞子と夫の四郎はん、銀色の髪を除いてそっくりや」

「さすがだねえ。わたしは阿部眞里亜といい、阿部の阿は四郎と同じ阝（こざとへん）で実家は、代々続く武州・多摩の惣名主の家だった——二人の二十代後の子孫の一人。それに初代・吉野太夫の白川眞亜も、娘の眞理につながる先祖。間違いない」

「そうどすか、わてと初代はんの家系の方だったのどすか…次の二つ目。あそこで寝ていて、火葬にされたわては、わてでないのどすか」

「うーん、徳子であり徳子でない。ここにいる徳子は母の身体、子宮から生れた人。あの徳子はお前の肉体のＤＮＡ…遺伝子の複製のクローンであり全て同じだが、人により造られた、限られた自律のみをする人形であり、メッセージ細胞は、限定的にしか与えられておらず、過去の記憶もなく、それにより魂はない―と思う。難しいかな」
「そう難しいどすなぁ、もうひとつわて子供のころの一年間の神隠し、あんたはんがなさったのどすか」
「あれは、わたしと、もう一人の女ご、これから会わせるが、『在りて在るもの』。わたしが『存在』と呼んでいる神とはかつてやり、その間の徳子の記憶を削った。

数多くの生物・地球種の一つである人は、進化して必然的に宇宙に進出するが、そこは無限のフロンティアであるとともに危険な時空でもある。そのため幼年期のレベルにある人は、進化しながら階梯を上げることが必要であり、種としての限界を突き破ること。具体的には――人は万物の霊長という誤った考え方をやめ、他の種との共生をすること――が必要。それは一朝一夕にできるものではなく、明智光秀の生きざま、家康の法治による国づくり、それに近江商人の商哲学などとともに、徳子もその先駆けを担《にな》った一人なのだ。

あの神隠しの一年間は、『存在』の一つの次元・四次元時間で十日くらいだが、知識と知能を高め、ゆるやかに超能力を付与、日本一の名妓になる基盤つくりをした。

吉野太夫が、豊な古代の自然から生まれたアニミズムの思想を発展させた万物悉有仏《ばんぶつしつゆうぶつ》、すべての生物に仏性ありを説いたが、人は生きるために、その生物を食することが必要。

その生命の輪廻《りんね》を法華《ほっけ》の教えとして悟《さと》り、玉に教え、五代将軍の綱吉《つなよし》が『生類憐《しょうるいあわれ》みの令』で法制化、失敗も予想しておりこみ済み。あの「犬公方《いぬくぼう》」の悪法といわれた法令は、捨て子や子殺し、子の売買の禁止、貧民の子を役人が養育義務化、囚人の待遇改善などの社会的弱者の救済をする、人の三次元世界で初めての画期的な社会福祉理念施行法であったのだ。その意味から吉野太夫ととも に桂昌院《けいしょういん》と綱吉は評価換えがなされるべきであると思っている。ただ時代が早すぎた。それに本能や理念・哲学を法令で強制することの危険性をここでわからせ、わたしの代で補正して制度化することにした」

あまりの変化に呆然——わては、万物悉有仏と生き物との共生が、どうにも直《じき》につながることを見い出せないでおりやんした——このわての心を読まれ…

「徳子さすがだね。お前は、過去から現在の己《おの》れ、未来への人の生命のつながり——連続生命観を悟《さと》り、階梯を自ら上げ高めた。しかしまだ説明してないこと——これは他の専門家が既に取り組んで実用化している、見せよう」

まりあ地球連邦大統領閣下から案内——。

そこは、巨大な工場で、見たこともない巨大な獣たち。熊や虎、獅子、狼などの獣（後にラプトルなどの恐竜）、大魚がアンドロイド・ロボットとして製造、植物の再生促進液がつくられ——限定された大草原、密林、海で人々が高額の入園料で狩りをしていた。

「人の滾《たぎ》る血——猛気を規制だけしてしばりつけないで発散させる反面で、三次元の自然界で、自然種を保護育成し人と共生させている」でありおした。

少しわからない言葉がありおしたが、何やら機械と注射で若返り、元気が出て久しぶりに、男に変わられはったまりあはんとまぐあい。大満足させられ——そのことも理解ができるようになり、それから少し後に、わての仕事が示されおした。


人が人を売り買いしたり、性を強制させることなどは論外で厳罰を与える。

しかし人の本能である性を力（法令）でおさえこむのは、様々な弊害が生じ不可能。

そこで太夫・天神など、白人・黒人も交えたコピーのヒューマン・アンドロイド（H・A）による遊廓をつくるとのこと。一千万人の地球連邦軍の軍人はん用、その後に八十億人余の地球人のための女性・男性の慰安所約一万ヵ所をつくり、ロボットでないH・Aの遊び女、遊び男に歌舞・性技・禁忌《きんき》（タブー）、性にかかわる課題や、遊興所の運営などを教え、監査する責任者がわて・松田徳子、副責任者が光秀の娘・白川眞亜——えっ、え…


かつて絵姿で見た麗人が近づいてこられて、笑顔とともに「白川どす。お待ちしていましたえ、よろしうなぁ」と丁寧に挨拶され、すぐ後に若く輝く白人系の女性がいて、ハットしたが、「太夫はん、とく弥どす」、抱きつき、抱き合った。

語りあかす間もなく、吉野窓の切り口を、ずっと上にした。小型・空飛ぶ機械・円盤（フライング・ソーサー、F・S）に三人とマリアはんで乗り、すぐ和風の三つの屋敷の前に着きおした。

右側の家から四人の美しい女の子、中の家から白人系の二人の美しい女の子が出迎えてくれ、眞亜はんが「わての双子の娘・四人」、とく弥（以後、本名の徳眞）が「わての双子の娘・二人」それぞれの子供たちが自己紹介してくれおした。

しかし、わては呆然──六人の子供の名前が結びつきおへんどした。

保育・看護H・Aと母親がそれぞれの家に子供をいれ、わてはマリアはんと、わて付きになるというH・Aの案内で左側の家、七部屋くらいの間取りの部屋を抜けて木づくりの広縁…その前は石畳の三家屋が繋がる共有遊び場。その奥に飛び石、白い敷砂が波を打つ和式庭園。なんと光悦はんの京・本法寺の「巴《ともえ》の庭」を模したものであり、吉野窓の小さな茶屋もありおした。

いやぁ──ここは極楽や…夢ならさめないで──

マリアが計画した過去からのゲスト三人がそろい、真ん中・徳眞の家の敷石畳の庭で、H・Aに命じ四人で香り高いダージリンの紅茶を共にした。

ゆっくり嗜《たしな》みつつ、

「私は徳子と眞亜の血を引く子孫の一人──女の身体に男の機能を持っている。近親ではないので禁忌はないが、三人とも、私の秘の『妻』のひとり…理解できているのかな」

徳子が、

「ええ、わての太夫時代に、あんたはん…つまり阿部四郎はんから最高の男を味わせていただきおしたのを、しかしなぁ…」

徳眞が、

「ええ、わても天神のとき初穂刈りで、あんたはんによりおぼこを失い、女を開眼させられましたのを、そいでも…」

眞亜が、

「わては死んだ後、と言うていいのか、どうかどすが、この世界で、あんたはんの『妻』にしてもらい満足おりやすよ、じゃがのを」

「三人とも女として身体では、わかっているね。しかし三人とも接続副詞がついたね。無理もない、これは『在りて在る者』、私が『存在』と呼んでいる神によって意図されたものよ。『存在』は私に『千人の子をつくり、百兆円の資金づくり』を命じ、その達成のため肉体を変え、超能力を徐々にではあるが付与、超人レベルにしていったのよ」

「ここには、マリアはんのような人が、他にもいやはるんどすか」

「いや。私は、たった一人の稀有《けう》の成功例のようだわ」

「神の想い人、恐いものなしどすな」

「いや、少し違う。たしかに恐いものはない。百メートル以内では、気を集中して念（物理力）に変えて、人・生物をバラバラにできるわ。それが恐いのよ。『存在』はその目的、隠された意味も含めて達成しようとしたとき、私を殺す、間違いない。それがわかっていて、恐いという感情がわからないのよ。あることを除いて…」

思いがけないマリアの発言で三人が黙り込み、それぞれ違う思いをしていることにマリアは気づいていた。

ただ、一番若い二十歳になったばかりの徳眞が、父（徳光天無人）の遺伝子からか、あちこちに心が飛んでいて、よく読めない。

「マリアさん、それって何！ 教えて、ねえ」

気安さから甘え声になった。眞亜も徳子も頷いている。

「そう、自分の弱点は隠しておきたいのだけれど——子どものころは、徳光眞理亜で亡くなった父母の一人娘、熊本の天草で育てられ、お転婆《てんば》の元気のいい子だったわ。

春の暖かい日が続いて、裏の小川の辺りに芹《せり》摘《つ》みに一人でいったわ。そこで毒はなかったけど青大将に足を噛まれ、ヌルヌルした大きな蛇が、足元を這い回り、私は気絶—。

気がついた時には、家に寝かされていた。

それからずっと蛇、あのヌルヌルしたもの、鰻は、やっと克服したけど、『存在』はこの心の偏りを取り除いてくれてないわ—」

徳眞が調子にのり、七メートルもありそうなアナコンダを三次元立像のイメージで示し、クネクネと近づき「こんなのが、駄目なの」

マリアは「ヒィーッ」と悲鳴。念気でイメージをバラバラにして、徳眞も五メートル余吹っ飛ばされた。

徳子と眞亜も飛ばされたが、気絶している徳眞を眞亜が抱き寄せ喝《かつ》を入れ、徳子は俯《うつむ》いて、銀髪が顔を隠しているマリアに「大丈夫」、手をかけようとした。

銀髪を払いながら、ゆっくり立ち上がったが、大顔・鬼の形相に口が裂け、目が黄色に光り、銀髪がサワサワと立ち、陰の気に包まれ上がった。

気が戻った徳眞、それに二人も「ヒィーッ」と言って腰を抜かしかけた。

暗く低い口調で、マリアが、

「徳眞、今度やったら、お前を殺す」

徳眞は「ごめんなさい」を繰り返して、土下座して頭を石畳にこすりつけた。

マリアは姿を立ったまま、もとに戻しつつ、

「三人ともよく聞いて。私の弱点、『存在』が意図して残したものと思っている。それに私は、自分の念力・エネルギーを充分にコントロールできていないのよ。『存在』は、それにより私を操ろうとしている——のではないかと思っているわ」

話し終った時、マリアの姿に戻っていた。


「マリアはん、わてらと違う人や——その『存在』はんと会うことはできまへんか」

「できるわよ。これから私に従って。大丈夫、痛くもなんともない、少し寒いかな。さあ、少し散歩しましょう」

徳眞と眞亜が「ハッ」とした。

「わてらの子供たち、どうしたんでっしゃろ」

「二人の六人の子供たち、三人とこの話が出来るよう少しの間、眠らせておいたわ」

北国の陽の落ちるのは早く、寒々とした寂しい風情がある。しかし透明の防御ドームで囲まれたここでは、天頂あたりで徐々に夕陽の色が、自然の朱を中心とした七彩の虹に変わり、見惚れつつ北海道・美瑛《びえい》のお花畑を模したなだらかな、赤・紫・緑・黄色の芝桜などを中に挟んだ帯状の丘の小さな道を首相公邸のほうに向かった。

ゆきかう人はいない。静寂が支配するやすらぎの里であった。

——ここは天国。いや極楽、の声が洩れた。

それを聞いたマリアは、

「あなたたち、この国の科学技術、このドームも私自身の肉体や血液などの研究から始まったのよ。『存在』はそれを止めなかったわ。私自身の若さの秘訣…老廃物といれかわる長命化遺伝子の幅広い作用により、常に若く活力がある状態にあり、異星人、いや『存在』からと言うべきか、私へのギフトだけど、強化念気による生体磁気強化システムによる、あの飛行円盤（F・S）。もっとあるわよ」

官邸が近くなり、警備杖を持った警備兵、数名がマリアを認め警状で捧げつつ敬礼——。

マリアは目礼で応え、

「ここでは、銃火器、生物兵器を使えず、大規模な侵入などは隠してある監視カメラと連動している電磁波光を使うことになっていて、防御は万全よ」

官邸を回り込んだ細い道から海辺に入り、厳重に閉じられた鉄の門と無人の検査ゲートがあり、マリアを認識したようでサッと鉄の門が開いた。

中は白い敷石、それにそって少し歩き、監視カメラもない無人の木造りの家があった。その大きな暖炉の前の広間、脇に小部屋が十ほどあった。

マリアがすぐ暖房をつけ、寒さが柔らぎ、女性H・Aに日本茶（緑茶）の用意をさせ、ポカーンとしている三人に小部屋を割り当てた。

「さあ、これからここの海で『存在』から洗礼を受けるのよ。全部脱いでガウンに着替え、バスタオルを持って来て」

マリアも、その隣の部屋に入り、素早く身繕《みづくろ》いをして、少し待った。

三人がそれぞれのガウンを着てそろい、大きなガラス戸を開き、人工的に造られた白砂の海辺。三方を岩石と大きな樹々に囲まれた穏やかに波が打ち寄せる海——浜辺でマリアはガウンを落としバスタオルをその上に置き、見事としかいいようのない均整のとれた全裸になり、海に入ったが、三人はそれをみてモジモジ…

徳眞が最初に、続いて二人がマリアに近づき、少しずつ沖に、恐がって進まない。

「さあ、私を信じなさい」海中に——

三人も沈んだが、何ということか、呼吸ができ苦しくない。至福感に包まれ、マリアが三人を抱き寄せ絡み合い、二メートルくらいの白砂の海底に沈んだ。

白砂の海底から抱き合いもつれ合ったまま海面を見た。

穏やかに黒ずんでいく海面に波紋がさまざまに形を変えていた……少ししてその海面を光が照らし始め、波の動きが見えるようになった。

マリアに促され、海面に顔を出した。

その真上、海上五メートルくらいに、直径三メートルくらいの鈍い光の玉がクルクル回り出し、四人の頭に光を注いだ——痛くない、その光が身体に入ってくるようだった。

至福の感覚を得ていたが、一分足らずでフッと消え、四人は浜辺にむかい、無言でバスタオルを使いガウンに着替え、暖かい暖炉の前、三人とも同じような言葉——

「私は、何と馬鹿で、無知な女だっただろうか」

しばらくの沈黙の後に、マリアは、

「うーん、実は私も最初のときにそう感じ、二回目に使命を与えられたわ。これは一日二回しかできない——少し休んでもう一回やるわよ」

軽くお茶を飲み、三人の要望で二回目は早くすることになり、全裸で四人が手を繋ぎ白砂の海に入って沈み、光の洗礼を受けた。

全く同じ体験——マリアは先にガウンを羽織ったが、三人ともゆるゆるとガウンをつけ思いを内にこもらせている。

「さあ三人とも階梯が上がったのはわかっているけど、徳子から眞亜それに徳眞の順に、『存在』から与えられた使命を話してごらん」

「ええ、わてはマリアはんの妻として、六人の子を産み、その子らとともに階梯を上げ、マリアを支援しろ」

「はあ、わても徳子はんと全く同じどすなぁ」

「わては、父・天無人とこの後、時期をみて会ってもよい。あとは同じどす」

「三人ともわかった。私は二百六十四回になり、何かが少し変わってきているわ。この海水で清めた後の光の洗礼は五回以上になると、一緒した人にも同じような効果をもたらすことができるようになるわ」

マリア自身があと二日間、計六回の光の洗礼を一緒に受けてやり、三人は階梯を上げ覚者《かくしゃ》に近くなっていったが、徳眞の使命を深く考え『別の道』を選択させられることを悟った。


階梯をあげた三人は、高い知的能力レベルで協調し連邦政府の女性の産業省長官を名目上のトップにして、急激にF・L・Cの開設計画が進み、楼の標準間取り仕様書や、「太夫技芸書」を参考に、種々のマニュアルができ、AIがそれらを整合・現代に合わせ進化させ、微調整し、様々な人種などのH・Aが少しずつ機能を変えてモデル製造された。
・少し前、連邦議会にH・A遊興法の提出…賛否両論の議論があったものの、反対派の有力議員三人が突然脳梗塞や脳内出血で倒れ、議員辞職。原案を微修正して可決予算化。
・ブラジル基地ほか四ヵ所の基地内にH・A遊興所（廓）が堀に囲まれて設置され、H・Aを配置しモデル施設として運営をテスト実施。課題を見直した。
・マリアが連邦大統領選に圧勝。その就任日に合わせて予約をとり微修正して運営開始。秘とされたが、上級士官用に上品のH・Aがふくまれていた。
一年後に人口二百万人以上の都市に原則一ヵ所、設置可能をふくめて三十三社民間軍事会社と契約し開設・運営委託。三人が監察官として全施設の監査を実施。

H・A遊興所（F・L・C）は、順調に推移、しかし、大問題が発生――
一つは、ロンドンシティのF・L・Cで日本人H・Aと、「馴染客《なじみ》」になっていた、連邦軍青年士官が、図って脱廓し入水自殺―H・A女性と人の男性との心中
一つは、大阪シティ・F・L・Cで白人H・Aと馴染の中年客が脱廓。警備H・Aに追跡され、捕えられそうになり、近くのホテルに逃げ込み室内で首吊り自殺未遂
そのH・A自筆の愛について遺書があり、これが外に洩れ同じような事件が、各地であと五件続いて出て、H・A生存（人）権『H・Aは人だ』の保護が、マスコミを賑わせた。
マリア大統領は、F・L・C遊廓の経営委託会社の最高経営責任者三十三人をN・Yの大統領府に呼び、七日後から五日間の営業停止。問題のH・A六体の丁寧な保存を命じた。

この会議には、大統領の脇に産業省長官とその関係官僚、松田H・A室長らが上席―終了と同時に、徳子と女性秘書を除き退席させ、末席近くに座していた白髭を綺麗に整えた大男の「ロシアF・L・C」のCEO（最高経営責任者）を残らせ、後のCEOたちも退席させ、三人の前に一つの椅子を置かせた。


「イワン・ボルゾフ・カガノビッチこと徳光天無人、久しぶりだね」

厳《いか》つい大男のロシア人は、立ち上がって日本風に深々と頭を下げ、

「大統領閣下、覚えていただいていましたか」

「忘れるものか、それにクリル建国の時は、お世話になった。御礼するのを忘れていたので、ここで二つをこれから提案する、受けてくれるかな」

横に座していた徳子を促し、室長が「一つ中央アジアのある国五ヵ所のF・L・CのCEOが私腹を肥やしている。委託免許を取り上げ処分も検討したが、契約を打ち切るつもりだ。カガノビッチCEOの傘下の委託経営に変えても良い。連邦政府は支援を約束する。

二つ、ロシアの三十ヵ所、その五ヵ所のF・L・Cの特別監査を実施――二つはペアのものと考えられたい」

カガノビッチこと天無人は、少し考え、

「前の五ヵ所の受託経営、これは謹んでお受けしますが、全ての特別監査、これもペアですか―しかし、失礼ですが、これがお礼ですか？」

マリア大統領が頷きながら変わって、

「もっともだね。天無人よく聞いて、監察官はここにいるH・A室長の補佐で連邦上級職員の徳光徳眞――」つづけて、

「さらに条件が三つある。天無人の娘であることは『秘』にすること、二か月くらいで終わらせ、原則としてCEO自らが、その間、立ち会うこと」

（あの娘？と、ともに二か月暮らせということか！）驚きを隠せない天無人
別室の十人くらいの小部屋に移り、正面にマリア、正面から左側に松田室長、白川室長代行、その隣に徳眞が座したが、右側の天無人は、白川の前。

言い聞かせてはあったが、徳眞が目に涙を溜め、天無人を凝視――。

マリアが口火を切った。

「天無人、これから話すことも秘を誓いなさい」

「ええ、口外しないことを誓います」

「わかった。目の前にいる女性三人は、私が『存在』とはかつて、江戸初期からここに移し、H・AによるF・L・Cをつくった秘の妻だ。

さあ、天無人は気づいているようだが、三人とも自己紹介しなさい」

マリアの目線を受け、徳子が立ち上がって、

「天無人はん、お久しぶりどすなぁ、わてがH・A室長の松田徳子。かつて二代・吉野太夫どした。よろしゅうなぁ」

次に眞亜が立ち、

「天無人はん、お久しぶり。わて吉野太夫のときの馴染みはんどしたなぁ。あれから五百年以上たっとりますのを、室長代行の白川眞亜や、よろしゅうなぁ」

徳眞は、すぐ立ち上がり、

「徳光徳眞です…お父さん」

机を回って天無人に抱き着き、ハグを繰り返していた。


細かな協議の後、徳眞はクリルシティの自宅を出て、天無人のモスクワシティの広大な屋敷の一部に移住し、N・Yには、そこからF・S十分余り、通勤しクリルシティの自宅は引き払い、二人の子はクリルシティの学生寮に移ることになった。


三人に監査H・AをつけてH・Aとその運用監査を実施した。自らはクリル地下工場と日本国・横田工場(旧・アメリカ軍横田基地の二分の一)の設計図どおりの製造、形成、人工知能の付与などを見たが、マニュアル通りであり監査H・Aも異常なしであった。

世界中のF・L・Cも異常なし。

ただし「馴染」客として、六回以上のものに事故が多いことを発見。年五回を利用条件とする制限やH・Aの頭に埋め込んだチップの強化などをしたが、これがまた洩れ、マリア大統領は冷酷非情《れいこくひじょう》、北極の氷山のように冷たく情知《なさけし》らずと一部で批判された。

このとき『さくらH・Aの恋』という、日本人H・Aと連邦軍青年士官の結ばれない恋愛小説がN・Yで発刊・世界的ベストセラーになり、これに便乗した数十冊の切り口、視点を変えた本・電子本などが出版され一部がベストセラーになり、三次元TV化…。

H・A文学なるジャンルが現れ、後にノーベル文学賞を授与される作家もでた。

しかしH・Aは、工場で造られた人型アンドロイドで、目的に応じたメッセージ細胞は与えられているものの、魂・心はないはず。マリアはすぐ福岡シティF・L・Cの上級クラスに男性・仮名で登録。

嫋《たお》やかな日本人の少女のようなH・Aと三時間遊んだが、満足し特にかかわりなし。一緒に脱廓をもちかけたが、やわらかく拒否された。出店時に「健康判定書」3A+（十一段階の最上位）『極めて健康』を渡された。

それから三年後――徳眞は感激の対面の後、業務を無事にこなし――連邦上級職員としてF・Sで通勤したり出張をこなしていた。

F・L・Cは、微調整は加えられたものの一万施設余が運営定着化。

三人は、連邦産業省のF・L・C監査室に所属。徳子が室長、徳眞が室長補佐、眞亜が室長代行は変わらず。三人とも上級・連邦公務員で秘書H・Aと個人用小型F・Sを与えられ、三人が職員十八人を通じて、監査H・A百体を指揮。全てのF・L・Cの管理状況の監査、H・Aチップをこの室のAIが管理していた。

利用（指名）頻度の悪いH・A、特定客の過度の指名のあるH・Aには警戒情報が出され、別に保存し眠らせ。類似H・Λの記憶の入れ替え性器などの組み換えが秘でなされていた。

戦いの準備

マリアは、任期があと一年となり、三人の子供たち上の子の月面周回の修学旅行、二人の下の子が北極のオーロラ見学旅行に合わせ同時休暇を与え、クリルシティの自宅に帰した。

四人で徳眞の空いた自宅でお茶をしながら、「ご褒美《ほうび》に何かしてあげる、何でもいいわ。その前に病院院長室に来て」を告げて、ゆらぎ消え二人だけにした。

少しして、ここにつれてこられ五年余、隠れていたリーダーシップを発揮、高い能力を示していた徳子が、口火を切った。

二人だけのときは、名前で呼ぶ約束になっており、

「眞亜はん、ご褒美くれるって、何か欲しいものある」

眞亜が、優雅に立ち上がり、周りを見回しゆっくり自分付きの市里H・Aとステップをふみ踊る

ように…。

「わて月基地と、小惑星帯タレス基地のF・L・C開設監査もしたけど、ここは天国、ハライソだわ。子供も四人、あと二人も授かってる、何にもいらないわ、これで充分」

「ちょっと、お腹にお子さんいるんでしょう。座って話しまへんか」

控えていたH・Aにダージリン紅茶を淹《い》れさせ一息。

「わては子供二人よ。お腹に二人いるけど」

「いや徳子はん、お目出とうはん、お相手は」

眞亜の軽いノリにハッとして、顔を見合わせた。徳子が声を低くして、

「あの人以外の男しか、ありえへんけど。もしかしてわてが浮気してたらあの人、わてを殺すか、追放するかしら」

しばらくの沈黙、紅茶の甘い香りに乗り…眞亜が、

「ありえない話やめましょ。でもこの前の大統領選、対立候補の北アフリカ共和国、七十五歳のハンサムな黒人大統領が出て『若さ』を強調して有力だったわね。投票日の十日前にカイロシティの演説会場で転んで頭を打ち脳挫傷の全治六カ月、立候補を取り下げたわ。マリアはん、たしかパリにいたわ、でもね…」

眞亜とともに、それぞれ考え込んだ。マリアは怖い人だが二人は敵ではない。秘の「妻」であり、裏切らない限り、それはない——と結論。

「わてら、お給与も年五千万円、マリアはんの三分の一だけど、充分だね。別荘も京都シティの嵐山にそれぞれあり、医療・教育費はここでは無料だし何の不自由もないよね」

「ところで、マリアはんの年俸一億五千万円なの。わてらがもらい過ぎかな」

徳子がそれに応え、

「そうかもね。まだあるのよ。マリアはん、税金とか種々の社会保障費を差し引いて、残った全部、年で九千万円くらい連邦軍人の育英財団などに寄付して、手取りはゼロ」

「へえ、そうなの。でも私的な生活費はかかるでしょう」

「ええ、公邸・SP・秘書たちは公費。自分のものは大金もちの阿部家につたわる資産の収益の果実などらしいわ」眞亜がかつて聞いたことを伝えた。徳子がそれに反応、

「わてというより、阿部四郎兵衛政之はんと、娘の眞子夫婦が起こした阿部家の蓄積した財産が役立っとるんどすかのを」

その話が少し続いたが話題を変えて、

「それにしても、大統領も税金を払うのどすか、前のわてらの時代だと、さて…」

「二代・徳川秀忠はんから、三代家光はんやな、政治、財政のしくみが違っとりおすからなぁ―家光はんとは、御所でたしか二代・吉野太夫としてお会いしてますのを」

少し後、徳子の要望で徳眞も呼びよせて、自宅裏の庭でマリアと会議を持った。

徳子が先に発言し、質問。

「あなた、私たち三人、クリル共和国建国の歴史もしっかり勉強─あなたから貰ったSF小説の『地球幼年期の終わり』も読んだわ。それと、大統領就任の演説も何回も見て学んだつもり。そこにHN（ヒューマ・ノイド）1・2および3が、いることも知っているわ。私たちに隠しているのですか」

マリアは、徳子の階梯が高くなったのを認識しつつ、

「隠すつもりはないわ。あの宇宙航行飛行円盤は、十五年ちょっと前、高機能化したH・Aで小惑星帯を探査して、千分の一の三次元立体モデル化をしていたとき発見。それが、未知のフライング・ソーサー（以後「M・F・S」）だった。

これは、小惑星の岩石群の間に挟まれ外部から見えなくなっており、直径二百五十メートル、厚さ十メートルくらいで、少し壊れていたが『地球幼年期の終わり』上帝（オーバーロード）が使う巨大円盤に比類するもので、ここの地下に隠し研究させているわ。

その中にHN1・2・3がいたのよ。いまHN1は、地球外で仕事をさせ、HN2とHN3は、この質問が予想できたので、ここに間もなく来るわ」

「HN2と3は、女性ですよね」

「そうよ、私の妻にして、既にキメラの子を六人産んでいるわ──あっ来たわ」

庭を回り込んで、身長一・九メートル、金髪の白人タイプHN2と日本人タイプ黒髪のHN3が急ぎ足、急停止──何か人間離れしていた──三メートル先で優雅に挨拶。

「HN2・アイリーン・マック（以後「HN・アイリーン」）です。よろしくお願いします」

「HN３・田村由美（以後「HN・由美」）です。よろしくお願いします」

三人も立ち上がって挨拶、マリアが百インチ三次元立像、TVの設置をHNの二人とH・Aに命じすぐ実行。

「大統領の就任演説、途中からだけど、さあ、だして」

三次元立像で写し出し。

＊　　＊

もう一つ、決定したいことがある。

五年以内にすべての核兵器と銃火器の保有を禁じ、廃棄または地球連邦軍への移管を命じる。地球連邦軍は、地球を北米、中南米などの九つのブロックに分け、担当閣僚を置き、さらに陸・海・空に分ける。その後、五年を目途に緊急対応軍を創設。アメリカ海兵隊とロシア・スペナッツ、中国の特殊部隊などは吸収し、再編する。

第二次世界大戦の反省から、世界連邦の運動があったことは知っている。しかし、その実現には軍事力を背景とした強権とリーダーシップが必要である。

軍事力を見てみよう。特に核保有国の指導者の方々——そのほとんどが私の友人であるが（中略）、世界の軍事バランスがすでに崩れており、二万年以上も進んでいる異星の技術を組み込み、巨大円盤と防御バリヤーに守られ、まったく異なる強力な兵器を持つクリル共和国こそが、軍事的には世界最強であることを理解して欲しい。

もちろん、クリルは、それを使って世界に挑《いど》もうなどとは、思っていない。世界連邦とは異なる地球連邦が、地球国家として進展していく中で、それらを引き渡し、クリルは最終的に非武装、真の平和国家となる。

さて、視点を変えて、人類の歴史の中で英雄と言われる人物の版図を見てみよう。前二六五〇年ころ、シュメールにギルガメシュが出現。前三三四年、アレクサンダーが東征を行い。前二二一年には、秦の始皇帝が中国を統一。それからローマ帝国、チンギスハーン、オランダ、スペイン、イギリスの隆盛があり、ナポレオンが皇帝になった」

HN1が、すぐに古代メソポタミア、ギリシャから中東にかけての三次元立像を示した。

「人は、この男たち、この国を、英雄であり大帝国だと言う。だが、果たしてそうか」

マリアは、HN1に合図して、直径十メートルの地球の姿を映させた。

「彼らが英雄となり、その帝国が最大になったときも、地球という惑星からみれば、それは小さな一部であり、この男たちも、あえて言えば『小物』にすぎない」

二万年前、地球に来た高度知性を持つ異星人――私はα星人と呼んでいるが――彼らの知能・技術レベルを大学三年生とすれば、現在の地球人の技術・知能水準は、小学校五年生くらいの『幼年期』レベルの階梯《かいてい》である。

α星人の再訪を否定する根拠は何もない。地球人はせめて高校三年生レベルぐらいまで階梯を上げておく必要がある。そうでなければ、文明・文化差による滅亡を覚悟しなければならない。かつてイギリスのアーサー・C・クラークという秀れたSF作家が『Childhood's End（幼年期の終わり）』という小説を示した。それは、巨大円盤によって来訪したオーバーロード（上帝）という異星人に支配される地球を示し、やがて旧人の地球は滅びる。――現実には、もっと厳しく悲惨な滅亡も想定される。

我々は、団結し、幼年期のレベルにある階梯をもっと上げていくべきである。この世界に、フロンティアがなくなったと言われて久しい。果たしてそうであろうか。私は、あえてそれは誤りと言う。諸君の頭上には空があり、大気圏があり、無限の宇宙というフロンティアが広がっているのだ。地球人として一体化しつつ、階梯を上げ、宇宙へ、ニューフロンティアへ進出し、いつの日かα星人と対等に近い立場で交流しようではないか。

後世の人は、この日、この年をもって宇宙歴・元年と言うはずである。地球連邦の初代大統領として、ニューフロンティアを目指すことを誓って、就任の挨拶とする。

＊　　＊

二千人余の満員の各国代表団のスタンディングオベーションの中、三メートルほど浮き上がり、後光輪に楕円形の淡い光を纏い、両手を広げて光の洗礼を与えていた。

「私が空中に浮き上がり停止しHNを従えていたことにより、私自身が、ここで言ったオーバーロードであることを印象づけ、怖がらせた。そしてM・F・Sの中に人類の石器人とβ星人、小柄な青緑肌の人などの二万年前の保存体があったことは秘にしたわ」

少し後、マリアは、三人に秘を誓わせ、マリアから異星人（仮にβ（ベータ）星人）との侵略戦争が示され、最善の結果でも十億人の死者、十億人弱の傷病者―。機能停止したのでハドソン河底から引き上げた地下工場に移したスパイ船を見せられた。

その、β星人スパイ船は、小型・直径九メートル。F・Sの中央部を大きくしたようなもので、航空技術、冶金工学、言語学者などが、解明に必死に取り組んでいた。

船の三分の一くらいの大きさで甲虫に似た真っ黒・昆虫型のロボットがいて機能停止。石器時代のβ星人との比較などで今までにわかったこと―
・十二進法をつかう　・低音歯ぎしりのような言語　・母系で女性蟻が女王として君臨　・船の推進方法は、F・Sと同じ強化した念磁気　・ワーム航法ができるらしい　・三十年後くらいにこの太陽系に侵攻予定　・四本足で二本が手の機能をもつ　・技術は二十％以上かれらが上　・人口は約一千億個体　・八つの太陽系の支配者　・この機能停止は予定どおりで、変わりにもう一機の無人機が地球のどこかに潜み、重力波技術を応用した短い通信をしているようだ。
首相官邸に設置された豪華な元首の応接室に移り、H・Aにお茶を出させマリアがまず「秘」を再度誓わせ語り出した。

「驚いたでしょうね。あのβ星人は、急速な進化をとげ必ずここに侵攻してくる。そのとき人類の存亡をかけた戦いになる。私が数多くの先祖の優秀な遺伝子を受け継ぎ、女の身体で男の機能をもたされ大勢の子作りを命じられたのは、このためだと思うわ。

アベ・マリアの役割は、間もなく公式には終わることになるわ」

徳眞が最初に質問―。

「あの光の輝く玉、存在はん、稀有《けう》の人でありおす眞理亜はんを、数千年間の選ばれた男・女の交配により作り出したとか。そんなことしやはらんで、ここの人口・百億人の中から優秀な人を選び人工受胎されはればよいと思いますえ」

「うーん、いい質問だね。私もかつてそう考えたこともあった。私が知る限り、『存在』は過去にそれを三回やったと思ってる。

一回は、約三千年前にゴーダマ・シッダルーダを選び、彼は仏陀になったが、生命融合されることを拒否、釈迦一族の滅亡とともに八十歳で殺された。二つ目はイエス・キリスト――結果を出せずに失敗…。

もう一つは、徳眞の父・徳光天無人。彼は『存在』により作られた数人の仲間とともに吸血鬼になり、彼だけがどうしたことかそれを止め、生き伸びたけど、仲間が次々に死に、苦しんでいて千年の孤独の中で寿命を終わらせたがっていた」

「マリアはん、父を殺そうとしやはったのどすか」

「ええ、殺そうとしてロシア北極圏の永久凍土で戦ったけど、私が〝血のマリア〟と知って戦意を示さず命を投げ出そうとした。そしてどういうわけか記憶が少し戻ったわ——私の父の実家は肥後の国・天草の上島で、五歳まで徳光眞理亜で育てられた。父母の事故死で、母方・阿部の祖母に育てられた——彼はわたしの先祖の一人であり、天無人と和解したわ。そして徳眞を引き合わせたけど、彼は長く生きることは、この世の地獄。わしは神から罰せられている。例を示して語ったわ」

徳子が、次に疑問をぶつけた。

「マリアはん、存在はん、四十五億歳とか。この地球の神さまでっしゃろ。何故、地球を守ろうとしないのどすか。もし敗ければどうなりおすか」

「これもいい質問だね。やはり私も考えたことがある。『存在』は自らを神といったことはなく、汝らからみて悪魔かもしれないと言ってたわ。大洪水、火山の噴火、氷河、大地震、疫病などで悪しき人の種を滅ぼしたりしている。ところで、この太陽系は百二十五億年たっているわ。『存在』は、私たちにわかりやすく地球と同じ年齢を言ったが、実際はもっと古く、この太陽系の生成に関わっているとみているわ」

「なるほど、それでもまだ答えがでておりまへんね」

徳子がさらに発言を促した。

「わかったわ。β星人側にも、同じような『存在・神』がいて、これは一定のルールを決めた、我々に測れない長い、長い時間をかけた神々の戦いなのよ。

β星人と地球人は、この天の河銀河のオリオン腕《アーム》に属し、『惑星系の存在』よりも高次の『銀河の存在』からいくつかの禁止事項が課されている。その最も重大なルールは、『直接、戦いに介入してはならない』――それに、ここの『太陽系の存在』はかなり前に油断から同じハビタブルゾーンの中にあった火星の人類を滅ぼしているわ。これは後にジョンが明らかにするはずよ。そして戦いに敗れれば、地球人は彼らの食料にされていくわ」

今まで黙って聞いていた眞亜が、

「わては、この世界に連れて来られ、寂しさから入水自殺を図り、『存在』とマリアはんに助けられ――一時的に『存在』と融合させられおした。そこでかつて融合されおした地球上の偉人たちと交流。過去世のマリアはんを母と言っていたイエス・キリスト。なんと、あのデウスはんからも慰められ階梯を上げたわ。そして入水し光の洗礼も受けた。マリアはんの説明は全て真実。ただ、わてらに遠慮してこれから起きることを示しておられまへんなぁ」

「うーん、眞亜、よく気づいたね、語ろう。私は別の階梯の高い星系の人（仮にα星人）と秘かに交流、彼らからβ星人との戦いは原則として地球人が敗けると伝えられているわ。しかし、戦いは十年くらい続くが緒戦に勝つことと、私に比例する超能力者が参戦すればα星人が介入して調停する可能性がある。二人には六人、徳眞は二人の子供を持ち、その能力は発揮されつつあるが、少し後で超能力を付与され、ジョン…つまり私が指揮する宇宙軍の幹部として、この戦いに参戦し勝敗を握ることになるわ。それにもう一つあるようだけど、まだ解明できていないわ」

「戦死もありうるのどすね」

「全てではないと思うが、ありうる。三人をここに連れてきたのは、第一次的にＨ・Ａによる廓《くるわ》づくりによる軍隊の綱紀粛正《こうきしゅくせい》だが、真の目的は、来たるべき異星人の侵略防止をするための星間戦争の準備・介入にあったのよ」

「そうどすか、この時代に来たわてらの本当の成果は、これからどすね」

徳子の問いかけに、

「うん。そう言えるね—あの魂を持ち制限されたメッセージ細胞の自律を超え、選択し自己決定できるH・Aを徹底して研究すべきと考え、自殺したあのH・AをAIの被検体として処置。他の六体のH・Aも眠らせてここで保管しているわ。最上級の双頭ディルド、性器具を用意しているので、極めて階梯の高いここのHNアイリーン・HN由美と連携し教わったりして、太夫の秘儀で探ってもらいたいわ」

「それはわかりおしたが、戦いは無人F・Aや戦闘ロボットが主体になりまへんか」

「そのとおり。数百万単位で投入するわ。しかし、その中に戦場で人間兵士と連携をとり、局地の戦況を正しく・冷静に自己判断し決定ができるH・A兵士が数千人いや数万人いたら局地戦を変えることになりうるわね」

長い話し合いが終わり、保護され眠らされている六体の女性H・Aを地階の大工場に観に行った。監視できる透明・強化ガラスの大きな睡眠ケースで薄いベールに包まれ寝ていたが、いずれも美しい。眞亜と徳子が近づいて、ハッとしお互いに気づき、

「このH・Aの四体は、弱いけど人体・磁気を発しているわ」

マリアもハッとして、それぞれの大脳の海馬を探り確認—。

「このH・A、取り留めない夢を見ていくわ。これを強化していくと、ここにいるHN2とHN3に近くなりH・Aの自己意思・判断によるF・S操縦もでき…無限の活用ができるわね」

すぐ責任者を呼び、六体のプライバシーが確保できる、それぞれの女性用個室の設置を命じ、松田徳子監査室長ほか眞亜の指揮に従うことを命じ、HNの二人は帰らせた。

そして、三人の望みとして、ここクリルシティのクリルF・L・C桜の満開に合わせ、さらにできれば毎年四月上旬の日曜日、京都シティ常照寺、吉野太夫花供養の会で実施を要望することになり、前者はすぐ了承。年一回・クリルの名物となっていった。後者も…。

マリアは、三人が、HNの二人とチームワークをとり自らをも実験体としながら、それぞれに与えられた三体ずつのH・Aを変えていき、多大の成果を挙げていく。

ただし、きたるべき防衛戦争で、三人と十四人の子供たちが活躍、宇宙英雄を六人輩出するも、五人の子供たちと母親の一人が名誉の戦死をすることも知っていた。

未来は確定したものではない。いろんな因子で変わることもわかっていたが、最良の結果でも十億人余の地球人に死者が出て、十億人余の傷病者が出る。

あの心の強い女と思っていた眞亜は、心優しい雨女の弱い女—わたしも同じだ—。

北極の氷山の氷のように冷たく固い心を持つ「化け者」「血のマリア」とも言われ、この世界で千人ではきかない人を備前・長船長光をフォースで包んだ日本刀や念気で殺傷した人殺し―しかしそれは、私の一面しか見ていないもの…極限に達する前に転世し生まれかわりたい…ひょっとして心の進歩か、あるいは後退かも、人知れず悩んでいた。

このとき徳子から、強い気がかけられ、徳子たちの家の庭、吉野窓のある小さな茶室で深夜に対面した。

徳子は、和装の見事なお手前で茶室・主人となり、語り掛けてきた。

「あなたは、未だ何かを…隠していますね」

「いや…」否定しようとしたが、押し切られ、

「わちき、若いころ、そう四郎はんと出会う前、十八歳の太夫のとき、孟子六十二世の後裔《こうえい》・孟二官はん、帰化された日本名を渡辺治庵はんに、明のこと儒教の弊害も議論しおしたのよ」

「へえ、そうなの―赤穂四十七士のひとり武林唯七の祖父だね」

「ええ、そのことは後に歴史書で学んだけど、今日は違う話よ。孟子はんの性善説など、その後にしっかり学んだわ」

マリアは、まだ何を言わんとするかわからずに…「それで―」

「こう言う格言を残しているのを知ったわ

―自ら反《かえり》みて縮《なお》くんば　千万人と雖《いえど》も　吾往《われゆ》かん―

あなたの心、読めないけんど、眞亜はんの質問に応えているときに、この格言のように実行する

ことに気づいたわ」

「うーん、心を閉じていたつもりだが」

「言葉を並べるね。三人の母親の一人の戦死。ジョン大統領、神風特攻機、全ての人の反対、緒戦の勝利…あなたは千万人どころか、数十億人が反対しても決めたら必ず実行する信念の人よ。β星に突っ込むとき、わちきも連れてって—」

「うーん、そこまで読まれていたのか」

「ええ、しかし、あなたは生き残るべきよ。まだ戦いは、十年も続くのでしょう。その大役、わちきにちょうだい」

「うーん、たしかに…」

「待って、今の話の記憶は、削らないでね」

マリアは、徳子に『約束は決して破らない』組み込まれた約束をしてしまった。

五年と少し後
八人の子供たちは、海の洗礼などでクリルシティのそれぞれの幼稚園、小学校、中学校で高い能力を発揮し、全ての子が飛び級の進学を検討され始めていた。
三人は、H・A遊興所の監察のほかニューヨークの連邦本部、それにクリルシティを行き来し、HNアイリーンやHN由美と連絡を取り合い、被験H・Aの心臓鼓動と脳波動が深いまぐあいにより、三人と一致、つまり性の「最高レベルのイキ」・「賢者のタイム」のとき、自律・選択する心が生まれ、これを繰り返すと日常生活にも生かせられることを発見。人として彼女らと生活させるまでになっており、この了承をマリアからとった。

そして、三人はＮ・Ｙで社会生活・人として行動できる指導をしつつ、六人の子供とＨ・Ａ六人とともに、連続して海に入り続け、光の洗礼を受け階梯を上げているとき、マリア地球連邦大統領の休暇中のクリルシティでの海難事故死を知った。

マリアの遺体は出なかったが、銀髪の一部、地味な旧型グランド・セイコーの腕時計のついた左腕の一部が発見、病院長のＤＮＡ付、条件付の死亡診断書が示された。

二人がＮ・Ｙで仕事をしている時、そして徳眞にも海難事故の前日、二人にマリアから小さな荷が届けられた。一つは、マリー・ローランサンの絵付きの忘れられた女の詩集。もう一つは、マリアからの和紙ベース毛筆の別れの手紙。忘れられた女にはしないことが明確に示されていた。

そして、三人とも夢告で、それぞれの女性Ｈ・Ａに男性器を付して、マリアに近い形態にしておくこと、ドッキン・ドキンと鼓動する立体ピンクのマークが示された。

ジョン・スチワード

五日後にマリア・アベのクリル共和国国葬―。

それが終わったころ、英国王室ゆかりのクリス・スチワード女性医師（実はマリアの秘の妻）がクリルシティに来て、院長立会いのもと回復したジョンを診断。落馬でついた右手の大きな傷跡の確認、DNA鑑定も行われ、ジョン・スチワードが伯爵家の一員と証明。ジョンは、少し後・クリルシティの高等学校に十六歳で途中入学し、六ヵ月で卒業、大学生になった。

国葬の十五日後に地球連邦葬―N・Y・マンハッタンの五番街近くで物悲しいスコットランドのバグパイプの行進による演奏が先頭。マリアの巨大「三次元電子立像」、次に急遽就任したマリアの血筋の大統領と、各国の首脳、クリル首相などが続いていた。

徳眞をふくめた三人は、それぞれのH・AとともにN・Y連邦職員のためのコーナーで、まるで生きているようにゆっくり左・右に手を振る笑みをたたえたマリアの大きな電子立像に手を振り別れをしたが、ジョンには会えないでいた。ジョンはこの時、ミミ首相、斉藤院長とクリル、日本、東南アジア三ヵ国、六都市の公益財団法人の処置。ジョンが理事長、あとは同じとし、海外三法人を訪問、課題をみつけたが大歓迎を受けていた。

少し後―クリルシティの自宅。徳子、眞亜それに帰ってきていた徳眞の家族は、庭先でH・Aを指揮し、マリアの想い出話が中心でゆっくり朝食をとった。

十時に病院長から三人に呼び出しがあり、出向いた。病院長の用事はマリアからの遺産分配で驚くべき金額が振り込まれており、それの受領書サインであった。

そこにノックをして、金髪・長身、ネイビーブルーのジャケットを着た白人の少年が小さな鞄を

持って入室して来た。院長から三人を紹介され、キングス・イングリッシュで、

「はじめまして、ジョン・スチワードと申します。ここの大学の一年に進学したばかりの英国人です」

三人はこの長身で美しい、しなやかな身体の少年にみとれていたが、ハッとして、

「はじめまして、H・A遊興所の監査室長を勤めています、松田徳子です」

眞亜と徳眞が同じように挨拶—。

「そうですね、たしかお三方のお嬢さん方、とても優秀で僕と同じように飛び級で、ここで学んでおられますね…」

病院長が割り込んで、

「ジョン、私に何か用事だったの」

「ああ、そうですね。大学一年の二十五科目の試験問題を解き、レポートを書きましたので提出します。院長先生、失礼ですがこれ僕には易しすぎます」

「そう、各先生にまわして採点してもらいます。その結果で相談しましょう。それに故マリアさんから遺産分配とは別に、君に五点ほど遺贈品があるわ。あとで連絡するので取りに来て」

「わかりました、ご連絡をお待ちしてます。では、よろしく…お先に…」

ジョンはコンピュータXAB端子と紙ベース回答書を渡し、キチンと礼をして退室。

「それでは、貴女たち、この受領書にサインをして下さい。それぞれ六人と二人のお子さんたちの養育に充分のはずです」

三人は、それぞれにサインをしながら、

「いや、あのジョン少年、素敵どすなぁ。うちの娘たちが騒ぐのも無理ないわ」

病院長はジョンが残したレポートなどを示しつつ、笑顔で、

「ええ、この内容、おそらく合格点を充分に満たしているはずね」


三人は、そろって退室、病院の清潔で天井の高い広々とした待合室で、座して眞亜が、

「ねえ、貴女たち。ジョンを銀髪にして、身長を少し低くし、女性らしくふっくらとした体型にしたらマリアはんになるんじゃない」

徳子は、あの記憶が残っていることを心を測りつつすぐ反応。声を潜《ひそ》め、

「そうね、わても、そう思うとったわ」

三人から、八十メートルくらい離れた柱の陰で、ジョンはそれをしっかり聞き、三人をゆっくりフリーズさせ患者用のゆったりとした座椅子に座らせ、その場からゆっくり今の記憶を削っていった。少しして徳子が、受領書（控）を示しつつ二人に発言。

「ねえ、貴女たち…こんなにもらって、養育費には充分すぎるわ。マリアはんにどう御礼をしたらいいのどすかのを」

「そうやのを、マリアはん亡うなっとるし、三人で与えられた仕事に成果をあげることとちがいますか」

いままで黙っていた徳眞が、

「そうどすなぁ。さあ子供たちが持っていますえ、はよ帰りましょ」

三人は、F・S駐機場に急いだ。

マリアは、ジョンの姿のまま徳子が座っていた座椅子に移り、その身体のぬくもりが少し残っていて、徳子の（あの約束した記憶だけ残したこと）正しかったかどうか…、三人の娘達が自分に好意より強い恋に似た「気」を発しているのを知っており、「父」である禁忌を考え、これから親しくはしないつもり。ここから離れロンドンに行くことを考えていた。「元気で長く生きる者」の喜び悲しみが分断される別れのつらさ——これから何かにつけてその思い出が…—それを振り払う苦渋を味わうことを知っていた。


ジョン（マリア）は、一年で大学の体育実技2教科をふくめた五十科目を全てS（スペシャル評価）で卒業。即・大学院・理科学研究コースに十七歳で進学。

研究課題は、「フェルマーの定理の解析を基因とした時空、次元の研究」で、ラテン語まで交えた紙ベースで千頁余の論文と八十頁の梗概《こうがい》であり、理学博士を十八歳で取得。

さて、と思っているときに英国王室から連絡——伯爵家の相続と認証のための英国王の面接が伝えられたので、それに併せケンブリッジ大学大学院医学部博士課程に途中研究するための手続き、元からいる執事ほか、使用人の雇用をクリス叔母に依頼した。

少し後を見て手続きを終え、ロンドンとパリに秘の仮名口座もつくり、姿形を変え、ケンブリッジ大学大学院や、住まいになる蔦の絡まる小高い丘の古い石垣、テムズ川支流の河水を引いたスチワード城を偵察し城内を秘で見て回った。そしてかつて自分が押し上げ最もなじんだ秘の妻たちに伝えた。パリのフローリアに（秘）の伝言をＸＡＢ端子で残したが、フローリアだけには、どうしたことか伝わらなかった。

ロンドンシティに出発する前日の夕方、クリル島・最北部・バリヤーのかからない寒々とした岩場にアベ・マリアになって座禅を組み、心気を集中、「存在」を呼び出した。

前方二十メートル、海上五メートルに予告もなく、回転する光の玉、フッと出現――。

「汝の心を読んだ。あの三人の超能力者をこの次元界に連れてくることを拒否したことだな。汝は心の奥で答えを持っているはずじゃ、申してみよ」

「ええ、あの二人は、私に対抗意識を持ち混乱が起きることが予想されたのですね。ただ、もう一人のアメノ・ヒボコー印象が薄い割に、何か私はシンパシーを感じています。おかしいでしょうか」

「うーん…さすがじゃのを。あれは、汝アベ・マリア自身なのじゃ」

「えっ、何ということ…私は四世紀の大和の国にいってませんが――そうか、印象が希薄なのは、これから起きることで、この三次元界で決定した歴史になっていないのですね」

「そうじゃ、例の星間戦争は間違いなく起きて、ジョンが戦死すること、徳子や近しい者が代わることもありうる。そのとき、この後から汝に補正させようとした。人の過去の歴史も微妙に変化していくはずじゃ」

「私が歴史のキーマンになるのですね」

「そうじゃ、もうひとつあるぞ」……「存在」は、あることをマリアの頭に刻み込み予告もなく消えた。

ジョンの夜は長い。日程にも余裕がありそうだ。一時的だが仮装死による別れの挨拶が必要。マリアの娘になるアメリカ大統領、ロシア大統領、中国人民大統領、娘婿のインド首相と日本共和国の首相に秘を組み込み説明した。そして、自分が創設した「アベ・マリア記念育英財団」を拡充していき、ジョンを理事から理事長に変更することなどとともに、新たな公益財団法人をつくること、「存在」から刻まれたことを思い出した。

「汝は、普通の人の五倍のスピードを出せるが、それを数年かけ十倍まで伸ばすこと。そのため英国の海中でも、この『存在』と会い、光の洗礼を受け続けること」

――これは、何の意味があるのか。この人の世で虎やライオンと素手で戦っても、五倍のスピードと体力を生かせば、念気をつかわなくとも勝てる。私は人類史上、ダビデよりヘラクレスより強い最強の人なのだ。しかしβ星人からの防衛戦争の前に何かあり、私自身のスピードと体力、能力向上が必須となることではないか――。

さらに、クリルのアベ・マリア記念大学・大学院の「時空理工学研究センター」で研究中の、時空間移動と定（低）温核融合に関係―宇宙旅行、つまり宇宙船に係ることだ。

いずれわかることだが、私は、あの人の心を持つ（?）H・Aについても併せて、心（魂）と脳波（精神）のことについて研究していこう。

そのために、自分の能力のうち、サヴァン症候群（一度見たものは、決して忘れない）のこと、特にクリルシティで研究中の時空・核融合のこと、秘であるが全て頭の中にあり、これらをシステマチックに活用すること、未来は二日以内なら確実にわかり、一年以内がおぼろげにわかる―この能力アップを図ろう。

これとても、自分の千五百億個からなる脳細胞・パルスは、三分の一くらいしか使っていない、もっと未知の領域にジョン・スチワードとして踏み込もうと決意した。

翌朝、秘の妻である、クリル首相と病院長が見送り、マリアがジョンに遺贈したS・Fに遺贈品などを積み、自らを操縦しロンドンシティ郊外にむかった。

ジョンは、あの防衛戦争の前、英国選出の地球連邦大統領で連邦軍最高司令官になっているはず。緒戦で大勝利するため、かつてイスラエル建国の父ともいえるベングリオンが示した「軍事力の三分の二までは精神力である」を信じるが、第二次大戦の旧日本軍がとった精神主義のみでの戦いはとらない。自らH・A戦士の同志のみで「神風宇宙船」としてワーム通路経由で敵の本拠惑星に突っ込み、かつて武蔵が一条寺下り松の決闘で子供の大将を打ったように、女王甲虫（β星人）のトップを殺す。そして死の交換比率一対約百五十億くらいにするつもりでいた。

しかしそうすると、自ら（これから）関わる！あるいは関わった人類の歴史が変わるのか、徳子、または誰かを鍛えて変わるべきか、さて、どうしたものか。

そのころ地球から約百五十光年離れた「かに星雲」近くの八つの太陽系の支配者たち百五十個体は、三個体の姉妹である女王甲虫を中心に重要な会議をしていた。

地下二百メートル余の巨大なすり鉢の底部・階段状の真ん中の三段高い御座、周りを重臣の九個体の夫・甲虫が囲み、その最高齢夫で軍の統率者が発言。

「女王陛下、二つの戦いを仕掛け、一つは炭素系生物であり、食料になりませんので、まもなく駆除が完了。ダイヤモンドと言われている光る石など多数収集しています。もう一つの青緑の小人はもう少しかかりそうです。かねて、その先の地球という水の惑星に無人偵察船を二船送っていましたが、全く無警戒で、種族間で争っているようです。次に備え有人偵察船・四船を送り、例の処置もしたいと思いますが、ご裁決を」

「うーむ、水の惑星か、それは好かん。しかし聞いてはいたな、食料は」

「はい、塩分を含んだ海が三分の二を占めていますが、陸地に約百億の二足の人がいるようです」

「それは、いいな。半分くらいは殺し、うち十億ぐらいは、例の骨抜きの保存食にしろ。残りは繁殖させせろ。しかし、いつも命じているが、宇宙の至高者はたった百五十万人くらいじゃが、絶対にかかわるな。百二十億余の軍人に徹底させろ」

「はっ、徹底させます」

「×□○△ー（翻訳不能）、その地球というたった一つの惑星支配者の二足人は、その光る石をやはり好むのか」

「ええ、そのようで。光る石などを何万という小袋に入れて、例により、脳の処置をして一部の者を買収、寝返りさせる準備もしましょう」

「うーん、その光ったりする色石は、食料や薬、燃料にもならないのだな——何という階梯の低い低能なバカか。そうすると高度技能は期待できないか…そうじゃのを、この三女王の地上に出た庭に、それを敷け。戦いが終わった後で我々に寝返り、手引きをしたヤツに見せつけてやれ」

「わ、わかりました、もう一つあります。第四位の妹ご様が、これに加わりたいと申し出ておられます」

「うーむ、青肌二足人のときもあり、説得して諦めさせたのだが」

「ええ、承知しておりますが英明な方で…今の状況では危険はないと思われます」

「よし、一番危険の少ない箇所への派遣、有人偵察機と例の手術ロボットによる処置は、許そう。ただし、青緑小人族を完全に制覇するまで軍は動かすな、三女王はこれから神と交流し、指示を受ける」


クリルシティを出発したS・Fは、途中で少しの揺れもあったが、スチワード城の駐車（機）場にあらかじめ通告した時間十秒遅れで到着。

初老の執事と使用人十人が整列。ここの村人らしい十数人が、固まって頭を下げた。

少し離れた岩の上に、知性に輝くような金髪の美しい少女が佇《たたず》んでいて、頭も下げずにジーッと見ていて目が合った。少女はすぐにフッと消え、ジョンの今の記憶が…なんということか消されていったが、ジョンは無意識にそれを止めた。

よし、この道をすすもう。未来は確定したコンクリートされたものではない。自らが良いと思われる因子（要素）をつくったりして改革していけばいいのだ。

ネイビーブルーに合わせたジャケットとズボンで降り立ち、皆を見回し（疑っている者は、いない）力強いキングス・イングリッシュで第一声―この発言がどうしたことか、記録に残ることを知り―内容を少し変えた。

「皆よく聞いてくれ、陽出る国から、かつて陽の沈まぬ…陽産れる故郷に帰った。僕がジョン・スチワードである。夕刻になったが出迎えてくれてありがとう」

（完）

■木公田　晋（きこだ　じん）
熊本市南区川尻町出身。熊本工業高校から専修大学法学部卒業。

公認会計士。税理士。

数多くの団体の要職を務め、専門書を執筆する傍ら、趣味の歴史の造詣を踏まえた歴史SF書を精力的に執筆。『小説　インタビュアー漱石』（熊日出版）ほか10数冊がある。

東京在。ブログ　http://ameblo.jp/kikoda

神々の戦いⅠ
ふたりの吉野太夫・ふたなりの子孫

2020年10月15日　初版発行

■著　者　木公田　晋
■発行者　川口　渉
■発行所　株式会社アーク出版
〒102-0072　東京都千代田区飯田橋2-3-1
東京フジビル3F
TEL.03-5357-1511　FAX.03-5212-3900
ホームページ　http://www.ark-pub.com
■印刷・製本所　新灯印刷株式会社

ISBN978-4-86059-501-2